大雪围城

DA XUE
WEI CHENG

张国勇
著

中国工人出版社

第一章

2010年冬天。白雪厚实，一层层把阜顺市紧紧地包裹起来。雪依然在下，片片鹅毛，扬到天上，抛到地下，有看不见的野兽，在疯狂撕扯，风雪深处，时而呜咽，时而凄厉。

阜顺只有在夜晚才是最美的，白天也很美，但较之夜晚要逊色许多。

北宁省阜顺市处于浑河上游，浑河流经十二个城市，一路流入渤海，在北宁被人们称为母亲河。

刚从欧洲布达佩斯归来的陈靖西，从仙桃机场下了飞机。甫一走出来，便沉浸在回家的欢愉之中。三个多月的欧洲之行，让陈靖西觉得阜顺与东欧的布达佩斯非常相像。

沿滨河北路东行，陈靖西把车速降了下来。

浑河两岸，高楼林立，耀眼的霓虹倒映在冰面上，色彩绚丽，像一个名利场上的女人，从身体到姿态，浑身上下充满了技巧式的魅力。

陈靖西回到阜顺的第一件事，就是给蓝维誉打电话，这是他多年养成的习惯。蓝维誉早些年就嫁给了姜示范，并且有了孩子，陈靖西却在心里一直对她念念不忘。

蓝维誉是陈靖西的初恋，想到城市，想到女人，陈靖西就会不由自主地想到蓝维誉。

30年前，二人在大学里相知相爱，人人都说他们是金童玉女，天作之合，到了大四，其貌不扬的姜示范不明就里地介入，一对恋人稀里糊涂地分手，让所有人都大跌眼镜。

从友情到爱情，从爱情再到友情，感情这种东西，真让人捉摸不透，陈靖西是公认的人精，陷在里面几十年，依然想不清楚。

出国前，陈靖西就已经知道蓝维誉的丈夫姜示范被阜顺市委任命为新望区区委书记。

当初，蓝维誉与陈靖西的爱情可谓如火如荼，从样貌到学识，从家庭背景到为人处世，无论如何也轮不到从农村来的姜示范。

爱情与命运一样，总会在意想不到的地方，改变人与人之间的关系，甚至改变人的命运走向。

电话那头，蓝维誉习惯了陈靖西骚扰般的说话风格，她不耐烦地催促道："我不在阜顺，正在回省城奉阳的飞机上，没事儿的话就挂了。"

陈靖西："别啊！听说你家姜示范被扶正了，我回到阜顺第一件事儿，就想郑重其事地砸你们一顿。当然，正大光明地跟你叙叙感情，姜示范也不会反对。"

蓝维誉叫陈靖西的绰号："老西，你就不能正经一次，如果对我有真感情，我们请你吃饭的时候，你干脆跪下向我求爱，我直接把面子给你卷了，省得你总是神经兮兮的。"

太正经，陈靖西与蓝维誉没话说。回到家，陈靖西边吃饭边与妻子三颍聊些旅欧趣事。许久没沾到三颍的身体了，在浴室里简单冲洗一下，陈靖西的手脚便不安分了，饿虎扑食般将三颍扑倒在床上，经过短暂且有应付性的挣扎，三颍正要配合成其好事，手机却不合时宜地响起来。

电话是陈靖西的发小小阁打来的，这让陈靖西十分恼火。

小阁在电话里说："老西，我知道你回来了，出来，我挺想你的，"

"滚，老子正忙呢！"

陈靖西说"滚"后，那边的小阁居然要哭了："老西，我……找你真有正事儿！"

小阁平时跟陈靖西挺贫的，这次有点不对。陈靖西立即退出战场，下床穿衣，准备赴小阁的约。

"哪个妖精半夜三更撩骚？"刚刚酝酿好情绪的三颍，显然不高兴，躺在床上气急败坏地质问陈靖西。

为证清白，陈靖西把手机的号码亮开，往三颍面前晃了晃："看，看！小阁，小阁！"

三颍对陈靖西和小阁他们的玩法一清二楚。平时陈靖西在外面应酬，三颍管得并不紧，如果不是陈靖西去国外混了一段时间，她连埋怨的意思也不会有，三颍把手机摔回给陈靖西："小阁那边不一定是什么妖精呢！"

陈靖西嬉皮笑脸地穿上衣裤，心里早有了谱儿，以他对小阁的了解，怎么可能带上什么妖精过来！小阁的口气郑重其事，应该有事。

为了不让三颍过多纠缠，陈靖西在她额头上一顿狂吻，用近乎命令的口吻说："先酝酿情绪，12点之前，准回来收拾你！"

说完，陈靖西蹑手蹑脚地走到楼下，开上车一路风驰电掣地向道街奔去。

道街是浑河流域最著名的城市街道，如果谁去阜顺没去过道街玩，等于没有到过阜顺。

道街是泛称，它是从零道街到十二道街十多条商业街的统称。沿途基本是饭店、歌厅、酒吧、舞厅、桑拿浴……花花男人的天堂。

东北老工业基地阜顺，在棚户区没改造之前，煤炭资源枯竭，经济异常萧条，就连餐饮娱乐业的消费价格都普遍不高。最近几年，经济形势虽有所好转，在消费价格上比周边城市还是要便宜。

道街每家店都在打价格牌，走进任何一家店，物价都便宜得要死，一台餐费消费达到 50 元，老板就会殷勤地免费加两道菜，有时是老汤皮冻，有时是盐爆花生米。

阜顺道街一带的歌厅消费，大概是全国同行业最低的，4 瓶啤酒、两瓶红酒、4 个果盘，3 小时收费 50 元。

陈靖西按照与小阁的约定，一路风尘仆仆地来到“蓝妞妞”歌厅，找到 303 包房，看到小阁一个人在里面喝啤酒。

陈靖西坐下，小阁看到他，没说一句话，就把整个头埋在裤裆里，哭了！

小阁与陈靖西是从小学到中学的同学，一向以刚直闻名，大半夜喝酒喝哭，在陈靖西的印象里，还是第一次。

第二章

在阜顺第七中学读初中的时候，陈靖西、小阁二人形影不离。

那个年代，学业并不被学生们看重，不爱读书的学生中途退学的比比皆是，因为没事做，这些人经常在街上闲逛。到学校门口堵漂亮女学生搞对象，是这帮人挥发荷尔蒙时最主要的营生。

一般情况下，流散在社会上的青年，穿一身黄军装骑上单车，到处寻衅滋事。斜背书包里装上两块砖头，遇到“战事”，抡起的书包便成了“武器”。

那时，在学校读书的陈靖西和小阁也不是省油的灯，他们当时脸上正长青春痘，荷尔蒙异常过剩，打架像过节，不带点血，都不好意思说打架。

有一次，恰逢社会上的青年堵校门欺负学校的女同学，陈靖西、小阁等人青涩的正义感就涌了上来。一向富有号召力的陈靖西带着小阁随即便召集了一大批在校生，准备出头将这件事做一个彻底了结。

很快，事情就演变成了聚众打架。

一方是由马山子、金老五组成的社会青年，一方是由陈靖西率领在校各班级学生组成的“校队”，双方谁也不服谁，火爆的局势可谓一触即发。

当马山子、金老五拉出来 100 多号人，从矿区棚户区大街小巷浩浩荡荡走出来时，陈靖西发现自己这一方有几个男同学腿在瑟瑟发抖。

陈靖西特别善于进行战前动员，当即大声喊道："同学们，他们 100 多人，我们也有 100 多人，我们是正义的，他们是非正义的！为了校园的安宁，为了女同学们的尊严和安全，我们今天要为正义而战，跟他们拼了！"

陈靖西有这番底气，不仅仅因为自己这一方拥有与对方相差不多的人数，更主要的是在相约打群架之前，刚认识不久的小阁说，我们这些人根本不会打架，要打赢这场架，让金老五、马山子彻底离开校园，还要邀请棚户区其他几个学校的人手参加。

最后，双方一共出动了 300 多人，在学校后面的月亮山东坡相邀交战。

还没有实现近距离接触，棍子、砖头就开始乱飞。冲在最前面的小阁最猛，头上被人拍碎了两块砖头，胳膊被砍了三刀，依然奋勇向前，硬是把西戈棚户区二钢等成名癞子给收拾散了。

一向不显山不露水的小阁经此一战，名声大振，有一个被堵的女孩肖云后来还喜欢过小阁一段时间。能在中学时代就有女同学喜欢是何等荣耀的事情，陈靖西对此简直羡慕得要死。

高中毕业之前，七中有陈靖西和小阁在，附近的癞子没人再敢来闹事。虽然学校老师明里并不支持他们这么干，但陈靖西等人从校长和老师的眼神中，分明感受到了青睐和敬佩。

那时的小阁何等刚强英武，流血不流泪。这回，喝了几瓶啤酒就因为乔亚丽而掉泪珠子，这让陈靖西非常不理解。陈靖西还没见小阎哭过，就算被别人打得浑身是血，都没有。陈靖西感觉这事儿不对，开始认真起来。

“老西，你知道乔亚丽的事情吗？”小阎问。

“知道啊！不仅我知道，全市人民差不多都知道了！”陈靖西不知道小阎今天为什么要提她。

乔亚丽是阜顺市海洲区土地局副局长，犯事快两年了，报纸、网络连篇累牍地报道过她的事，称她是“全国职位最低，长得最丑，贪腐数额最多”的女贪官。

更出格的是，她竟然通过工作关系把上级领导和下属发展为情人，如此“传奇”的女人，陈靖西怎能不知道。

小阎之后说出的一番话，没把陈靖西吓死：“哥，估计她会被判死刑！”

“死就死吧！与乔亚丽同时犯案的一个什么局长，贪腐数额几百万，还判了一个无期呢。听说，乔亚丽弄了几千万，还是一个亿，反正挺多的，一个小破科级干部，太他妈黑了！死他妈的去吧！”陈靖西说。

“哥，我不想她死，她是我铁子。”小阎说。

陈靖西几乎不敢相信自己的耳朵。

阜顺距离省城仅有40多公里，乘坐城市轨道列车到沈阳只需20多分钟。

近几年，随着反腐败的力度加大，阜顺官场接连发生地震，被拿下的既有市委书记，也有市长、局长、法院副院长——阜顺已然成为腐败分子的坟场。

小阎嘴中说的那位相好的，就是因为牵涉到反腐过程中的一件土地案件而锒铛入狱。

陈靖西与小阁是发小，对于小阁会与乔亚丽扯上关系甚是惊异。

陈靖西在心里叹息，小阁啊小阁！平时没感觉你有什么城府，怎么这件事我完全不知道呢？这不是现实版的“潜伏”吗！小阁一定疯了，按照年龄推算，乔亚丽起码比小阁大12岁，他们怎么会混到一起呢？陈靖西还是不相信，在蓝妞妞歌厅，陈靖西让小阁把来龙去脉讲出来。

小阁晃荡着脑袋说：“到时候我会告诉你的。现在想请你帮个忙，让我见乔亚丽一面。”

陈靖西蹦起来：“公安局传你了？”

“没！”小阁肯定地说。

“没找你，窝窝头翻身显什么大眼儿啊！闹不好会惹上官司！”

小阁傻了。

陈靖西懒得跟小阁解释，埋怨他说：“据说和乔亚丽有关系的男人都躲起来了，你没事往前凑什么？不是没事找事吗！”

“听说她被判了死刑，执刑之前，我一定要见她一面。你帮不帮我？”小阁非常坚定，那眼神好像在学校后山与癞子们火拼时一样。

陈靖西心里明白，乔亚丽的案子早就被省城和外市公检法接过去了，不要说小阁见不到，就是一些有头有脸的人说话都不一定好使。

小阁知道陈靖西父母在市里当过领导，在满城有一定人脉，以为会有些办法。但乔亚丽犯的事儿太大了！陈靖西想了想，猛然想起个人，双手按住小阁的肩膀说：“我帮你，一定尽力帮。”

第三章

阜顺最早是重工业城市，当地盛产高热能煤炭，其中的褐煤最适宜冶炼钢铁。80 多年过去了，这座城市的街道布局像发散的一缕缕阳光在城市中蔓延。高台的中心位置恰是一个圆形，市委大院就在圆圈的最中心。

大院周围是阜顺高档住宅区，陈靖西家就住在法国梧桐树掩映的一座别墅式小楼里，而小阁家则在高台下面的棚户区里。

陈靖西家虽然与小阁家离得很近，但属于这座城市的两个不同世界。棚户区其实是阜顺矿区的贫民区，大部分房子是以前留下来的，最长的有 80 多年历史。

20 世纪 90 年代初，阜顺因为资源枯竭，大批矿山职工下岗失业，许多矿山子女因为找不到工作，散落在城市各个角落。

男的精力旺盛，因为找不到正经工作，闲来无事喝酒、打架、斗殴，女的为了生活四处干些杂活赚生活费。

城里最热闹的地方是站前地区的金寨步行街，这是一条繁华的商业街，有些类似沈阳的中街、成都的春熙路、北京的王府井……

陈靖西与小阁总爱到步行街上看美女，那个时候不叫泡妹妹，叫“挂管儿”。陈靖西与小阁每人买只“御膳大果”雪糕，一边吃一边打发无聊的时光。经常斜倚在三联商场的门前，靠着墙一站一天。天晚了，就到金寨步行街附近的“胖姐麻辣烫”开两瓶啤酒吹牛，东北把吹牛聊天叫“唻大彪”。

小阁家里并不富裕，父亲从矿区下岗后，从露天矿下面往上替煤贩子背煤，当时背一斤煤挣 2 毛钱，从坑底到坑上背一次煤要走 3 里多路，一次能挣 2 块钱。一年夏天，小阁爸爸在背煤时被坑下的拉煤电车挂着了，整个人随着呼啸的车厢飞起来，人虽然没有死，但颈椎摔断了，从那以后就一直瘫痪在床。

陈靖西的父母此时已经进入市里的管理层，平时工作忙没时间管陈靖西，就由着他自己东游西逛。

陈靖西对父母着实有一套。没钱了，就煞有介事地捧一本书看，看完一本就说没思想，没意境，时常向父母要钱买书。10 本 20 本地买，从中余下些钱，就找小阁到“康乐大酒楼”或“同鹿春”喝啤酒。

一天，陈靖西和小阁刚在“胖姐麻辣烫”喝了两瓶天湖啤酒，从外面进来一帮小子，为首的相貌彪悍，一副大哥的派头。

陈靖西顶瞧不起身上文身光膀子的派头了，因为他知道，这样派头的人，肯定不是大哥，就是混得不怎么样的，看了儿部港台电影才会这样硬装大哥。

为首的小子名字叫金老五，陈靖西经常在农贸市场碰到他。金老五替工商所管农贸市场，平时只要他们喊一嗓子，小摊小贩立马就把钱交了上来。

金老五带着一帮人要说好好吃饭的话那也没啥！他不，上来就吹，还要了一盘盐爆花生米吹，穷嘚瑟。

金老五说到高兴处，就开始说些埋汰矿区子女的顺口溜。

在矿区长大的小阁听了，一手一个酒瓶，二话不说，就把金老五干到桌子下面去了。小阁出手太快，简直就是迅雷不及掩耳，连一向机敏的陈靖西都没有反应过来。

青春期的人行为像点着了火的炮仗，点火就冲。陈靖西与小阁打架从来都不是这种风格！以前他们打架，首先是要认清形势，看看对方究竟有多少人，如果干不过，再喊些人手来，不打无准备之仗！现在贸然出手，敌众我寡，显然要吃亏。

小阁这次看似师出无名，但内心打定主意要为矿区那些不知名的兄弟姐妹开战，一腔义愤已经无法阻挡。眼见对方反攻，陈靖西自然不能袖手旁观，上去一脚就把凳子踢了个稀巴烂，然后抓起两只凳子腿儿，从金老五后面参加了战斗。即使这样，小阁突然袭击得来的优势，在对方群起反攻之后，不久就化为乌有，很快，陈靖西就被打得只勉强有招架之力了，而小阁更是被打趴下了两次。

正在这时，一群警察冲了进来，饭店的老板见里面开打以后，迅速打了 110，站前派出所就在附近，双方参加战斗的人员一个没跑了。

站前派出所所长叫大华，身高将近一米八五，此人曾经在湛江湖光岩附近当过兵，曾经吹牛说是在“天下第一旅”，专门为特战训练的，因此很能打。

大华转业到地方以后，从来没跟人动过手，即使遇到并不凶悍的歹徒也是如此。不动手的原因，大华自认为以他的身手，出手必伤人。

大华进来之后大喝一声，双方立即没电，全部停下了手。

派出所里，陈靖西第一次认识了大华，并从他颇为奇怪的举动中，认识到这位警察，不是英雄，不是狗熊，是什么陈靖西也说不清。

小阁与金老五身上都挂了彩，措手不及的袭击，让金老五的头上鲜血直流。经过在阜顺矿务局医院的短暂包扎和处理，陈靖西、小阁一伙人被带到所里。抱头蹲在地上时，陈靖西心里想，不管怎么说是小阁先动的手，这顿收拾是躲不过去了。

小阁经过这一架，胸中的恶气出去了一多半，两人在警察面前，像两只斗鸡，眼睛直勾勾地望着对方。

从陈靖西一进来，派出所的警察们就开始用手脚指挥陈靖西等人的行动："看什么？蹲下！蹲下！说你呢，再看？再看……"

大华倒是没那么多废话，斜躺在木头椅子上，两条大长腿叉开，悠闲地抽着烟。对他来说这只是一般性的治安案件，在站前地区这类的打架斗殴几乎司空见惯。

金老五露出很无辜的表情，一进来就指着小阁说："不赔一万，这事完不了。"

一万块钱对于小阁来说是天文数字，他已经抱了必死的决心，来捍卫矿区子弟仅剩下的可怜尊严。

以后的事情似乎很简单，就是协商小阁到底能拿出多少钱，赔偿金老五和饭店的损失。

这时，一个突然打来的电话，让陈靖西对小阁和自己的将来充满了忧虑。

电话是金老五在工商局的叔叔打来的，大华接电话的笑容，似乎表示他与金老五的叔叔很熟："放心，老五在这没事，咱们谁跟谁啊！"

过后，大华把电话交给了金老五。

陈靖西想，坏了，是自己和小阁先动的手，本来就不占理，敢情人家关系这么铁。

金老五神色轻松，开始在屋子里散步、抽烟。

例行的讯问过程中，小阁的一句话却让大华神色大变，他的脸色瞬间变得异常难看，像刚从死猪身上摘下的腰子，灰暗发紫。

随后，大华很客气地把陈靖西和小阁以及金老五叫到另一间屋子里，神色严峻地对他们说："这件事很复杂，你们自己把事整明白。怎么整，随便……老五说要一万，这小子说拿不出来。你们不是能打吗！谁打赢了，按照打赢的说法办。"

大华说完，把门关上就走了。

屋子里的灯光很暗，三人望着紧闭的门发呆。里面的气氛凝固了好一阵子，还是小阁用拳脚打破了宁静，已经没有任何顾虑的小阁，还有半肚子的气没有出，上去一脚就把金老五踢翻在墙角。

金老五在第一场打斗中就吃了大亏，一对二，加上大华不明就里的举动，早就丧失了基本战斗力。

先前，金老五还寄希望于外面的警察进来，大声惨叫着，嚷嚷说这事没完。结果外面一直没有动静。

声音太吵让陈靖西心烦，上去就把金老五的衣服从身后扯过来包住头，与小阁一起手脚并用，边打边问："服不服？服不服？"

金老五一开始还嘴硬，看陈靖西、小阁还没有住手的意思，就软了下来："服了，我服了，钱不要了还不行吗！"

陈靖西与小阁这才满头大汗地住了手。

大华再次进来问："整明白没？"

金老五已经蜷曲在墙角，眼里充满了恐惧："服了，一分钱也不要了。"

"好，这是你说的啊！到外面签字。这事儿就算完了。"大华脸上绽开了笑容。

其实，金老五并没想让这件事就这样完了。金老五一伙儿先走出派出所，想在外面继续生事。

大华带着陈靖西和小阁乘上一辆警车，看到路边的金老五等人，停车摇下车窗，指着金老五他们说："告诉你们，这事儿，完了！"

车子经过养老院、劳动公园、东岗道桥收费站，一直开到西露天矿大坑边上。

大华让陈靖西和小阁下车，二人有些不知所措，不知道下一步要把他们怎么样。大华突然把小阁揽在怀里，望着灯火闪烁的西露天矿大坑说："你不愧是咱矿区的子弟，有种！"

从矿坑边缘望去，可以看到阜顺市这座城市闪亮的灯火和霓虹……陈靖西和小阁经常会想起大华那个拥抱，以及他所说的话。

后来，他们知道大华的家住在猛虎台，父母都是矿里的矿工。

站前与金老五掐架时，陈靖西和小阁还是十多岁的懵懂少年。

第四章

陈靖西想起的人，既是他大学的同学，也是唯一击败过他的情敌——现任新望区区委书记，虽然他不能直接帮上忙，但由于上下活动能力强，相信一定会有一个满意的答案。

陈靖西很不高兴，小阁被一个徐娘他妈妈给办了，还要自己亲自出马给活动，这事情传出去属实不好听。小阁真不适合在情场上混，莫非真被这老女人伺候舒服了，至今念念不忘?

小阁家住在东洲莫地沟，陈靖西开车一路狂奔，把沮丧的小阁送到莫地沟棚改新区以后，打转方向盘开上河堤路。

河堤路对面就是新开发的河东地区，其中最高的建筑是市政府办公大楼。

以往浅浅的浑河沿河堵了几座橡胶坝，像一面透亮的镜子，映照着新建起来的一座座高楼。夜间，路上没车没行人，陈靖西有些寂寞。看时间，已经半夜 1 点多了，想来无聊，陈靖西把电话又打给了蓝维誉。

电话居然打通了，陈靖西：“喂！我想找你身边卧底的人。”

“老西，烦不烦啊！几点了？”蓝维誉那缥缈富有磁性的声音，让陈靖西心肝乱颤。

“喂！我找姜示范有急事啊！知道你们半夜忙，倒不出空搭理我，嘿嘿……打扰了！”陈靖西赶紧赔礼道歉。

“喂……老西，又喝了？有事儿快说。”听声音接电话的正是陈靖西的“情敌”姜示范。

姜示范拿陈靖西没办法，别看姜示范是区委书记，自从从陈靖西手里横刀夺爱娶了蓝维誉以后，内心还是隐隐有所愧疚，对陈靖西说话十分客气。

情场败给其貌不扬的姜示范，是陈靖西一直无法解开的心结，一有机会他就对姜示范、蓝维誉二人进行骚扰：“讲不讲理啊！我的人都让你弄走了，我都不敢有意见。打电话问候一下，还不耐烦了？”

“你死不死！喝点酒就不消停……”旁边传来蓝维誉气急败坏的声音，声音很严厉，却很轻柔。

陈靖西把车停到河边，故意打开浪漫的音乐烘托气氛，一往情深地说：“是啊！借酒浇愁愁更愁。如果当初从了我，我何故伤心到现在……”

“放屁！你那副花花下水谁不知道，早在十多年前我就看清楚你的面目了。有话就说，有屁就放……什么事！我和老姜还睡觉呢！”蓝维誉似乎在表示自己是贞洁烈妇，在姜示范面前一直对陈靖西横眉冷对。

电话那端姜示范小声对蓝维誉说：“老西一定有事，不要扯远了啊！”

陈靖西一直钦佩姜示范不温不火的脾气，无论什么时候都从容不迫。

陈靖西对蓝维誉说：“我把你派到老姜身边当卧底，你可是要把老姜看好了，人家现在是官场的红人，如果传出桃色新闻，我可一定会乘虚而入的。”

那边呕了两声，然后传出一阵银铃般的笑声。

姜示范说：“陈靖西，你到底要干什么，快说。”

陈靖西很正经地说：“办事，正经八百的私事。电话里说不明白。”

“我明天要陪客商到‘沈阜新城’谈项目，后天区委书记接待日，全天接待上访群众……”

陈靖西有些不耐烦：“得了，说啥时候有时间，就不用向我汇报工作了。”

“周五晚上吧！八点半以后……”姜示范确定了与陈靖西见面的时间。

陈靖西在结束通话之前，说出了最要紧的话：“一定要带上蓝维誉啊！”

说句良心话，姜示范的性格最适合在官场上混。陈靖西亲自见证了姜示范从一名普通的公务员熬到区委书记这个位置的整个过程，尤其是最近几年，姜示范从棚户区改造开始发力，从街道办事处主任、副区长、常务副区长、区委书记一路三级跳，犹如乘过山车，上升的速度太快了。

陈靖西与姜示范的友谊是从情场开始的。这场持续将近 5 年的情场角逐，前四年陈靖西一直占据上风，正当接近毕业的时候，一向春风得意马蹄疾的陈靖西，无意间发现，情势竟然急转直下。

在大学相处四年的女朋友蓝维誉突然对陈靖西说“姜示范是我最终的心中归属”时，陈靖西心中一度五味杂陈，差一点儿没有疯掉。

高调做事，低调做人的姜示范，从此让陈靖西刮目相看。

陈靖西现在都记不得自己在大学里曾经学过了什么。那段记忆当中的所有空白，都被他与蓝维誉和姜示范的感情所填满和操纵。

初中毕业，陈靖西的父母让他有意识地割断了所有的是非。

陈靖西不笨，而且特别聪明，想做好什么事，只要愿意做，没有做不好的。继考入省重点高中后，又接着考入了北宁大学中文系。

第一天到北宁大学报到时，陈靖西遇到了来自阜顺新望区的蓝维誉，对女性外貌极其苛刻的陈靖西，见到蓝维誉第一眼便被迷得魂不守舍。

蓝维誉与陈靖西来自两个不同的重点中学，蓝维誉在一中，陈靖西在二中。陈靖西从来没有想过阜顺会有这样挑不出任何毛病的标致女性。

蓝维誉个头儿不高，身材小巧玲珑，最迷人的是脸上的笑容，一双勾人摄魄的丹凤眼，加上小巧如红樱桃般的嘴唇，与迎风飞舞的栗色长发搭配在一起，让陈靖西整个人瞬间融化掉了。

陈靖西一对眼睛充满了金属的光泽，立刻变成两枚直直的钢钉子，恨不得抡起心中叮咚的重锤，把细皮嫩肉的蓝维誉钉在自己的心里。

就是她了，陈靖西决定把自己的一生交给这个神色冷峻的精灵。

从朦胧懂得男女之爱开始，陈靖西遇到心仪的女孩子一向积极主动。陈靖西早就忘记自己是在入学登记，像一个跟班似的跟在蓝维誉身后，拎包扛行李，仿佛自己不是新入学的学生，而是专门伺候贵宾的服务生。

在入学登记处，陈靖西与蓝维誉第一次见到来自阜顺农村的姜示范，阜顺有四个区三个县，所有县中属吉原满族自治县最穷，而姜示范所在的椽子沟村距离市区有一百多公里，如果不是上大学，姜示范不要说去省城，就是到县里和阜顺的次数都屈指可数。

与其他入学新生不同，从村到乡到县到阜顺和省城，姜示范先后转乘了五次公交车，到学校时已经灰头土脸。

神情木讷的姜示范见到陈靖西、蓝维誉，身板异常僵硬，一袭没有下过水的蓝色西装，尽管“一拉得”的领带扎得有板有眼，但因为衣服料子比较廉价，已经皱皱巴巴，白色的衬衣领子一边在领子外面，一边在领子里面。

陈靖西再朝他脚下望去，白袜子、大边鞋……衣服与周围的所有都不搭。

看到阜顺老乡，油嘴滑舌的陈靖西同情之心油然而生，赶紧拉帮结伙：“哈哈……我们都是阜顺的，有事吱声啊！”

姜示范显然不信任陈靖西，双手不自觉地捂着裤裆，陈靖西以为他是被尿憋着了，赶紧告诉他厕所的位置。

姜示范依然手足无措，登记处的老师催他赶紧交学费，姜示范竟然小跑到附近草丛中解开裤带，从裤裆里拿出一沓面值大小不一的钞票。

自从陈靖西看到姜示范这种种不搭调的动作，就暗自在心里定下两个大学目标：一是想方设法把蓝维誉搞到手，二是要把姜示范从内在到外在的气质加以改变。

毕竟都是从阜顺出来的，陈靖西觉得自己丢不起这个人啊！

后来的一切证明，陈靖西的想法全都是错的。虽然他在外在上改变了姜示范，在内在上也帮了姜示范一把，但姜示范的内在气质深度却难以测量，这其中，姜示范能够不动声色地搞定蓝维誉，就是一个最有力的证据。

陈靖西由此做出总结，凡是在官场上有所作为的人，情商必然很高，把妹的手段会更高。

另外，陈靖西最终明白了一个道理，一个人在仕途上是否有前途，并不在于上面是否有背景或有人，而在于超强的把握机遇的能力。

姜示范把握机遇的能力可以说是与生俱来的，走入仕途后，姜示范与普通的公务员并没有差异，甚至在小小的街道办事处蛰伏了十年，之所以一鸣惊人，就在于一种心态和坚持，坚持的心态平时看似无关紧要，然而一旦碰上了机遇，其能量无法估量。

棚户区改造这个历史机遇，成就了阜顺 30 万名百姓的住房梦想，改变了阜顺几十万名困难群体的生活轨迹，也改变了姜示范的个人命运。

姜示范是一个身体和思想都会发光的人。

陈靖西很少在家吃饭，每天吃饭没有准地方，一般是流窜着在阜顺各种大大小小的饭店轮流着吃。

冬天他一般组织人马到阜顺三县，其中前安镇佟庄子就是一个点儿。北方的冬季，是吃货的季节，大雪滔天，冰天雪地，最讲究的是吃哈什蚂。

哈什蚂在南方叫雪蛤，要说雪蛤，属阜顺山林中出产的品质最好。

阜顺作为清王朝龙兴之地，一些土特产一直受皇家惦记，随龙入关的皇亲国戚，旗人子弟，总忘不了阜顺的人参、单片木耳、哈什蚂，很长时间当成贡品进贡到宫里。

秋天和冬天，阜顺当地人有爱吃狗肉的习俗。阜顺有许多朝鲜族人，例如阜顺与省城之间，新建起来一座能容纳20万人的新城，那地方原来叫李石寨，就是朝鲜族的聚居地，狗肉是当地一绝。不过，要说阜顺吃狗肉比较讲究的地方，一个是市中心老桥附近的狗肉一条街，另一个就是新望区老海狗肉、二哥狗肉。

陈靖西一直对小动物关爱有加，一般不吃狗肉，但陈靖西比较驴，喜欢吃驴肉，在新望区海城街，有一家“大肥驴肉”，是陈靖西经常光顾的地方。

春夏之交，陈靖西喜欢吃羊肉喝羊汤，阜顺最上讲究的是海洲区西葛羊汤。每天组织饭局要占用陈靖西的一部分时间，“喂喂……”陈靖西又开始在公司大呼小叫，然后来到站前“宝兰海鲜”继续嚷嚷。

这次吃饭陈靖西并没有任何目的，陈靖西寂寞了，想找点乐子，找了一些能玩会闹的人。

人逐渐上来了，首先进来的是陈靖西最不愿意看见的人——占洲，这小子是《北宁晨报》驻阜顺的记者。

陈靖西与他认识，是因为自己的装修公司承揽的一项房屋出了点问题，手底下的人偷工减料，工程质量不过关，让人看出来并向媒体投诉了。

陈靖西是什么人啊！过去就对手底下人一顿臭骂：“你们这工程是怎么干的？全给我卷了，用最好的材料再给我弄一遍。”

这是态度，陈靖西无论干什么工作，态度一直都很端正，并且目的性很强。从此，陈靖西就与干新闻媒体的占洲认识了。陈靖西对占洲的看法是，从埋汰阜顺出发，阜顺的好事他不感兴趣，专找难受的地方曝光。

占洲这小子还有理由，一句话交了底：不是我不报好事，好事我真报不出来！好事的选题一上报就给毙掉了，现在的媒体就这德行，你见到省级以上电视台直接曝光过省部级单位吗？省里的媒体收拾市级的，市里的媒体收拾乡镇的，专拣软柿子捏，我们《北宁晨报》也不例外。

到了晚上 6 点，人陆陆续续地来了。陈靖西、占洲、郭旗、张胜义，女的分别是瑜伽教练韩燕、作家淑懿、奥数老师齐美艳。陈靖西一如既往地好色，首先把瑜伽教练纳入身边，顺手吃口豆腐，在韩燕细腰上摸了一下。

韩燕也不作声，只是脚下使了一下劲儿，不动声色地踩了陈靖西一脚。

男女间隔着坐，女的还是少了一位，虽然不够分，却为以后喝酒竞争埋下了伏笔。

郭旗给市里某位领导当秘书，或许因为他在机关待的时间长，显得拘谨。在城管执法部门当处长的张胜义则恰恰相反，用轰赶小贩的嗓门与美女们打招呼。

张胜义太没素质了，陈靖西让他先老实点，然后先上四瓶劲酒，男人一人一瓶。

座位顺序是这样安排的，陈靖西的右面是瑜伽美女，左面是女作家淑懿，接着是郭旗、齐美艳、李占洲、张胜义。陈靖西故意让张胜义挂单，负责点菜、跑腿。

张胜义十分不满，却也没有办法，小声对陈靖西说：“你们旁边都有美女，急眼了我叫外卖！”

“宝兰海鲜”从装修上看档次并不高，消费价格大众化，由于来吃的客人较多，从大连上来的海鲜都是新货。

阜顺也有几家比较高档的海鲜店，例如金丰园、海韵楼、海王府……档次虽然较高，但价格相对较贵一些。陈靖西喜欢热热闹闹的场面，周围到处都是人，吵吵嚷嚷地伸着脖子说话。

为了能更热闹，陈靖西又把电话打给画家宋晓楠。不过宋晓楠太能装了，陈靖西打了几次电话她都不来。先前说是要来的，但听陈靖西介绍了一圈客人，就开始找借口。她与郭旗原先谈过恋爱，不来显然是因为还没有完全忘记旧情。

陈靖西极其看不惯男女有点感情，就经年累月地纠缠不清。累不累啊！人活着一辈子除了闭眼睛睡觉，很多时间都耗费在功名利禄瞎扯淡上了，留给男女感情的时间并不多。

这就好比赶车没赶上，司机先一步关门把车开走，最好的办法是平心静气地等下一趟。可有的人不，要打电话投诉，评理，有这时间干什么不好。宋晓楠就是爱认死理的人，过去多少年了，还单身一人。

陈靖西对她说话向来不客气：“你这是浪费青春啊！如果现在没有好的，我先捎一下，咱长途的不行，短途还可以吧！闲着也是闲着。”

电话那边宋晓楠在找借口：“啊！刚才忘记了，今天约了一个模特，我要画画。”

撒谎也不会，陈靖西没好气地说：“行了，你先让那模特回家，你过来喝酒，吃完饭，我当裸模，让你画个够……”

“滚！”宋晓楠气急败坏地撂下了电话。

“新洗了床单？让我滚，你不来也行，你先洗澡，等我这边完了，就去你那儿！”陈靖西这嘴巴，饶谁也不饶女人。

第五章

那边电话宋晓楠早撂了，陈靖西还是自顾自地说。听电话中再没有反应，他给自己找了一个台阶说：“女人就这样，尤其是没有爱情滋润的女人，不经常浇油，内心要生锈、各色。”

好事不出门，坏事传千里。酒店里的饭桌就是一个庞大的消息源，有根据的没根据的，会随着酒精的弥漫放大。

随着食客增多，周围饭桌上传来的谈话内容，基本都围绕着这座城市展开。

这种非官方传播方式，具有很强的渗透力，谁谁是某位领导的亲属，谁谁是某位局长的叔叔、二大爷，带色的桑拿浴背后老板是谁。

说者有鼻子有眼，听者五迷三道，相信网络和微信上的小道消息，而不相信正规媒体发布的权威消息，是信息社会化的通病。

“听说 ××× 的一个副区长被双规了？”

“屁啊！那是副区长吗？是区长助理，我舅就在那个区当领导，现在他是局长，能假得了？”

“听说某局长调回省里！临走让市里给了个处分！一定是得

罪了哪个领导……”

“你知道啥啊！给处分一点不冤，城东有个开发商为了修车场，把浑河大堤底座挖了。执法队就设在他那个局，就是不管……”

“市委不是处分了那个局长了吗！”

说到高潮与不着边际处，人们把所有的陈芝麻烂谷子都拿出来晒一遍。

陈靖西是通过吃饭跟这个城市各层面发生紧密联系的，不一定每一个饭局，都怀有目的。有目的地吃饭，往往很难达成目的。饭局看似简单，却是这个城市不能缺少的文化。饭局！饭局！吃的不仅仅是饭，而是一个能拓展未来的局。

吃完饭快晚上 9 点了，陈靖西开着车开始到处送人。

韩燕早就坐在副驾驶的位置上，说真的，陈靖西今天晚上真没有把她领走的意思。在饭桌上最热络的男女，并不一定能成其好事，往往是那些默不作声，甚至在饭局上说话一本正经的最容易产生故事。

齐美艳、占洲、郭旗家在南站，齐美艳有车，一堆儿都送走了。张胜义家在新望区，正好搭陈靖西的顺风车，剩下的是韩燕和淑懿。淑懿家住休育场附近，陈靖西家住和平桥头顺天水岸，韩燕家住经济开发区的挪威森林，毫无疑问，这两个女人要跟陈靖西走一路。

陈靖西想了半天辙，眉头一皱计上心来，他对张胜义说：“我把你丢道街，你搭一个回头车回新望吧！”

张胜义在道街下了车，陈靖西把路虎拐上河堤快速路。为了活跃气氛，陈靖西顺手打开车载音乐，许巍的《蓝莲花》开始在车厢内回荡。

两个女人眼神迷离的样子，看似都醉了！

陈靖西提议：“回家太早，咱还是顺着大河，欣赏欣赏咱阜顺的夜景吧。”

两个女人异口同声地说好。陈靖西把车转到啤酒厂方向，然后插到永安宾馆，再折头上了河堤，一路匀速向西行驶，一边走一边和着音乐节奏，点评沿河景色。

到了和平桥直奔开发区，在海洋馆和热高乐园兜了一圈，车停在挪威森林的大门前，陈靖西一往情深地对韩燕说：“你到家了！”

韩燕非常不高兴，按照送行的前后路线，应该是淑懿先下车，结果陈靖西一改行车路线，最后留在车上的却是淑懿。

饭局和车上，淑懿一直不声不响，现在却装成酒醉，睡在车后座上。

韩燕气愤地一扭屁股，走了。

车上了英石沟大岭，道路宽阔起来，一路沉静的淑懿从后座一下子爬了过来，顺势把头扎在陈靖西怀里，陈靖西赶紧把住方向盘，把险些拐到沟里的车，使劲打过来，陈靖西心中像有一窝小兔子要往外爬。

淑懿的嘴巴啃在陈靖西的大腿上，痒痒的……让陈靖西抓心挠肝。

车灯崭亮，陈靖西紧紧盯着路前方，想把车停到一个比较靠谱的地方，经过一个个街道和村庄，陈靖西一时找不到适合停车的地方，道路两边都是人家。

车爬上英石沟岭，环境相对僻静，陈靖西刚把车停在山边，淑懿突然把车座放下，陈靖西整个人仰面朝天倒下了，淑懿一甩长发把陈靖西的脸遮挡住，陈靖西眼前一黑。

正在此时，外面先是亮起了一束强烈的手电光，而后是剧烈的敲门声。

陈靖西骂了一声："奶奶的！"隐约看到外面是一辆警车。

陈靖西看不是拦路抢劫的，松了一口气。

推开车门，两个穿着制服，没戴帽子的警察，一边一个，一把就扭住了陈靖西的胳膊，然后把他摁在车门上，上上下下一阵摸索。

"出来！"协警把淑懿吆喝下来。

"告诉你，我可认识你们局长。再对妇女不尊重我投诉你！"陈靖西开始唬他们。

这时，从前面警车前排下来一个大个子，用手电往陈靖西脸上晃晃，随后连声大笑。

陈靖西眯缝着眼睛，被来人莫名其妙的笑声搞蒙了，等大个子走近，才看清楚，原来是十多年没见的站前派出所所长大华。

一晃十多年不见，大华原先很瘦的身材略微胖了些。

"华哥！我是老西啊！"陈靖西惊喜地大叫了一声。

两名协警见陈靖西与大华如此亲热，连忙把陈靖西放开了，陈靖西兴奋地朝大华身上扑去。

大华趁势来了一个标准的擒拿手，把陈靖西夹在腋下，挥起大手，抡圆了朝陈靖西屁股拍。

"华哥，你不在站前派出所，怎么大黑天跑到这里来了？"陈靖西问。

"我调到海洲区来了，副局长，常务的。"大华为了表示自己有长进很行事，着重强调“常务”两个字。

“华哥，我和小阁经常说起你，老想你了！”

“小阁？啊！那个手挺黑的小子，我挺佩服他的，他现在怎么样？”

陈靖西与大华说好，等找到一个合适的日子，要找小阁一起聚一聚。临上车，陈靖西回了两个协警几句：“看到了吧？我真认识你们局长。”

然后，开车扬长而去。

陈靖西玩是玩闹是闹，快到周末了，他倒没有忘记周五晚上跟姜示范、蓝维誉聚会的事，姜示范尽管已经答应下来，但陈靖西还要进行最后的确定。

陈靖西从来不会请人一顿饭就办一件事情。帮小阁探听消息是一方面，另一方面，陈靖西还真想见见这两位老同学叙叙旧，谈谈感情。

打通电话，那边传来低低的应答：“嗯？啊……行，晚上7点。”

第六章

隐约有从麦克风传来的讲话声音。姜示范在开会。从陈靖西能打通电话的情况分析，应该不是什么重要会议，市一级的会议，手机信号会被屏蔽掉。

作为区委书记，上上下下要参加的会议实在太多了。有些会议必须参加，例如市委书记、市长组织的会议，这种会议不可能缺席。平级有相关利害关系的单位组织的会议必须参加，因为这关系到城区会不会吃亏或得到实惠。下面组织的会议则更多，区委书记、区长是否出席，则代表一级领导的重视程度。

阜顺作为东北老工业基地的标志性城市，一个拥有 200 多万人口的城市，城市人口 140 万，农村人口 80 万，十多年前因为企业改制，被裁撤的局委办和所属企业太多了。

过去，阜顺有机械局、纺织局、二轻局、电子局……而现在这些局都已经不存在了，以纺织局为例，全部企业工人都属于集体性质，从干部到工人几乎全部下岗失业，这种局虽然是小局，但人数也有五六万。矿务局和石化企业所属的集体工人，总数不会少于几十万，全市企业 70% 左右职工下岗失业。

“当前改制，企业普遍存在的问题是破产企业统筹外预留费用严重不足，政策性破产企业社会职能移交未到位，后续资金缺口较大，厂办大集体遗留问题较多等。”

姜示范曾经一语道破了企业改革不顺，东北难以向前发展的症结。

姜示范对新望区50多户破产企业进行过调查，按照生命余年测算，统筹外费用需要4.5亿元，缺口2.3亿元。厂办大集体513户，职工总数193891人，绝大多数企业处于无资产、无生产经营活动、无主办国有企业的“三无”状态，企业账面资产、资产负债率、实际资产可变现的不足3%。

东北企业改革和振兴的目的，无非是要甩掉包袱，让企业轻装上阵。企业关停、倒闭、破产之后，许多产业工人名义上是“下岗”，其实已经失业，因为人事关系依然保留在原单位，“下岗”者其实比不上真正的失业者，真正的政策失业者可以享受到社会保障等政策，而下岗工人虽然号头挂在原单位，但因为单位没钱缴纳保险，难以享受到国家提供的失业政策，真实生活要比失业者难过。

姜示范、陈靖西等人看到了太多在阜顺发生的悲剧……几十万名产业工人下岗失业，几乎冲击了阜顺每一个家庭，并由此引起了一系列社会问题。

阜顺矿务局原来是东北最大的矿务局之一，因煤兴起的阜顺几乎占据全市半壁江山，土地、房产、交通、市场……各行各业都与矿务局发生关系，一荣俱荣，一损俱损。

阜顺最大的医院就是矿务局总医院，十多年前下岗失业潮席卷全市的时候，这个具有一百多年历史的大医院，科研、高级、中级以上职称的医疗骨干流失了几乎一多半。在岗的主任（教授）级医生月工资 600 元，而选择离开到北上广的医生，月工资在 5000 元到 1 万元。

全市流失的中高级科研人才不仅仅是医院，阜顺三个国家级科研院所和其他厂矿科研单位，都出现了人才流失现象。而普通工人为了谋生，除了入关和南下，还出现了出国打工潮。

刚开发不久的海南也成为阜顺人新的聚集地，东北及阜顺为什么有如此众多的人，出现在中国最南端的海南呢？

陈靖西向姜示范揭示了其中的秘密。陈靖西说："一位曾经在阜顺市委工作的领导，调任海南一大城市当领导，凡是易地做官的领导，都会重新栽培自己的人脉，除了可以利用的下属，其他人脉也会随之而去，例如开酒店、开商场、开出租车的……都要随之迁移。"

陈靖西一次带着老婆去海南玩，到处都能听到阜顺和东北口音，还经常能见到许多熟悉的面孔。

知识分子、高科技人才、高级技工、大学生、年轻人可以远走高飞，而 40 岁以上的人，因为拖家带口，总不能背着老人和房子走，只能留在阜顺的大街小巷做小生意。

大雪之中，坑坑洼洼的城市街道上，到处都能看到卖菜、烤羊肉串、开三轮摩托的下岗失业工人。

小阁原来的工厂，一个因为生重病没钱报销医药费的老工人，抓着原来厂长的脖领子吼道："我们吃着猪食，干着驴活，最后临了，还要卸磨杀驴……我们不服！"

姜示范周五所要参加的活动实在太多，上午棚改新区落成 5 周年，虽然主要内容是一帮老年人扭秧歌，但棚改是中央和省里重视的项目，省市电视台记者都来采访，往上面送片子，主管意识形态的区委书记不露面不好。

之后，姜示范要接待一帮上访的人。

阜顺的上访归属地管理，就是不管你在什么单位什么企业，只要上访者住在新望区，新望区就要出面管。

接访让姜示范如坐针毡，那些老百姓可不管你是不是领导。有些事情都几十年了，几任领导都没办法，新上任的领导又会有什么办法呢？

遗留问题很多，甚至涉及一部分群体的利益。政策摆在那里，不符合规定，你想突破政策或借钱给事办了，今天给这帮人解决，明天还会有另一帮人来闹。

姜示范的乡村背景让他非常理解这些人的疾苦，处理这些问题轻车熟路。叔叔、大爷、大娘地叫着，扶着，能在区里解决的，他尽力协调各个方面，帮着办。办不了的，通知民政部门或街道，送点钱，送点油，送点面。在这方面他非常细心，甚至把每个人的名字记在本子上，逢年过节还要打个电话拜年。

一些老上访户很少为难姜示范，甚至看他来了，就会转身走掉。当干部当到这份儿上，让许多同级别领导异常羡慕。几年来，姜示范在全区群众当中赢得了非常好的口碑，卷柜里塞满了群众送来的各种各样的锦旗。

陈靖西十分看重请姜示范吃饭这件事，他要帮助小阁摸清乔亚丽现在的情况，以及小阁能见到“情人”的途径。

第七章

商人陈靖西与在官场上的姜示范完全是两种生活状态。

在邀请姜示范的这几天，陈靖西几乎没闲着，今天有人请他吃饭，明天他找别人吃饭。在阜顺摆饭局的地方，因人而异。市里领导招待宾客的地方在满城宾馆，矿业系统的在元宝大厦，石化系统的在石化宾馆。一般社会上有些身份的人在凤凰楼、金丰园，有些情调的到迪欧咖啡，社会上其他人等有上河东的，也有去新望区的。平民百姓则愿意在新望大街，河北将军街边吃肉串……

请什么样的人，选择什么地方吃饭十分有讲究，作为区领导的姜示范并不愿意在餐饮娱乐场所抛头露面。

陈靖西把请客的地点定在了白家店，白家店紧邻大伙房水库，属于萨尔浒古战场的东岸，这里有各种野菜、野味、湖鲜，因为是当地人掌勺，农家风味做得很地道。

陈靖西一大早便开车定好了饭店，然后开车跑到萨尔浒旁边的一处实弹靶场，靶场里管事儿的是陈靖西哥们儿。

哥们儿就是哥们儿，知道陈靖西的喜好，专门配发了一个女陪练给陈靖西。这女陪练长得真不赖，头戴棒球帽，一身白衣。

戴上耳麦，陈靖西装成啥都不懂，把枪口四处乱瞄，女陪练急了：“哎！如果保险打开，你这样举枪会伤人的啊！”

“砰砰砰……”首先开枪的是女陪练，她打枪时眉头紧锁，嘴角微抿，肩膀平稳，枪响后震动的肩膀必然回到原来的位置，飒爽英姿的确把陈靖西镇住了。

10枪，95环。

陈靖西手有些抖，慌乱地放了一枪，这一枪没有打中靶子，却击中了一头猪。这个靶场生意清淡，为了吸引客人在靶场内散放了一些鸡鸭鹅猪，如果有客人击中了猎物，那就是等于中了彩，老板会向客人索要额外的费用。

陈靖西异常高兴，让人把猪拖过来，这一枪正打在猪的头上，死猪眼睛瞪得圆圆的看着陈靖西，陈靖西浑身一激灵，险些把小便尿到裤子里。

陈靖西打完靶把那头猪拉到饭店，让伙计剃毛、分割收拾出来，准备带给相关的客户享用。

陈靖西给小阁的爸爸留下一块排骨，给姜示范和蓝维誉留下一个后丘。

一个没有任何社会背景的小公务员，要想在仕途上有所精进，必须要学会忍受寂寞，学会蛰伏，姜示范在基层整整蛰伏了十年。

当一个城市陷入萧条和孤寂的时候，人的欲望会从各个角落蔓延开来，到处都在躁动，声色犬马，官场的喧嚣与沉寂，社会底层的挣扎与喷发……

姜示范一向很准时，不管参加任何约会他总是提前到达，如果路上不出现大的闪失，总是提前5分钟。

到白家店之前，姜示范从傍晚5点30分开始，已经跑了两个饭局。一个是阜顺招商引资说明酒会。有些规模的经济开发区已经成为阜顺新的投资热点，如果这个区域运作得好，将把阜顺与省城两座特大城市连接在一起，东北有可能诞生第一个超大型城市。

同姜示范经常合作的一个浙江客商也参加了这次说明酒会，区里有一个大项目正与这个客商运作，区领导不去不好。

紧接着姜示范又去了阜顺宾馆，日本一个友好城市访问团这天上午刚从北京过来，第二天要到姜示范所在的区活动，因为有市委常委参加，姜示范还得过去。

这些招待性质的酒会，是官方组织并具有礼节性的，姜示范一如既往地微笑，一如既往地真诚，一如既往地说着那些倒背如流的敬语。

从阜顺宾馆出来，姜示范放跑了司机和车，与早已等在宾馆外面的蓝维誉一起搭上一辆出租车往白家店而来。

蓝维誉明白姜示范搭出租的用意，那代表他今天要敞开量与陈靖西喝酒。

姜示范在官场、酒场一直很注意分寸，没有一次喝多过，他与陈靖西不一样，陈靖西从来都是奔着喝高了去。

姜示范的内心世界只有陈靖西知道，也只有与陈靖西一起，他才会真正做到身心放松。

见到俩人进来，陈靖西拍了一下姜示范的肩膀，然后直接奔蓝维誉而去，毫不犹豫地抱住大学时代的前女友端详着："你可想死我了！"

蓝维誉推开陈靖西："还那个德行，滚开！今天我带着老姜，专门来放你血的！"

“血有的是啊！凭咱这实力，一时半会儿还放不干，哈哈……你比以前丰满了，有点官太太的模样了。”陈靖西极力恭维蓝维誉。

姜示范靠在沙发上：“先来一壶龙井，上好的啊！”

“到底是区领导啊！这么腐败的词汇也敢说出来。”

“我在办公室只喝一般的花茶，抽烟只抽人民大会堂，你以为我不知道什么好喝，什么好抽啊……”

蓝维誉下牙真狠，立即帮姜示范消费陈靖西，她向服务生吩咐：“还是要大会堂吧！要软的；茶不要龙井，龙井太杂，来武夷山大红袍，告诉你，我可是能喝出来真假的……”

人民大会堂香烟软的比硬的贵，蓝维誉看来深谙此道。

白家店的农家饭食以鱼著称，到了冬季，大伙房水库里的鱼愈加新鲜。

陈靖西点了6道菜，胖头鱼头、清蒸岛子、干炸柳条儿，先是三道鱼上来，接着是红蘑炖土鸡、清炒蕨菜、酱蘸刺嫩芽。

阜顺一般宴席上的瓶酒是泸州老窖，如果要突出阜顺特色，那就上特供千台春。瓶酒一般曲子味儿太浓，要不就是强烈、寡淡，喝多了难受，闹不好喝完睡一觉，满嘴还是酒曲子味儿。

陈靖西与姜示范在一起从来不喝这类瓶酒，只喝当地粮食烧酿的“金粮玉液”，这酒出自土烧锅，喝多少不欺负人，不会后返劲儿把人醉倒。

倒上酒，姜示范在吃鱼之前，来了一段“品鱼经”，看来姜示范经过几年的洗练，酒桌上的经验着实长进了不少。他夹了一点鱼脖子下面的肉放在蓝维誉的碟子里，说：“吃这个，鲜嫩着呢！冬吃头，夏吃尾，春秋吃分水……”

这话陈靖西还是第一次听说，问：“啥意思呢？”

姜示范跟陈靖西撞了一下酒杯，抿嘴连赞酒好，然后用筷子头指着桌子上的鱼说：“一般人，总以为活鱼就是鲜鱼。其实，即使是活鱼，只要细心品尝各个位置的味道也有区别。冬天鱼爱在水里摇头晃，而夏天呢？鱼在水中摆尾，春秋两季，鱼浮游在水面，时常用分水游动，所以啊！吃鱼只有掌握了鱼在各个季节的习性，才能吃到最美、最好的鲜肉。”

陈靖西对姜示范庖丁解“鱼”式的细致解说很是惊讶。

“嘿嘿……示范！你这么老奸巨猾，千万不要当贪官，缺钱我没有，缺口饭吃，我陈靖西现在的家底一辈子吃不完。”在陈靖西看来，现在的姜示范已经不是当初的姜示范，性情风格与上大学时已经大不相同。

陈靖西做事向来是自然而然，他感觉贸然提到乔亚丽一定会引起姜示范的反感甚至警惕。

姜示范与上大学时相比酒量大增，六两酒下去竟然没有一丝醉意。

陈靖西突然说：“听说你们区里出了一件大事，又有人被市纪委请去喝茶了？”

“听谁说的？胡扯！”姜示范神情自若，他高声喊来服务生帮蓝维誉要了一听果汁，然后体贴地倒上一杯。

陈靖西心里这个酸啊！毫不掩饰地对两人说：“你们相互恩爱，也不能拿我请的酒调情啊！”

蓝维誉得意地笑了笑，跟陈靖西碰了一杯，然后用嘴巴噘了一下：“知道差距了吧！你那铁血柔情全奉献给年轻的妹妹了，咱们夫妻今天的目的只有一个，杀富济贫。”

姜示范在一旁嘿嘿地干笑，三个有着许多复杂情愫的人在一起无论开什么玩笑，他都不嫉妒。

“扯啥啊！听说被请去喝茶的是你们搞城建的局长。我告诉你，下面进去了，总会牵扯到上面。你可要早做准备，不行我找人把你捞出来。”陈靖西极力要把话引到正题。

姜示范说：“那是前海洲区的一个副局长，事儿并不大，几十万吧！”

“怎么总是土地与城建出毛病，乔亚丽那个案子没结，怎么又出了事。”陈靖西终于把话引到了乔亚丽身上。

陈靖西知道姜示范与乔亚丽不是一般的熟悉，尽管二人有许多磕磕绊绊，但乔亚丽的底细姜示范比一般的人知道得多。

姜示范曾经与乔亚丽一起共事，就坐在同一张办公桌上。关于那段经历，即使是乔亚丽没有出事之前，姜示范也很少提及。姜示范几乎目睹了乔亚丽从一个天真烂漫的姑娘，到成为机关算尽的小三全过程。

陈靖西没有直接提到小阁与乔亚丽的关系，姜示范其实与小阁相当熟悉，在他当街道民政助理时，因为小阁父亲瘫痪在床，没少往小阁家跑。特别是2002年，小阁在法国打工的姐姐，为躲避警察检查，从三楼失足摔死，曾在法国引起轩然大波。为了给小阁姐姐出国奔丧，姜示范跑前跑后帮了不少忙。

考虑到小阁与姜示范毕竟隔着一层关系，陈靖西真不愿把小阁交代出去。陈靖西试探性地问姜示范：“现在想见乔亚丽，有办法吗？”

“你？”

“你……”

姜示范和蓝维誉几乎同时用“你”的疑问句式问陈靖西。尤其是蓝维誉，看了一会儿竟然扑哧笑出了声，刚吃到嘴里的南瓜饼，险些没吐出来。

蓝维誉：“真不挑人，连乔亚丽也跟你有一腿。”

陈靖西觉得很委屈，谁让自己底子潮啊！在涉及女人的问题上，陈靖西总会被误解成道德败坏的浪荡公子。

陈靖西深深知道蓝维誉对他一直有误解，每当陈靖西提到任何一个女性，她都认为陈靖西与她们上过床。

“问问你家示范，我与乔亚丽有过来往没有？”陈靖西为了证明自己的清白极力辩白。

“见她干什么？”惊讶之后，在官场上历练已久的姜示范依然沉稳。

“就想见！”陈靖西觉得没有必要与姜示范再解释什么，像陈靖西与姜示范这种关系，姜示范能说自然会说，且不会继续深问。

姜示范好像是要吃完了，开始用牙签剔牙：“在没宣判之前，最好别见，见她会给许多方面添麻烦。”

“看来我这顿饭是白请了！”陈靖西表示失望。

姜示范：“我就知道你不会平白无故地请我吃饭。等案子审结完了，你找余馨或许能见到她。”

“余馨？”

“是余馨，她现在在青溪市当副检察长，听说主管乔亚丽的案子。案子没审查完，谁也见不到。”

陈靖西高兴地差点没蹦起来。余馨可是陈靖西的粉丝，上大学的时候，陈靖西因为能说会道，一点也不寂寞，身边有不少女同学都是他的粉丝。

第八章

说陈靖西浪荡不假，但绝非浪得虚名。

陈靖西少年时随武氏太极拳传人薛印习武，还真学到了一些真本事。上学时陈靖西常常百无聊赖，选修了跆拳道课。

教练从韩国回来，就是人太狂妄了，一上跆拳道课，汉语、韩国话一起夹杂着，称赞韩国怎么怎么好，虽然没直接把中国武术说得一无是处，但显然是看轻了中国武术的。

教练想把学生镇住，先是拿出几块木头板子，噼里啪啦一顿乱踹，引起同学们阵阵掌声。

踹完木板，教练开始找人训练，或许是看陈靖西长得瘦，第一个把陈靖西叫到面前当陪练。

陈靖西站起来无精打采地想，你想怎么地，就怎么地吧！陈靖西无所谓，但教练起码要尊重一下他陈靖西的人格啊！

教了几种招式，为了显示教学严格，教练开始真摔真打。陈靖西的屁股一次次被摔到地上。学跆拳道的很多是漂亮的女同学，陈靖西觉得很没面子。

薛家太极拳在阜顺儿童公园开馆时，也没有几个人瞧得上，这种拳法看似无意，招招都是必杀技。

薛老师与陈靖西父亲要好，教的招式自然实用。

于是再次对战时，陈靖西猛然借力发力，用太极推手把高踢腿的跆拳道教练接连几次放倒在垫子上，跆拳道的老师才知道眼前这个面目清爽的学生，原来是一位深藏不露的太极高手。

下面研修跆拳道的学生连声叫好，其中属余馨叫得最欢。

余馨家住省城，陈靖西还去她家玩过，余馨爸爸妈妈都挺喜欢陈靖西。

当时，陈靖西正跟蓝维誉谈恋爱，心里还装不下其他女人。

这么多年，想起过去的大学生活，是挺让人浮想联翩的。

1995 年以前，姜示范还不很得志，因为文笔好，被区里从街道办事处借调到区里写材料。

海洲区在没有大规模开发地产之前，区委、区政府都住在临近市场的一排平房里，党政群团部门与各个机关挤在一起。

乔亚丽年轻时并不像网民传说的那样丑。姜示范认识她的时候，乔亚丽是团区委副书记。

乔亚丽口才很好，煽动性极强，经常把会场调节得山呼海啸的。

姜示范曾在媒体上看到过有关乔亚丽的报道，那张照片上的乔亚丽看起来的确有些丑了。几年的宦海沉浮让乔亚丽眼中充满了世故，尤其是面色神情。

人的面部神情是多年情绪积淀，你善良，脸上就会有笑纹，你沉稳，面部皱纹就会凝重，你凶狠，脸上的皱纹就会往横里去……姜示范看到的乔亚丽，面目表情阴鸷而乖戾。

在最初工作的时候，姜示范与乔亚丽有很深的误解，后来分别在不同的区工作，彼此来往很少，当得知她出了大事的时候，心中难免产生复杂的悲凉之情。

姜示范在担任区领导以后，经常会想起年轻时候的乔亚丽。

送走了姜示范和蓝维誉，陈靖西开车来到阜顺最中心的老桥上面，这里曾经是他与蓝维誉谈恋爱时经常来的地方。

十多年了，陈靖西有了老婆孩子，但他与蓝维誉的变故，还是一直没有找到答案。每当陈靖西恬不知耻地向姜示范、蓝维誉寻求答案时，姜示范总是笑而不答，而蓝维誉则一口咬定说陈靖西太花心，难以托付终身。

陈靖西是何等聪明的人，他知道这里面一定有问题。

陈靖西是一个宽宏大量的人，失去了蓝维誉几乎改变了他对人生的看法，经过几年的挣扎，他还是不愿意失去姜示范、蓝维誉这两个好朋友。

想想姜示范也挺不容易的，除了从陈靖西手中抢走了蓝维誉，大学毕业后蹉跎了好几年。这叫情场得意，职场失意。

陈靖西就是恨不起蓝维誉，如果不是当初蓝维誉找陈靖西，陈靖西看在昔日情人的面子上，大度地冰释前嫌，姜示范大概现在还在东北大山里的小学教书呢！

按照定向分配，姜示范应该回县城或乡下教书。蓝维誉为了让姜示范留在市里，求陈靖西的父亲托人把姜示范留在了城里。

为了加深蓝维誉对自己的愧疚感，陈靖西真求老爸把这事办了。

姜示范去了全市最穷的一个区当了一个普通的办事员。

第九章

陈靖西与姜示范是一对人生知己，也是一对剪不断理还乱的情敌。

在没有失去蓝维誉之前，陈靖西对自己的魅力颇为自信。

陈靖西虽然说话屁扯扯的，但说话做事很注意对方的感受，这与他的家庭教育和生活经历有关。

阜顺南台毕竟是阜顺官场政治和生活的中心，大人、孩子从行为处事到看问题都比较长远。小世界里有大气象，不管是假也好装也罢，陈靖西在这种环境里成长，耳濡目染下，做事显得很大气。

陈靖西从小的玩伴不仅有官宦子弟，还有小阁这种生活在矿区底层中的穷困孩子。

陈靖西有时从爸爸口袋里偷出一支香料味儿很浓的凤凰烟，在学校厕所与小阁一起蹲着抽，你一口我一口，香烟缭绕，苍蝇乱飞，不分彼此的分享中，培养出的哥儿们感情，让陈靖西少了些纨绔子弟的酸腐之气。

陈靖西很狡猾也很高贵，陈靖西很蔫坏也很义气……这样的男人，往往讨女人喜欢。

一位喜欢陈靖西很久的女性很傻很天真地对陈靖西说："找对象，我一定要找质朴、勤劳、本分、纯洁的好人，这样才可以天长地久，白头偕老。"

陈靖西损她："你就说找个不花钱，给你干活的长工得了。"

陈靖西与姜示范住上下铺，姜示范除了学习就是干活，同学之间的玩笑他很少参与，总是捧着书本坐在窗台边看书。

宿舍里没人了，陈靖西买上两包蚕豆、几瓶啤酒与姜示范对坐而饮。最多的时候，陈靖西还是坐在上铺，一条腿耷拉到下边，另一条腿也不老实，踢一下姜示范的后背："别总看书，其他寝室的男生都把女生弄床上好几个了，咱不能甘居人后吧！"

姜示范笑了笑，欠了欠屁股继续看书。陈靖西也不管他，在仔细检讨追求蓝维誉的各个步骤和得失后问姜示范："蓝维誉漂亮不？"

姜示范点点头。

陈靖西自言自语："并不算太漂亮，但身上有个媚劲儿，我喜欢她的头发。"

姜示范说话很气人："喜欢头发，让她铰几根下来给你不就得了。"

陈靖西喜欢姜示范在感情上的木讷劲儿，这让陈靖西在探讨爱情的问题上，一直处于自我潇洒状态，想说什么就说什么，姜示范绝对不会把陈靖西忘我的丑态告诉其他人。

陈靖西用尽了浑身解数，蓝维誉一点动感情的念头都没有。陈靖西尽管有些失落，但在行动上一直不敢懈怠。上大课、小课及吃饭如影随形，蓝维誉上厕所他也要在外面系鞋带儿，耐心等上一会儿。

老实的姜示范都看不过眼了：“你这样，脸皮太厚了吧！”

陈靖西教训姜示范：“懂个屁啊！这叫既成事实，大家都知道我在追求她，让那些不长眼睛的到一边稍息。别看蓝维誉不搭理我，那是端着呢，其实心里不一定怎么美，女的可悲就可悲在这里，明知城池即将陷落，还以为攻城的大炮，是美丽的焰火，呵呵……”

陈靖西最会劝自己，往往能在不利的形势下，找到充分的理由重拾信心。

“不确定的爱情就是黑社会，进入这个不以流氓面目出现的组织，有风险，也很刺激……”陈靖西在那一个阶段的总结虽然不着调，却总是与众不同。

世界上的事情很难说，正当陈靖西追求蓝维誉即将绝望时，一粒儿小小的足球却让他们的初恋峰回路转。

阜顺那一段时间经济低迷，像丢了魂儿。

经济不景气带来一系列问题，冬天寒冷，大半个城市的楼房停了暖气。老头、老太太心气不顺，没有工资，交不上暖气费，供暖企业不送暖气，人们成帮结伙夹着马扎，坐在城市道路中间，警察来了也不敢碰，谁碰谁沾包儿。

下岗失业的年轻人不能上街闹事儿，最好的发泄场所就是体育场。

球员在下面踢球看不清，人们借个场子骂人，抒发心里的憋屈。球员踢得不好骂，裁判吹得不好骂，如果客队赢了，不仅要骂，还要砸，看着狼狈逃窜的球员大巴，球迷欢呼雀跃。

不管赢球、输球，雷锋体育场前面的烧烤大排档全火，胜了喝酒，败了，借酒浇愁，更要喝。

陈靖西的小学同学许伯东下岗之后，在裕民商场做调料生意。

那段时间，北宁足球队风头正劲，刚冲上甲 A 就让钢厂拉到阜顺，冠名北宁特钢足球队。

许伯东精力旺盛，嘴巴身体没有一处不动，如果有足球比赛，便把沾满腐乳、大料、花椒等混合调料味儿的衣服一扒，光着膀子，头上扎一条红布带儿，举着一杆掉了颜色的大旗，骑上摩托车开始招摇过市。

不止他一个疯子。许伯东骑摩托车一般是从三宝屯高速收费站引来全省各地的球迷，然后沿着丹东路一路呼啸，经过矸子山、道街，爬上零道街立交桥，呜呜喳喳一会儿，然后杀奔南站，见到有交警围堵警告，再奔养老院、公园、榆林，经过天湖大桥到河东，转向雷锋体育场……

许伯东身后已经聚集了各种车辆人等，少时几百人，多时上千人，让一个卖调料的找到统领千军的感觉，也许只有足球了。

许伯东经常到省城给上大学的陈靖西送球票，陈靖西不要，说:“你这是公然对我智商的蔑视，有点智商的谁还看中国足球！”

许伯东真弱智，不管陈靖西看不看，球票是一定要送的，在他看来，没有什么比一张球票更珍贵的东西了。

有一天，许伯东带着一个漂亮女人来送球票，陈靖西的心彻底动了。这女的在鲁美上大学，大概是被许伯东在球场上叱咤风云的样子给迷惑住了，不仅情意绵绵，还以身相许，不久，二人竟然要谈婚论嫁。

……

陈靖西第一次走进足球场时遇见了市体委的领导江夫，并从江夫口里得知，足球队是江夫一手策划引进的，每年花2000多万元为辽足冠名，就是想在城市经济低迷的时候提升人气，否则阜顺有被边缘化的感觉。

江夫是陈靖西父亲的老部下，每年春节，江夫都要到陈靖西家里给他父母拜年，陈靖西父亲还是高看江夫一眼的，说他有才气，今后前途无量。

陈靖西说："这就是忽悠人民，穷日子当富日子过吧？"

江夫摇摇头："不，这叫策划，城市形象策划，目的是积聚人气，扩大知名度，招商引资。"

江夫是团干部出身，大多数团口出身的干部其工作特点就是务虚，而江夫最大的优点就是擅长造势。敲锣打鼓，红旗飘飘，甚至胡琴、琵琶、羌笛一起上，怎么热闹怎么来，江夫策划的确有一套，据说一年一度的阜顺满族风情节也是出自他手。

为了让球市热闹，江夫把球迷拉的各路杆子统一到球迷协会旗下。

会长是老板，秘书长还是老板。这两位老板并非泛泛之辈，一个是从摆地摊卖球鞋开始，先是做体育用品，后来做大卖场，紧接着开咖啡店、西餐店。

另一个卖药的老板更神奇，他先前也是摆地摊，后来花钱兑了一张药店的经营许可证。

过去公费医疗，人们很少到药店买药。后来下岗失业的多了，有病了单位也没钱报销，人们到医院看不起病，一般去药店买药，药店一下子火了起来。这位老板一口气在全市开了上百家药店，摇身一变成了知名连锁企业的大老板。电视台广告大部分时段被他的药店垄断，丰胸、补肾的广告片，一时间满天飞。

许伯东要结婚了，他别出心裁要在足球场上举行婚礼。陈靖西作为伴郎应邀参加，当陈靖西陪着许伯东到女方家接新娘子时，发现蓝维誉竟然是新娘的伴娘。

这世界出奇的大，又是出奇的小，出奇的妙。蓝维誉看到陈靖西也异常吃惊，许伯东的新娘子原来竟是蓝维誉的同学。

陈靖西立即厚颜无耻地悄声对蓝维誉说："有些事情是老天定下的，不要违反客观规律啊！"

蓝维誉没吱声，但心的确被触动了，在她心里，其实早就把陈靖西像烙饼一样，翻过来覆过去掂量几遍了。

蓝维誉对陈靖西的评价并不低，属于情人，但不属于爱人。爱人要相伴永远，是米是面；而情人是人生季节里的水果，虽然新鲜、可口，但当不了饭吃。

那一次相遇，蓝维誉的心打开了一条缝，她想，没有粮食的时候，水果也会填补感情的饥饿，谁敢保证陈靖西以后在自己的培养下，不会成为又是水果又是粮食的面包树呢？

想到这儿，蓝维誉含情脉脉地望了陈靖西一眼，陈靖西腿立马软了，赶紧扶住墙。

许伯东没发现两人感情上的微妙变化，他抱起新娘就往婚车里钻。在进行必要的结婚典礼以后，他还要在下午赶往雷锋体育场与新娘子接受球迷们的欢呼祝福。

雷锋体育场能容纳 5 万多人，上一场特钢大比分灭掉上海申花以后，再战山东鲁能泰山，球市异常火爆，一张 30 元的球票被黄牛党炒到 150 元。

许伯东到底不是安生人物，他与新娘从东西两个门分别入场。当新娘穿着白色的婚纱，在蓝维誉的陪伴下登上东看台时，球迷乐队吹起了婚礼进行曲。

许伯东与陈靖西光着膀子登上西边看台，许伯东站在一面直径 3 米的大鼓上，赤脚在鼓面上“咚咚”跳了起来，周围一些小鼓一起敲起遥相呼应。

陈靖西很害怕许伯东把鼓面跳塌了，在下面小心看护着。偌大一个体育场，5 万多人一起掀起人浪，红旗飘舞，彩带飞扬……把在草地上练球的球员都给镇住了，不知道发生了什么大事。

许伯东从西看台中间开始，绕着看台前的小路飞奔，经过哪儿，哪儿就传出欢呼，人浪就会剧烈地掀起，甚是狂飙……陈靖西跟不上许伯东的节奏，眼看着许伯东光着膀子，跑到东看台，一把将新娘子抱了起来，周围的球迷异常疯狂，把纸片、帽子、喇叭等能扔的东西抛上天空。

蓝维誉还没见过如此狂热的球迷，惊叫着从上面看台被挤了下来。

蓝维誉当时眼前一黑，想着自己这下完了，等睁开眼睛，却见自己横躺在陈靖西怀里。

陈靖西抱得很紧，一脸坏笑。蓝维誉借势应了陈靖西，幸福地闭上眼睛，耳边响起球迷的欢呼和祝福声。

回到大学校园，陈靖西想加快进程，可蓝维誉除了散步、聊天、吃饭、拉手来证明恋爱关系以外，根本不给他再进一步增进感情的机会。

平时到外面吃饭，蓝维誉总是要叫上姜示范当电灯泡。不知道什么原因，蓝维誉对姜示范有一种天然的好感，总感觉他是浩瀚沙漠中的一棵树，亘古荒原中走来的一个人，凄凉、寂寥，让人怜爱。

陈靖西也不讨厌姜示范，既然蓝维誉愿意有一个电灯泡，那就点上吧！

陈靖西吃饭爱吹牛，菜少吃，酒多喝，话不能少，吹起牛来，不把牛吹进屠宰场不罢休。

姜示范很少插话。看他拘谨，蓝维誉会换一双筷子夹菜。满桌子的饭菜，姜示范就守着眼前的碟子，蓝维誉夹多少，他就吃多少。陈靖西拿起一瓶沈阳老雪，"咣当"与姜示范瓶撞瓶，一仰脖子喝下半瓶。

蓝维誉不喝酒，只喝茶，而且只喝"祁红"。饭店没有，她会自己从包里拿出茶来，让服务员给泡上。

放寒暑假，陈靖西总想把蓝维誉引进人民电影院或者萨尔浒影厅，然后，摸黑履行自己的程序。蓝维誉不吃那一套，近的东公园、东西四路，远一点的三块石、东陵，都是阳光作业。

一天傍晚，蓝维誉与陈靖西从西公园下来，在"大虎"吃了一顿自助餐，从大铁桥步行到浑河对岸，恰巧一列火车开过来，陈靖西抱住蓝维誉躲在桥中间躲车的地方，列车呼啸而过，风特别大，把陈靖西身上的"凯撒"皮衣的毛领吹得翻起来。

这种机会太难得了，陈靖西一边用肩膀挡住火车的大风，一边把嘴巴触到蓝维誉的嘴边，刚要接触，蓝维誉的嘴比陈靖西的嘴快，一下子咬在陈靖西细细的脖子上，如果不是有火车经过，陈靖西的惨叫声，浑河两岸的人都能听到。

蓝维誉这一口一点不掺假，咬得很实，等火车经过，陈靖西歪头看脖子上的弧形的牙印，竟然渗出了血。

陈靖西几乎都要哭了，蓝维誉呵呵大笑："我告诉你陈靖西，你别以为我像你过去的女朋友，下点迷魂药，就从了你，少来那一套，这事儿得我愿意……"

陈靖西人很贱，被蓝维誉咬了，自己照着镜子盯着牙痕沾沾自喜："这妞儿，有味！"

蓝维誉与陈靖西除了实质性没有突破以外，其感情的渗透几乎无处不在。天冷了，蓝维誉亲手为陈靖西编织了白色的围脖、手套，陈靖西拿起这些爱情信物到处炫耀。

姜示范见到，却有意把脚收了收。姜示范脚上的羊毛袜子也是蓝维誉织的，蓝维誉看到姜示范衣服单薄，在选择毛线上，特别挑选了羊毛含量高的毛线，送给陈靖西礼物的同时，把袜子送给了姜示范。

陈靖西拍拍姜示范的肩膀说："怎么样，咱女朋友讲究吧？"

姜示范每当放寒暑假回来，会背一个布袋，里面装着红蘑、榛子、核桃、山梨干等土特产，让蓝维誉和陈靖西品尝。

蓝维誉、陈靖西对姜示范也特别好，有时陈靖西刚买回来新衣服、新鞋子，蓝维誉说他穿着不好看，让姜示范试一试，大小都合适。

姜示范说："不合适就退了吧！"

俩人异口同声地说："买来谁给退啊！退又不能退，扔了太可惜，你就穿起来吧！"

其实这是他们做好的扣儿，知道给姜示范不会要。经过蓝维誉、陈靖西几番捣鼓，姜示范的穿戴有了大改观，不逊色学校任何一个时髦青年。

大学第三年的春节，陈靖西把蓝维誉带回了家。

陈靖西当干部的爸爸、妈妈，一看到蓝维誉就喜欢上了。陈靖西的父母是见过世面的人，从外貌到气质对蓝维誉的评价极高，他们对儿子说：“等大学毕业了，就结婚吧！”

陈靖西专拣老人爱听的说：“不着急，我们已经商量好了，先立其业，后成其家。”

大学即将毕业前夕，陈靖西与姜示范的位置突然发生逆转。蓝维誉公然告诉陈靖西，她爱的人是姜示范。

这种爱几乎没有任何征兆，陈靖西至今也不明白，自己与蓝维誉快到了谈婚论嫁的地步，是什么原因让姜示范突然有了这种魅力，获得了蓝维誉的芳心呢？

第十章

陈靖西上大学以后，就很少见到小阁了。他挺想小阁，怀念那些无忧无虑的时光。

陈靖西第一次见到小阁的爸爸，是在他出事的现场。

那天，陈靖西正与小阁一起，在矿山的街道上玩。

街上响起救护车和消防车的警报声，有人告诉他们，小阁的爸爸在露天矿下面出事了。

二人与小阁姐姐一起，顺着通往西露天矿大坑下面的小道，往矿下面跑。小阁像一只被惊着的兔子，一瞬间就消失在烟尘之中。

1986 年，陈靖西家已经搬到了阜顺权力的中心区南台居住。

父母工作忙，经常不在家。陈靖西很少与干部子弟来往，觉得他们太能装。时常有人谈起他爹他爷爷来显示自己的地位，跟他们在一起一点都不好玩儿。

从南台过去往南面走，山坡下面是南台电车站。几乎每隔十几分钟就有一辆电车通过。

阜顺的电车应该是全国的电车祖宗，从有了煤矿不久就开始通电车。其中最老的电车头 101 现在还在线上运行，应该有近百年历史了。电车从阜顺最西面到达城区的最东面，线路里程有几百公里，几乎覆盖整个市区。

陈靖西太喜欢乘坐电车的感觉了，特别像铁道游击队，两边的门都是敞开的。人悬在电车外面，能看到电车头拖着长长的辫子与电线接触，噼里啪啦发出幽蓝色的光。

暑假与寒假，陈靖西大半时间都与小阁在电车上。

早晨，上班上学的人多，整个车厢没有一丝缝隙，陈靖西只好爬到上面的行李架上，看到下面密密麻麻的人头。

那时候，阜顺煤矿的经济非常不错，厂矿上班的人都要乘坐电车通勤。人人都有电车月票，车票 1 角 8 分钱，可以随便坐。就是这 1 角 8 分钱的车票也很少有人买，沿途破旧的电车站尽管有运输部的服务员，却很少验票，这点儿钱，对于企业和个人来说真算不上什么。

车厢里的人实在太多了，一个人的腿伸到另一个人腿中间，一个人的胳膊伸到另一个人的腋下，男的女的老的少的。

上大学以后，陈靖西又乘坐电车去小阁家，车厢里的环境好了，人也少了，整个车厢不到 3 个人……电车的繁荣与衰落，是矿山衰落的一个缩影。

小阁的姐姐对陈靖西要比小阁好，这是小阁说的。

在破旧的棚户区之中，像小阁姐姐这样美的女人不多见。

棚户区是矿区的一大标志，顺着电车线，从望花区北厚、田屯、古城子到海洲区的集军屯、华山，过了东岗电车站就更多了，围绕着整个西露天矿和东露天矿，沿途到处都有这样的棚户区。

灰色的墙，青色的瓦，七扭八歪的棚户区就像一只巨兽吃剩下的骨架，随便地丢弃在原野之上。陈靖西自己也搞不明白，为什么要时常往棚户区那边跑，是为了小阁的兄弟情义，还是因为那里有小阁的姐姐？

小阁的姐姐对陈靖西确实很好，尽管那些房子特别破旧，但人特别淳朴，人与人之间的关系特别简单。

陈靖西每次到棚户区找小阁，都要从家里偷一些东西出来。例如军品罐头、香油、大米……住在棚户区的居民看到这些东西很新鲜，许多人围在一起议论起罐头的来历，都说在打仗的电影里看过。

没人的时候，小阁姐姐温柔的手就会摸着陈靖西的头说："以后，少从家拿东西。再拿姐姐就不让你进家了。"

看到小阁姐姐的脸，陈靖西总觉得脸上被阳光照耀，就如同屋子院子里那几棵盛开的向日葵，身体的每个部分都充满了生机。

小阁家很狭小，有20多平方米的样子。一个角落被小阁瘫痪的父亲王成浩长久占据着。

小阁父亲的事故至今没有一个明确的说法，矿里的说法是，在电车道附近背煤是不被允许的。小阁的父亲已经买断工龄，与单位没有任何关系。另外，雇用他背煤的人已经跑了，那人是煤贩子，找不到了。

20世纪90年代中期到末期，阜顺整个矿区被失落的情绪弥漫着，几乎每家都有下岗失业的人。

小阁从小就没见过妈妈，从他记事起姐姐就是妈妈，洗衣服、做饭、上学都是姐姐在打理。

小阁姐姐在矿上一家集体公司上班，在矿上干了大半辈子的王成浩，所工作的洗煤厂，也是集体单位。

集体这个称号是区别于国企的一个标签，地位稍高于临时工。集体企业工人下岗失业后，号头依然在企业，没钱开工资，没钱交暖气费，没钱交保险，没钱交医保，如果生了大病，更没有钱报销医药费。

到了冬天，因为无钱交暖气费，冻得受不了的人，就会像一群蚂蚁一样爬上电车道，看到有拉煤的车经过，也不管车多快，疯了似的往下扒煤，煤尘黑了人们的脸，唯一白的是嘴里的牙。

到了冬天，小阁家异常的冰冷，储藏的一些煤坯不舍得用，炉子总用煤面压着，有一点温度能热饭盒就行了。包裹在窗户、门上的塑料薄膜是别人包装冰箱或彩电不要的，外面的风吹来，呼啦啦响。

看到别人从电车上往下扒煤，陈靖西怂恿小阁也去。小阁找了一个蛇皮袋子，他们躲在电车道的拐弯处等待电运货车的来临。电车到拐弯处需要减速，见煤车过来，小阁先让陈靖西朝前面跑，他迎着电车先放过车头，一闪身像一只燕子顺着两车之间蹿了上去。

小阁家在电车道边，扒车像是玩似的。等他爬上车厢，一阵大风吹来，卷起的煤尘像战场上的硝烟，陈靖西感觉小阁伟大得像战士。电车快到陈靖西身前时，小阁用脚往下蹬煤块，陈靖西在下面打扫战场，很快就装满一口袋煤。

棚户区基础设施很差，只有上水没下水，道路两边的住户把脏水泼在临街的道路上，更懒的人甚至把尿水也泼出来，棚户区的街路整个就是一条冰冻的道，远远望去像一条冬眠的蛇。

任何奇事都逃不过棚户区人的眼睛，他们无事可做，站在门口晒太阳。偶尔有疯子和醉汉挥着菜刀从大街上跑过，人们的精神才显得振奋。

棚户区的精神病人特别多，其中最著名的是一个女孩子，她人长得很清秀，或许在大街上经常出没，脸色很黑，见到男的就追。平时，她最特别的动作是嘴里含着一块钱，手上摇着一串儿钥匙。

在棚户区你说谁是市长有人可能不知道，但提起“含摇”却是无人不知。“含摇”最近追男的终于追出了成果，肚子大了，但谁都不知道孩子的爹是谁。现在“含摇”一追某个男的，大家都怀疑那人是“含摇”肚子里孩子的爹。

“含摇”看到陈靖西和小阁开始追，陈靖西与小阁拐进七扭八歪的小巷，气喘吁吁地回到小阁家中。

小阁姐姐最近在煤贩子的煤场找到一份工作，卸下两车皮煤就可以回家了。在外面总做粗活，她的手冻得像馒头，此时正从酸菜缸里捞出一颗酸菜准备做饭。

陈靖西说:“姐！我们弄了一袋子亮块儿，今天做饭火肯定好。”

陈靖西像报捷一样刚把话说出来，屋里传来小阁爸爸的咳嗽声:“小阁，你和老西进来，外面冷啊！”

陈靖西扛着煤进了里屋，小阁爸爸王成浩知道是从煤车上偷来的，气不打一处来。

“翎子你进来，你给我好好收拾小阁！”王成浩动不了，躺在床上的气势依然威严。

小阁姐姐拿出一个四方形的木檩条，让小阁趴在炕沿上就开始打。小阁姐姐做力工时间很长了，手上有劲儿，每一下都使足了劲儿，小阁裸露的后背和半边屁股，很快渗出了血。

小阁的脾气陈靖西是知道的，他宁可让人打死也不会求饶，沉闷的抽打声此起彼伏。王成浩病床后面的墙壁上，挂满了奖状和相片，奖状大部分是小阁爷爷和小阁爸爸的。

相片上的小阁爷爷仿佛很支持这次惩罚，一直在墙上笑。

小阁爷爷死得早，尽管是全国劳动模范，但小阁爸爸几乎没有借到光，小阁爸爸说："我这一辈子都赶不上小阁爷爷，我得到的最高荣誉，是全市劳动模范和先进工作者。"

"姐！是我让小阁干的，要打就打我吧！"陈靖西上前抢小阁姐姐手里的木棒，小阁姐姐随手一推，陈靖西就倒到一边去了。

小阁爸爸声嘶力竭地喊："打！打……"

求饶不管用，陈靖西来了狠劲儿，从墙角找来半拉砖头就往自己头上砸，血从陈靖西头顶流下来，小阁的姐姐才算住手。王成浩也急了，在床上死命地砸墙："这怎么好，这怎么好……"

陈靖西愤恨地盯着王成浩，真想让这个瘫子立即死去。

小阁姐姐帮陈靖西包扎好头上伤口之后，眼泪汪汪地看着陈靖西和小阁说："咱们再穷，也不能偷！"

姐姐从坛子底下拿出一小块红白五花肉，说陈靖西、小阁身上有伤，做好吃的给他们补补。

……

在上大学之前，陈靖西几乎把自己的青春都搁在了煤矿的棚户区里。

小阁也是从那时候开始，与陈靖西走上了不同的道路。

阳光一如过去那般灿烂，心境却与过去大有不同。

陈靖西大学毕业后，进入复杂多变的官场，终于有一天，看不惯既霸道又平庸的领导，陈靖西辞职踢开许多人都渴望进入的政府机关大门，走上社会，自主创业。

蓝维誉让陈靖西丢了魂儿，父母也不敢管他，由着他的性子去了。

这时，阜顺河东、沈抚新城正搞房地产开发，陈靖西开了一家广告建筑装潢公司，利用父亲留下的人脉，生意还算过得去，可以让陈靖西过上比以前更声色犬马的生活。

公司走上正轨，陈靖西想让小阁过来帮自己做事。

小阁说："我去算什么？你的朋友还是你的员工？咱们是哥们儿！好了大家没说的，如果不好，出点差头容易生分，倒不如各混各的，能让兄弟的情谊长远一点。"

小阁这话说得有道理，最要好的朋友千万不要在钱上和经济利益上有过多来往，天长日久总有掰的那一天。

小阁的姐姐在1986年出嫁了，照顾父亲的重担就落在了他的身上。

一向生猛的小阁依旧生猛，但他生猛的对象不是人是猪肉，他想，人总要吃肉，卖肉可以看到现钱，卖不完的下水和骨头，可以拿回家给父亲吃。穷怕了的人，有肉吃就行。

第十一章

在阜顺东街农贸市场，小阁第一天出摊就看到了收费的金老五。

金老五比以前胖了，穿着一件警服棉袄，两人对眼的一刹那，都感觉血往头上涌。不过金老五看到了小阁手里那把锰钢打制的解肉砍刀，心里有些发怵。

小阁既然开始做生意了，也不愿意惹事，低头用力“吭哧”地砍猪的前槽。

金老五感觉小阁有些怯意，也敢上前了，撕下一张收费的票子丢给小阁，小阁头没抬，拿出几块钱交给了金老五，两人就此有相当长时间相安无事。

金老五每天一进市场就开始大声嚷叫，在市场上摆摊的人噤若寒蝉，为了几块钱，谁也不愿意惹祸上身，立即都把准备好的零钱交给金老五。

“老五，你看我这还没开张，缓交一下行吗？”有认识金老五的，知道与他套近乎。

“行！不过我这是替公家办事，咱不能占公家的便宜。”金老五显得很仗义。

临走，他看上了摊子上的咸鸭蛋，随手揣到兜里4个:“这鸭蛋黄不错，等我收完钱，回头给你送来。”

“你走好，什么钱不钱的!”

这样的小贩，金老五心里有数，从来不找后账。

金老五脾气很倔，有看不上眼的，为几毛钱跟自己掰扯的小贩，立即就给卷了。

东街农贸市场有金老五这样的人，收费业绩在全市工商系统总是名列前茅。

小阁卖肉虽然辛苦，但的确赚到了钱，所以每天的心情非常好。与周围摆摊的小贩相处得也十分融洽，大家都很照顾小阁的生意，摊子散了之前，都要到小阁的摊子上割一块肉。

这其中有个从张二店子农村来的菜农肖吉炎，他与小阁相处得最好，小阁家住得近，每天总要在肉摊旁边摆上几块砖头，给肖吉炎占好地方，肖吉炎卖不掉的菜送给小阁，小阁也不亏欠他，时常用刀割上一块好肉丢进他的菜筐。

一天早上，肖吉炎用自行车驮着刚采摘下来的嫩刺黄瓜和一捆刺嫩芽来到市场，金老五就来收费了。昨晚他喝了不少酒，不时打着酒嗝，一股散白酒味儿。

肖吉炎看到金老五,一边往下卸菜一边说:“五哥，我还没开张，一会儿卖了菜给你。”

酒喝得不舒服，金老五肚里胀气，飞起一脚就把筐里的黄瓜踢碎了几根。

肖吉炎说:“五哥，黄瓜踢碎了咋卖?”

“不交费还有理了?每次我收费你都啰唆……”金老五嘴不闲着，脚也不闲着，一如既往地向菜筐里的蔬菜下脚。

肖吉炎用身体护住蔬菜，金老五见状用手拉扯肖吉炎，肖吉炎一挥手，把金老五搡了一个趔趄。这一下金老五可急了，把肖吉炎摔到地下就开始踹。金老五脚下留情，放过了头专往下边踢，肖吉炎不住地讨饶号叫……

金老五正踢得起劲儿，刚支起摊子的小阁大喝一声，从肉案子上跳过来，手举着解肉刀奔过来。

金老五吓得魂飞魄散，一扭头就往市场里面跑，小阁红着眼睛从后面追。众人怕小阁伤人，纷纷出手把小阁拦下来。

小阁丢下解肉刀过来扶起肖吉炎，表面上看肖吉炎伤得不重，但他捂着下身一直在惨叫。

小阁先是打电话叫来110，大华带着一帮警察赶了过来，同小阁一起把肖吉炎送到了医院。

检查结果让刚刚赶来的肖吉炎老婆一下子瘫软了下去，肖吉炎左面的睾丸被踢碎了。

把肖吉炎送进医院以后，肖吉炎村里的村书记来了。他问肖吉炎感觉怎么样？肖吉炎躺在病床上心里的屈辱比疼痛更强烈，他没说命根子疼，只是说腰疼。

肖吉炎刚结婚不久，老婆哭得惨烈，村支书帮家属向医生问了一下后果：“医生，那个，那个……”

医生是一个女的，人又年轻，像是没结婚的样子。村支书不知道这话怎么往下说，那个了半天，指指肖吉炎又指指肖吉炎的老婆问：“他们办事，办事不耽误吧？”

“办事？办什么事？”女医生一下子没明白。

“就那个嘛！他们还没有孩子呢！”说出最后一句话，村支书如释重负，终于松了一口气。

女医生终于明白了，人家一点儿也不难为情，她手里拿着刚洗出来的片子，指着上面的物件说："你是说性生活？他一只睾丸已经破碎，并且皮下出血，这要看恢复情况，或多或少会有影响……"

医生说话向来不满不溢，肖吉炎老婆只听清楚最后一句话，开始放声大哭。

小阁坐不住了，他想肖吉炎这一辈子算完了，连个男人都做不成了，以后就成了电影里演的宦官，这事在小阁看来十分严重。

于是小阁腰里揣着一把剔骨刀，就奔新华街来了。

"喂喂！老西吗？我是大华，赶紧到新华街来，你那哥们儿小阁揣着刀要惹事了！"陈靖西是让大华用电话喊过来的。

金老五知道问题的严重性，已经躲了起来，小阁是被蹲坑警察抓到的，那几个警察是大华派去的。没抓到金老五，却抓到了在金老五家门前晃悠的小阁。

在医院门口，陈靖西看见了大华和小阁，打听到事情的来龙去脉，觉得这事不是小事，尽管觉得小阁挺仗义，但还是劝他不要冲动。

陈靖西正与大华谈论肖吉炎的事，发现肖吉炎病房门外有三个人在探头探脑。

陈靖西对大华说："一定是金老五派来探风的，抓到一个就能抓到金老五。"

大华表示肯定，陈靖西等人悄悄靠了过去，那几个人像是要闪人的样子。陈靖西上前堵住他们的去路。

陈靖西一看是李占洲。另外两个也认识，一个是周小川，另一个是李玉杰，都是阜顺都市报的记者。

“你们鬼鬼祟祟的干啥？”陈靖西过去搂住李占洲就开始问。

周小川、李玉杰也过来跟陈靖西寒暄。

陈靖西抓住李占洲不依不饶：“想知道报料吗？我全知道，走，上熏肉大饼喝一顿，我全告诉你们！”

李占洲：“多大的事啊！我们晚饭都没吃，早想你了，点地方，出去坐坐。”

在将军熏肉大饼店，几个人严肃探讨了肖吉炎的睾丸问题。

几个男的也没有什么好遮拦的，对菜农之后是否会有后遗症进行了严肃的探讨。

陈靖西说：“华哥，这事儿对男人来说可是大事儿。那个菜农什么能耐也没有，要是你们警察不把金老五治了，传出去属实不好听，老百姓肯定骂大街。”

大华：“抓，人肯定要抓，这事儿，说大就大，说小就小，依我多年的办案经验，这顶多算个轻伤，即使抓到金老五顶多拘留十五天。轻伤还是重伤我们说了不算，要看法医鉴定。”

“啥？人家刚结婚，弄不好当了宦官，断子绝孙的。”陈靖西经常使用这种东西，一向看重它的重要性。

李占洲作为名记毕竟见多识广，他非常赞同大华的意见：“这事儿只弄金老五没多大意思。”

李占洲说：“这件事最主要的是要把金老五先弄出来，抓到后，拘留，然后打官司要求民事赔偿，为老百姓出了这口气。”

咋抓？金老五如果跑了，如果像大华说的是轻伤，就凭公安局那点办案经费，一定不会大动干戈跑到外省去抓人。陈靖西对抓到金老五不抱希望。

“哈哈……”李占洲大笑起来，“让金老五出来太好办了！今天我们第一步先把金老五踢碎菜农睾丸的事爆出来！然后，明天带上暗访机到东街市场工商所暗访，看他们怎么说？我们早想弄弄工商部门雇用社会闲散人员收市场管理费的问题了。”

真阴，记者太阴！特别是李占洲这样的名记，出手就是要害，陈靖西感觉，此事要引起工商部门的震动。

工商部门有陈靖西不少朋友，陈靖西想着自己不能往前面凑。有些事难以抹开情面，金老五啊！金老五！你这一脚下去，是要踢碎一些人的饭碗啊！

因为这一脚，几个记者真弄出了大事。刚开始他们并不想往死里弄，就是想通过采访东街工商所有关干部，让金老五出来包赔菜农人身损失就算达到目的。不过，这位所长有些托大，一是没瞧得起李占洲、周小川等人，依然是官场的派头，不接受采访；二是他们不知道金老五是什么人，即使是地痞也与工商所没有任何关系。

市工商局属于省垂直管理部门，但在行政上有许多方面同地方相关联，也就是说，他们有事地方还管得了。碰了一鼻子灰的记者，一出来就开始兴高采烈，先留一个人负责盯所长的梢，看他与谁接触。然后回报社向领导汇报，逮着大鱼了！

第一篇报道没有工商局任何事，既然所长亲自说，金老五与工商部门没任何关系，那他的行径可以定性为地痞无赖。记者借市场摊贩的嘴，说出金老五踢碎肖吉炎睾丸的事，先点着火让市民义愤填膺。

第二篇报道厉害了，记者经过采访掌握了金老五在市场收费多年的证据，那么收的费哪去了？本该由工商部门负责监管的市场收费，为何交给别人（一个地痞无赖，上一篇报道已经定性）？这下子让市局领导暴跳如雷，这么大的事市局竟然不知道，工商部门一下子陷入被动。

报道发出当天，在市里给领导当秘书的郭旗给陈靖西来电话，悄声说：“老西，金老五的事儿你掺和了？”

“没有啊！这事儿跟我有啥关系？”陈靖西不承认。

“别装了，有人说记者是你找的。”

“谁说的，我跟这事真没关系。”陈靖西突然想起同自己一起吃饭的，能跟郭旗说上话的只有大华，大华与郭旗是好朋友，一定是他说的。

陈靖西直接把大华交代出去：“怎么能乱说话呢！大华一直在场，我们是一起遇到的。”

郭旗：“大华没说什么，就说你知道这件事儿，让我问你。”

陈靖西：“问啥？”

郭旗：“市领导挺重视这件事儿的，那个金老五到底是怎样一个人？”

郭旗知道陈靖西小事上没谱，正经事儿却不含糊。

陈靖西直接落井下石：“金老五就是个祸害……”

转日，市纪委就金老五踢碎菜农睾丸的连续报道，发表评论文章，警示政府部门廉洁自律，狠抓工作作风。

虽然没直接点工商部门的名儿，但当事主管部门领导立即就傻了，立即向东街工商所所长施压。

金老五被迫自首。工商所所长立即被撤掉行政职务，降级降工资。

金老五个人接受刑事处罚的同时，赔了菜农不少钱。

那名所长，当时已经是区工商局副局长候选人，经此打击一蹶不振，到了今天仍是一般科员。

一次在麻将桌上打麻将，这位老兄向陈靖西抱怨前尘往事，说如果没有金老五的事，自己应该当市局副局长了，工资落下了好几级，损失巨大。

第十二章

姜示范一夜没合眼，大半夜都在大街上指挥除雪。

从入冬以来接连下了三场雪，属 12 月 5 日下的雪最大。

一到冬天，姜示范就为全区的除雪犯愁。老百姓对下雪使用融雪剂非常反感，全区几百条街道如果不尽快除雪，到了第二天道路交通堵塞，市场不开门，老百姓出门买不到蔬菜和粮食，就会在市长公开电话上骂大街。

主管城市建设的副市长又是一个暴脾气，说人不留情面，发起脾气来让人吃不了兜着走。

除雪各个城区自己掏钱，机械设备、油钱、融雪剂……一年要往里面砸上几百万元到一千万元。

过去政府号召义务除雪，单位上班的人多，一呼百应。现在下岗失业的人太多了，又都是做小买卖的，指使谁也不好使。

使用融雪剂姜示范也不愿意，一吨融雪剂便宜的几百元，环保型的最便宜的也要 900 多元，一场雪就要往道路上撒上一百吨到二百吨，这撒的都是钱啊！

区财政一直不好，拿出几百万元来确实很难。就是这样老百姓也不买账，市人大代表、市政协委员每年都上交提案和建议。

质量不过关的融雪剂撒上去，道路泥浆漆黑，不仅对车底盘有腐蚀，还对地下水有污染。

姜示范除雪时脚上穿的鞋子边儿，经过腐蚀变得发白，怎么擦也擦不掉，为此，蓝维誉总是埋怨他不加小心。

姜示范很怀念过去，当时的经济形势很好，一说除雪，工人、学生、干部都扛着铁锹上街劳动，不使用融雪剂也都过来了。

从傍晚下雪开始，姜示范就自己开着车在各个街道上晃荡。

到了深夜，他开的桑塔纳很扎眼，站在街上除雪的副区长、区城建局长和环卫工人都认识他的车，见到都要挥挥手。

这时，道路两侧楼房的灯都已经灭了，透过纷纷扬扬的鹅毛大雪，一些撒布融雪剂的车辆在道路上行驶，后面是穿红坎肩除雪的环卫工人，他们要尽快把融雪剂融了雪推到道边，还不能放到有草的地方。融雪剂很厉害，来年春天雪化了会把草木杀死。

姜示范把车停到路边，从后备厢里拿出一把铁锹，同环卫工人一起除雪。

姜示范已在两个区当过区干部，在海洲区当街道主任、工委书记、副区长，在新望区当区长、区委书记。从当书记第一天起，他就与环卫工人一起除雪，几年来如果不出差、开会，从来没间断过。

私下里有人说他作秀，姜示范也不管，他心里有自己的打算。

自己在大雪中干活儿，就是无声的号召，他出来了，区里、街道的干部谁不出来？

再说，区委书记与环卫工人一起干活儿，让大家心里能平衡一些。

环卫工人已经多年没涨工资了，几位老工人多次上访，要求涨工资。姜示范曾考虑过，等经济形势有所好转，首先要给环卫工人涨工资，但这个念头，经过深思熟虑还是放在一边了。

区环卫处只是区城建局一个下属单位，牵一发动全身，如果给环卫处涨了，城建局、教育局、卫生局，甚至全区的社区干部都会闹起来。

一年几千万元，区里实在拿不出来。

姜示范在农村干过农活儿，东北的地垄沟长，一眼望不到边。如果是锄地，他一口气能锄出一里地，乡下人看好姜示范，说他是正经的农家把式，在过去，一定是打头的。所以，除雪他并没有感觉到一丁点儿累，却觉得干活出汗，身体舒服。

半夜 2 点姜示范回到办公室，发现手机有若干个未接电话，都是蓝维誉打来的。

“喂！我不是说过今天除雪吗？”

“你除啥雪？半天没回，不是去桑拿浴了吧？”

“嗯！刚出过汗，正桑拿着呢！”

“你今天不回来，我可找别人了……”

“明早还要开会，天太晚，就住在办公室里了……”

没说完话，蓝维誉的电话就撂下了。紧接着，桌子上的电话铃响了，还是蓝维誉。

“呵呵……查岗，看你是不是在办公室。”蓝维誉的半夜骚扰让姜示范哭笑不得。

姜示范头脑十分清醒。近十年的经济不景气，引发了许多群体性突发事件，其中有些事件比这严重得多，譬如堵桥、拦路等。

经过了许多风浪，姜示范作为地区负责人，越是在有危机的时候越镇静。他知道，地区之所以不稳定，尽管事出有因，但其社会根源是由下岗失业人员太多造成的。

作为一个区委书记他没有能力改变什么，但会尽自己的能力把可能激发的危险降低到最低限度。

稳定，稳定，社会矛盾积累得越多，它所释放的不稳定能量越大。

最近新望区的出租车开始罢运，姜示范点燃一支烟让心绪平静下来。

分析诸多因素，姜示范考虑到出租车罢运，对社会交通的影响不大。一是公交系统发达，二是出租车营运的对手是小凉快（小蛤蟆），即使全区的出租车都罢运了，有这么多小凉快存在，对短途客运也不会造成影响。

姜示范指示秘书，通过街道、社区以及基层党组织，立即让他们对开出租车的人，有亲人的找亲人，有朋友的找朋友，劝说他们不要到体育场聚众闹事，力争让出租车罢运造成的危害降到最低限度。

随后，姜示范带领相关人员，立即赶赴罢运集聚地体育场。

由于舆情通报及时，全市在雷锋体育场集中罢运的出租车不到 200 辆，姜示范看到这个情景，松了一口气。

市委、市政府领导以及公安局、交通局各城区相关部门已经做好了接待罢运出租车的准备，现场非常有秩序。

政府做好了准备，好像罢运的一方并没有准备好。有人在大声呼喊，却没有一个明白的主题。

市政府一位副秘书长让罢运的出租车司机选出代表提出诉求，一开始，先前义愤填膺的司机却没了电，见到市里的领导反而不会说话了。

经过长时间的推举，总算找到几位说话还算利索的司机，他们的诉求其实很简单：一是取消全市非法营运的所有小凉快，净化出租车市场；二是最近市场油价飙升，希望尽快给出汽油补贴。

市领导耐心做说服工作，说政府早就下决心整顿出租车市场，取缔小凉快。目前，已经准备好了治理方案，请出租车司机给政府时间，等条件具备立即进行整顿。

姜示范十分了解其中的内情，觉得出租车司机的诉求是有道理的，他们都是按章纳税、交费，而小凉快几乎没有任何营运手续，所挂的牌照也是五花八门，山东的、吉林的、安徽的，哪儿的都有……但他们并不知道政府的难处。全市目前有非法营运的小凉快一万台左右，政府之所以迟迟没有下手，就是考虑老百姓的吃饭问题。

如果采取强硬手段，势必引起冲突。

省城治理小凉快效果比较好，因为他们财政资金充裕，专门拿出了几千万元，对历史遗留下来的小凉快进行了政府行为的赎买，同时，对每一个开小凉快的司机，只要不挑三拣四，都给介绍安排工作。

市政府也准备走这条路，但用几千万元解决小凉快，政府财政部门拿不出那么多钱。前几年，为了让老百姓住上好房子，对全市低收入人群实施棚改，市政府已经借了很多债，还没还上。

再有，开小凉快的人年龄都在40岁左右，一万多个适合的就业岗位从哪里来，这也是个难题。

事情解决得很顺利，因为政府做的准备充分，出租车司机对政府的答复比较满意。

因为市面上出租车显著减少，一些没有参加罢运的出租车司机生意出奇的好，正在道路上抢活儿干。这让参加罢运的司机非常沮丧，每天都要交份子钱，有些司机早早地离开体育场，到路上拉活儿去了……

看到散去的司机，姜示范心里想，这个难题不能再拖了。

作为区委书记，姜示范十分同情开“小凉快”的司机的现实处境，但作为一个现代化的城市，以前溜边走的“小凉快”越来越不像话，直接在快速道路上大摇大摆拉客。姜示范有几个外地朋友来笑着称：“看到这些‘小凉快’，就知道你这地儿像县城。”

姜示范准备在市“两会”期间，向有关部门建议，拿出万全之策彻底解决这个问题。

处理完“罢运”和“除雪”工作，姜示范回到家中，身心俱疲，连鞋都没脱，一头扎在床上就睡了。

蓝维誉不想惊动他，拿出毛毯盖在他身上，之后到厨房做饭。

蓝维誉在经济开发区工作，平时工作很忙。开发区处于阜顺和省城连接地带，2009 年，开发区新城被省里确定为先进装备制造业基地，省里领导隔三岔五就往开发区跑。

省长从去年开始就对开发区的工作不满意，嫌新城和基地的建设和发展不快，他急了之后有个口头语：“还想不想干了，还是老样子啊？”

开发区管委会主任不敢轻易表态，他知道省长的脾气，损人不留情面。

省长:“两年，我说的是两年，这个基地所有落地项目都要投产，实现一千亿产值不是吹出来的，是干出来的……”

蓝维誉作为一般接待人员，看到省里、市里领导在一起为了解决问题，经常面红耳赤地发脾气，觉得十分好笑。

在蓝维誉以往的印象中，这些级别高一点的干部，应该像电视播出的画面一样，正襟危坐，器宇轩昂地讲话。现实中，他们不是这样，发起脾气来像天真的孩子。尤其为一件事较起真来，真敢说:“干不好，就别干了……”

每当这时，蓝维誉总是倒完茶便退出来。蓝维誉很少关心政治，她只关心姜示范和刚刚出生不久的孩子。

蓝维誉本来不想要孩子，因为洪水夺走了公公姜济祥的生命，她才改变了初衷，冒着高龄的危险，给姜家留下了一条根。

蓝维誉下班以后总是急着往家跑，到菜市场买菜、做饭。

从年初到现在，蓝维誉原来的工作和生活节奏变了，很少在正常时间下班。不是省里来人，就是市里来人，开发区管委会那些领导，也不知道为了什么事，总是衣冠不整，眼睛布满血丝，烟灰缸里全是烟蒂和烟灰。

蓝维誉爱干净，每次倒了烟灰，洗干净刚放回去，烟灰缸又满了……她甚至有些讨厌这些领导，根本没有领导的样子，太不讲究卫生了。

年底，一年多没露笑脸的开发区管委会干部，开始在一起吹牛。省长来了也敢往前凑，甚至敢放肆地与省里领导开玩笑。

最近一年，开发区新城招商引资特别火，大项目一个接一个地落地，来自国外和南方地区的老板，成群结伙地来看地，原有的基地不够用，市长、管委会主任，经常向省长请示多批一点地。

省长的脾气好像也比以前好了，别人怎么给他出难题他也不生气。

高新区有一个国家级精细化工基地，经济开发区作为省级先进装备制造业基地，也有望在不久后成为另一个国家级基地。一个城市同时拥有两个年产值过千亿的国家级基地，这在全国还没有过。如果形成巨大的生产力，老百姓的日子会好过一些。

领导们的欢心并没引起蓝维誉多大的兴奋，她觉得未来距自己太远。

下班回家，蓝维誉买了一些猪肉牛肉，和在一起包酸菜馅儿饺子，姜示范爱吃这一口。

睡醒一觉，姜示范看到热气腾腾的饺子，一把把蓝维誉抱住："呵呵，饺子……"

蓝维誉："我不是饺子。"

姜示范压低声音在蓝维誉耳边说："你就是饺子，一会儿，我就把你给吃了。"

姜示范嘴边的风让蓝维誉耳根发热，她感觉一股异样的感觉，从丹田遍布全身，整个身子都软了，闭上眼睛，张着嘴巴把姜示范抱在腰上的手紧紧攥住。

二人吃饭的时候，蓝维誉突然想起了乔亚丽："最近各种新闻都在报道她，是不是要判了？"

姜示范明白舆论的重要及指引性，点点头："嗯！"

"你对她一点儿感情都没有？"蓝维誉对自己问出这句话大

吃一惊。

这是她的心里话，自从各家媒体披露乔亚丽有这样和那样的情人，她就时常想起姜示范与乔亚丽共事的那几年，她与姜示范越缠绵，她就越怀疑。今天无意中把自己的心里话说了出来，让姜示范有些尴尬。

姜示范：“你是不是无聊了？”

“我无聊！你们在一起工作难道什么事都没有？你为什么总不与我提她的事儿？”蓝维誉继续说出自己的怀疑。

刚才营造的温暖瞬间化为乌有，尽管姜示范怒气朝头上蹿，但还是秉承以往的性格，冷静，冷静！他收拾完盘碗，走到阳台上吸烟去了。

寒冷的冬季，窗玻璃上布满银白色的霜花，有的像起伏的山岭，有的像披散的芭蕉和棕榈叶。那些白色的结晶，是那样的白，那样的素，晶莹剔透，犹如白色的钻石，被蹩脚的工匠切碎了，又扔了一地……虽然没有任何秩序，但那些不确定的图画，总让姜示范浮想联翩。

第十三章

与乔亚丽最初相识的情景，一幕幕浮现在眼前。那段历史是姜示范走上仕途的第一步，他与这个女贪官共事过多年，并且知道乔亚丽发迹于官场的基本轨迹。

蓝维誉、陈靖西大学毕业以后，先后分配到阜顺政府部门工作。

姜示范的老家在阜顺市下面的农村，从哪儿来到哪儿去。为了姜示范的工作，蓝维誉动用了最不愿意动用的关系，让陈靖西父亲通过组织程序把姜示范留在市内。

一般人不会找前男友做这种事，蓝维誉知道，只要自己张嘴，陈靖西肯定会全力以赴地去办，即使是过去的情敌。

接到去阜顺报到的通知，姜示范夹着大大小小的包裹，逃难一般来到省城火车站。阜顺与省城的城际公交巴士还未开通，公家车与私家车搅和在一起，谁拉的客多谁先走。前面开来一辆车还没停稳，有几个彪形大汉来抢包裹，连哄带劝地要挟他上一辆私人承包的客车。

姜示范不相信他们，突破重围上了正式站点停靠的一辆客车。上车以后才买票，姜示范知道，站点停靠客车票价 8 元，闲散拉客的客车 10 元，他要省下 2 元钱。

客车刚启动，刚才拉客的车随后跟了上来，到了珠林桥，那辆车就把姜示范所乘的车别住了，几个大汉下车让司机开门，把半车乘客卸下来，去上他们的车。

姜示范所乘坐的这辆车司机也很牛性，把上衣扒下来，手里拿起摇把说："你们别给我装，再装，看我削你们不，谁怕谁啊！"

两伙人在交通主干道上互相叫板，车停了半个多小时也走不了，一车乘客干着急，谁也没有办法。

这时，一辆黑色伏尔加停下来，走下一个身材臃肿斜背着黑皮包的中年女人。

那女人一下来，指着姜示范所在的车破口大骂："小六子，你太不讲究了，我们的车没装满，你就敢走？"

她又指指姜示范说："你还敢抢我车上的客人！"

被叫作小六子的司机好悬没把尿尿裤子里，一直赔笑："薛大姐，我真不知道是你们的车，真的！这车客人都给你们，我再回省城去拉客。"

姜示范他们这一车客人被迫上了"薛大姐"的车。

那位被称为"薛大姐"的人，后来姜示范才知道，她就是两城公交线上赫赫有名的"薛大"，老百姓叫她"薛大娘们儿"。

姜示范在海城街就被"薛大"家的伙计弄下了车，他只记得蓝维誉告诉他："下车再乘坐 105 小客就能到新望区政府。"

105 被称为"阜顺第一疯"，是最疯狂的一条公交线路，它西起北镇街道，东到河东街道，贯穿整个城市东西，30 多里路程，车费仅 1 元钱。

由于被不同的私家车主承包，为了争抢客源，总有一到三辆的车在一起狂飙，车过之处几乎没有站点，看路边有人站着，车直接奔人去，谁抢到就是谁的。

看到105过来，就会有人喊："大彪来了，快闪……"

腿脚慢的，一阵疾风掠过，会被带一个趔趄。

姜示范一上105，整个心都快蹦出来了，车子好像得了癫痫病，一会儿快开，一会儿急停……等他到了区政府，心咚咚地跳，心脏好像能从嘴里蹦出来。

区政府门前，迎面走来一个身材不高的女人。女的相貌虽然一般，但身材很不错，尤其是一双杏核眼，仿佛是带着一把钩子，挂到人摘不下来。

姜示范低下头，背上包裹正要往前走，那女的竟然叫出了他的名字："姜示范？"

姜示范下意识地答应了一声："哎！"

女的吃吃地笑了出来，嘿嘿……

这是姜示范第一次见到乔亚丽的情景。

姜示范不认识乔亚丽："你？"

乔亚丽立即解释："我叫乔亚丽，听说你今天报到，是我们局长让我来接你的。"

乔亚丽十分热情，帮助姜示范拿着行李往区政府里面走。

新望区是新成立的区，如果没有城市拓展开发，它的区属范围也就是郊区。区政府办公区是临街的红砖平房，为了赚租金，靠街的部分出租给狗肉馆、羊汤馆、包子铺……不远处就是绿油油的菜地，几个农民正用从厕所淘来的大粪侍弄蔬菜。

姜示范在乔亚丽的带领下来到区人事局报到，之后又来到区城建局见局长。

二人还没坐下，电话铃响了，乔亚丽示意姜示范接电话。

“嘿，哥们儿，到了？”是陈靖西。

姜示范在电话中不好说什么，只是“嗯嗯，啊啊……”的。

陈靖西：“你先在那儿临时待着，你别看那里现在像农村似的，开发以后会有大发展呢！”

陈靖西怕姜示范不适应，适时地嘘寒问暖。姜示范接完电话，一个相貌端正的男人站在门口朝姜示范笑。

乔亚丽见到那个人，脸不由自主地有些红，她向姜示范介绍道：“这是我们局的魏局长。”

魏局长名叫魏本贵，人长得英俊，看面相人很和善，他向姜示范介绍说：“你刚来，先让乔亚丽带你熟悉一下工作。我们区是新成立的区，许多干部都是乡镇干部出身，虽然文化水平低，但为人实在。”

如果把全市城区比作一个鸡蛋，那么老城区就是蛋黄，而这个区就是围绕蛋黄的蛋清，再外围的壳是以农业、林业为主的三个县。

城建局下设土地科，说是科也就是个股级单位。

姜示范从认识乔亚丽开始，她就做土地业务工作。后来，因为城区大开发，土地科升格为局，作为做土地工作的老人，乔亚丽因为在新城区开发中工作出色，一马双跨，既是土地管理中心主任，又是区土地局局长，这是后话。

姜示范所做的工作是临时性的，不知道该从哪里下手，乔亚丽很会体贴人，她告诉姜示范：“不着急，过一阵子就好了。”

区里没有食堂，在区里上班的一般都是带饭盒，里面装着生米，中午只需淘过放上一指水蒸上，如果是熟饭拿到后面的锅炉房热上就可以了。

姜示范的饭都是乔亚丽来做，这让姜示范感觉乔亚丽像自己的姐姐。

区里土地上的事儿其实很简单，各种用地都要省市土地部门来批，各种经济往来直接通过财政送到上面去，根本看不到钱。

就是这样，局长魏本贵还是不放心，经常过来叮嘱乔亚丽，数字要多核对几次，千万不要弄错了。

乔亚丽做事一丝不苟，办事风风火火的，一会儿风一样出去了，一会儿又风一样回来。姜示范有一次看到乔亚丽不在，摸了摸她坐过的椅子，怀疑那上面有高弹力弹簧。

乔亚丽的字写得很漂亮，像她的工作作风一样，笔画有力，很男性化。区里有一个广播电台，女记者小菲经常来找她要稿，乔亚丽以前在团委做过通讯员，写个稿像玩似的，姜示范经常在广播中和报纸上听到或看到她的名字。

乔亚丽长得不老也不嫩，20年一贯是那个样子。刚开始，看到乔亚丽从早忙到晚，姜示范以为她还没结婚，但后来有人告诉他，乔亚丽不仅结婚了，还离婚了，她的第一次婚姻也像风一样，来得快，去得也快。

姜示范曾经见到过乔亚丽年幼的女儿，很招人喜爱。长大以后，被乔亚丽送到国外留学去了。

乔亚丽也有失态的时候，从那次以后，姜示范才知道乔亚丽的感情生活很复杂很苦。

第十四章

区城建局“五四青年节”组织青年团员踏青郊游，乔亚丽通过区水利局联系到上寺水库，这样可以节省活动经费，局长魏本贵应邀参加。

姜示范与乔亚丽一起做活动主持，乔亚丽在串词中语速很快，总是抢姜示范的台词。

姜示范在大学当过学生会副主席，几年的台上经验，让区城建局的年轻同事对这个低调的青年刮目相看。

上寺水库库容并不大，大坝西侧有一座灰色的小楼。

上寺水库原本是有寺庙的，而且是阜顺地区最大的寺庙，名字叫朝阳寺。

据说最初一个游方的和尚走到了这里，见到一只被冻僵了的野鸡，便揣在怀中给它取暖，那只鸡说来也怪，睁开眼睛，立刻金光四射，当它展开翅膀飞去时，天边祥云笼罩，佛光浮现。僧人就此停止了游方，化缘建立了一座寺庙，取名为朝阳寺，鼎盛时僧众达上千人。

如今，这座寺庙因修水库沉入水底。

吃过饭，姜示范感觉乔亚丽喝多了，在三楼舞厅进行茶话舞会期间，她几乎形影不离地跟着魏局长，舞曲跳了一支又一支，有人想请魏局长跳舞，她会直接用眼睛斜盯着来人，于是其他人根本不敢靠前。

其间，姜示范出去上厕所，无意间听到了乔亚丽与魏局长的争吵……从而揭开了乔亚丽与魏局长之间那层神秘的面纱。

厕所在大坝的南边，墙壁有许多十字花孔。

姜示范在厕所中听到从坝下传来女人的哭声，哭声中掺杂着一个男人的声音："亚丽，小点声，让人听到不好。"

姜示范侧耳听出这一男一女是魏局长和乔亚丽。

"什么时候离婚？"乔亚丽的声音。

"离婚？"

"我肚子里的孩子可是你的！"乔亚丽的声音很大。

魏局长："小点声。我的？我们只一次，你不是采取了措施吗？"

乔亚丽："哼！一次就不喜欢我了？总是躲着我……"

姜示范打算赶紧走开，下面的对话还是迟滞了他的脚步。

魏局长："我们不能这样，那次酒喝多了……你怎么不采取措施呢？避孕药失灵了？"

乔亚丽："我吃了，又吐出来了。我为什么结婚，就是想生下我们的孩子。现在离婚，也是为了我们的孩子！"

魏局长："你……你怎么能这样？我有老婆孩子啊！"

乔亚丽咬牙切齿地说："姓魏的，别以为我好惹。"

魏局长商量着说："亚丽，慢慢地，我们从长计议不好吗？"

姜示范后来理解了乔亚丽以死完成"小三使命"的决心，也明白了她不顾一切聚敛钱财的决心。她没安全感，财富是换取安全感的一种手段。

其实最开始的时候，乔亚丽曾对姜示范产生过非同一般的好感。

一天下午，乔亚丽让姜示范陪她回农村老家送东西。那个村庄和乔亚丽的回忆，让姜示范解开了她的性格密码。

乔亚丽的父亲是乡里的普通干部，区里上了年纪的人都认识。魏局长之所以器重乔亚丽，除了她比较能干，对她父亲的尊重也是其中的原因。

乔亚丽的老家住在阜顺东部的后甸镇，其实距离后甸镇政府还很远，那是个极其普通的小村庄。

村庄周围环绕着镜子一般的稻田，新插的秧苗在春风里抖动，像极了刚要走路的孩子，虽然身形趔趄，但经过春水浇灌，不用几日便会茁壮起来。简陋的屋舍掩映着粉的、白的樱桃花，更远的山岭被雪白的刺槐花覆盖，那些花随着风飘过来，甜丝丝的。

乔亚丽的心绪似乎被乡村的空气化解了，灰白色的脸上经常挂着的表情渐渐褪去。

乔亚丽和姜示范把自行车停靠在小桥栏杆上，她向姜示范讲起了自己的过去。

出生于20世纪60年代的乔亚丽，自小就生长在眼前的村庄里。

乔亚丽的父亲是公社民兵指挥部的副连长，承担着整治社会治安的责任。乔亚丽的父亲得罪了不少人，因此长得其貌不扬的乔亚丽，经常会受到村里孩子的排斥，甚至羞辱打骂。

乔亚丽哥哥身体强壮，平时戴一顶老式军帽，军帽一定要垫上一张报纸，然后扣在后脑勺上。黄军装、蓝警裤，嘴里叼着一根万里牌香烟，裤腿儿总是高吊着，露出白色的袜子，一尘不染的大边儿鞋，用白色粉笔涂抹过，显得很白。

每当妹妹被欺负，乔亚丽哥哥就用自行车驮着哭哭啼啼的乔亚丽，在街道上寻觅欺负妹妹的人，见到人一条腿儿叉开，首先把冒着火星的烟头砸向那人的脸，然后上脚乱踹。

孩子家长慑于乔亚丽哥哥的威严，都不敢吱声，怯生生地带着孩子走开。

乔亚丽对这种胜利的理解是：只有强壮和狠才会得到快乐。

哥哥被妹妹的笑容感染，一路骑到镇上，看到放学孩子头上的军帽，一只手扶把，另一只手从后面顺着快速疾驰的风把帽子抢过来，看到后面的学生来追，他放肆大笑。

到没人的地方，乔亚丽哥哥看帽子里面有没有方形图章印记，如果没有，随手就把帽子丢掉："假军帽。"

乔亚丽哥哥在镇上总是引领潮流。手里拎着两个喇叭的录音机，留着长长的鬓角，戴着没撕下商标的麦克镜，在镇上最繁华的街口，与几个半大小子光着上身，跳登山和迪斯科舞蹈，这些舞蹈来自港台电影。

晚上回家，哥哥当着乔亚丽的面儿鼓捣火药枪，往枪管里面装填切碎了的铅丝。如果谁愿意给他两盒庐山烟，或者一瓶格瓦斯汽水，他会拿起火药枪帮别人去打架，因此，在当地非常有名气。

乔亚丽见识过哥哥的威风，总愿意跟在哥哥后面玩儿，哥哥掏出火药枪，砰的一声击中脚下的一只癞蛤蟆，癞蛤蟆血淋淋的样子让乔亚丽开怀大笑。

哥哥在“大搂”那一年被警察抓走，尽管没犯什么大事儿，但他同许多同龄青年少年一样，都经历了那场秋风扫落叶般的严打。

乔亚丽亲眼见到父亲脱去没有领章帽徽的警服，这身警服是爸爸最喜欢的衣服，很久以后，爸爸才有勇气重新穿起来。

与乔亚丽哥哥有相似经历的人都被抓了起来，还有收破烂儿的老王，给大队焊农具的老李。

乔亚丽坐在公共汽车上，望着窗外阴暗的天空发呆，整个人像凝固了，心冷冷的，以为哥哥死了。

但其实乔亚丽哥哥没死，不久就被放了出来。那是乔亚丽童年挥之不去的真实幻觉。

后来，乔亚丽父亲指着哥哥的鼻子说：“老实点，再惹事我打断你的腿。”

那年严打以后，世界似乎平静了许多。不久，乔亚丽的哥哥恢复了往日的本性，在当地依旧很有名。

童年的记忆渗透到乔亚丽的骨子里，甚至影响到她的性格和未来的命运走向。

姜示范与乔亚丽共事的时间并不长，一共是两年。

姜示范毕竟是北宁大学毕业的高才生，熟悉业务后，工作做得十分出色，他所做的报表，写作的公文多次受到省市土地部门领导的表扬。

这让乔亚丽感到了前所未有的威胁，两人的裂痕从这时候开始了。

第十五章

这时乔亚丽已经升任到区土地局主管业务的副科级副局长，一个初中毕业生与一个大学本科生从起点上会不一样。

乔亚丽经常用行政业务上的事儿找姜示范麻烦，许多规范的文本，乔亚丽经常让姜示范推倒重做。

如此神经的事情，还不只局限在工作上。乔亚丽与区城建局局长魏本贵的感情纠葛从暗处转到明处，而且日趋白热化。

姜示范觉得乔亚丽不是在争夺一个家庭位置，而是在争夺魏本贵的过程中，得到她应该有的权利。

魏本贵一再退让，反倒助长了她的气焰，在机关、食堂，在各种场合，乔亚丽已经开始以魏本贵夫人自居，除了干涉魏局长的工作，还关心魏局长的生活。

魏本贵妻子也在区里工作，姜示范刚来时，经常看到她和丈夫并肩走在一起。

魏本贵与妻子从外貌上比较般配，家庭生活相对和睦。他们共有两个儿子，在二人的培养下一直都很优秀。一家人在没有乔亚丽出现之前，被区里干部称为幸福的模范家庭。

因为一次出轨，魏本贵让乔亚丽抓住把柄，一切都变了。为了躲避乔亚丽，魏本贵经常借故出差。乔亚丽抓不到魏本贵本人，就来到魏本贵妻子办公室，直接商谈二人的去留问题。

“不要脸！”魏本贵妻子对这种逼宫式商谈，感觉是对自己的羞辱。

“我不要脸？就因为要脸，我才要给孩子找回真正的爹！”

“谁知道那孩子是谁的？”

“我们的，我和魏本贵的孩子。”

“我与老魏已经有了两个儿子，求你放过他吧！你说，要多少钱，才不纠缠老魏？”

“我不要钱，我要人！知道吗，我就是死也要得到他这个人！”

由乔亚丽发起的夺夫之战，一共持续了六年。

魏本贵没出事之前，已经被确定为副区长候选人，持续将近六年的“夺夫战争”让他身心俱疲，不仅仕途暗淡，还让他在同事面前抬不起头。多次要求更换部门，从城建局转到人事局。

最惨烈的一幕上演了，在区委领导办公室里，乔亚丽当着区领导的面控诉魏本贵的“罪行”，并且发誓，如果魏本贵妻子不让位，她最后选择的将是死！在死之前，还有其他人会死……

乔亚丽的眼睛紧紧盯着魏本贵。

魏本贵说了一句很男人的话：“死就死吧！谁怕谁啊？”

乔亚丽冷笑了一声，也说了一句非常不女人的话：“你不会死，我们娘儿俩活不了，你的孩子也活不成。”

乔亚丽冷冷的态度让魏本贵妻子毛骨悚然，她禁不住哭了一声，然后捂着嘴巴跑出了办公室。

魏本贵与妻子都相信乔亚丽会说到做到，看着两个活蹦乱跳的儿子，妻子六年的坚持终于瓦解了，乔亚丽用简单和粗暴赢得了男人。

她带着女儿进入了梦寐以求的魏家。冰冷随之而来，魏本贵的父母压根儿就不喜欢这个不速之客，魏本贵和妻子精心培育的两个儿子，尽管很有修养，但无意中流露出的神情里更多的是漠然，即使他们背过身去，乔亚丽也能感觉到眼睛里的仇恨。

乔亚丽是个没有生活技巧的人，不管是感情，还是事业。如果追溯她自己所谓的成功，无外乎简单加粗暴。她得到了感情，但那只是一个没有任何内容的空壳子；她得到了金钱，也导致了生命的毁灭。

姜示范离开这个区的时候，并没有全程看到持续六年的“夺夫战争”，更没看到乔亚丽因为敛财几千万元被纪委带走。

次年年底，魏局长找姜示范谈话。谈话的结果是劝姜示范离开乔亚丽管理的部门。那次谈话，姜示范至今难忘。

魏本贵颇为语重心长，他从剖析自己开始，给姜示范指明了一条从政之路。

关于这次谈话，姜示范最初对魏本贵有相当大的误解，认为魏局长劝自己走，是为了给乔亚丽升迁扫平道路，十多年以后，他觉得魏本贵那番说法是给自己指出一条捷径。

那时候，魏本贵说：“示范，我们相处不久，但是我很看好你。”

姜示范：“谢谢魏局长。”

魏本贵：“不要拘谨，我今天找你来，不是谈正式工作，而是以老大哥的身份找你闲扯。”

姜示范很惊讶，一向不苟言笑的魏局长，会用这种口气跟自己说话。

魏本贵："示范，我看你的性格挺适合走仕途之路。"

姜示范受宠若惊，连忙说："我能干好本职工作就行了。"

魏本贵摇摇头，他用指头指了指上面说："不，你知道从基层干上去一般要多少年吗？"

姜示范："不知道，我没想过这些。"

"没想过就对了！人的心态很重要，总想往上奔的人，急功近利，摔下来也快。"

魏本贵走到窗前，几根富贵竹由于长时间没有浇水，枝干有些泛黄。

他望着几根竹子说："人生富贵，想来是过眼云烟，却都拧不开这个开关啊！例如我……"

姜示范："您工作能力强，大家对您的评价都很高。"

魏本贵："好人不一定能当好官，或许我这话有些绝对。我就是因为心肠软，才走一步错一步。"魏本贵非常感伤，长叹一声，"我的仕途之路基本到头了！"

"魏局长，您……"姜示范有些不知所措。

魏本贵笑了："不说这些了！当一个好官儿，造福一方百姓，你有这种能力和潜质。"

姜示范有些受宠若惊，坐在那里不知说什么好。

魏本贵非常认真地说："示范，记住我今天说的话。以后你在官场出息了，千万要记住两种东西不能碰，一个是钱，另一个是女人。这两种东西大家都喜欢，就因为喜欢，千百双眼睛都盯着呢！你动就有人眼红，现在打打杀杀的，不都是为了这些吗！"

姜示范感觉魏本贵严肃得像一个哲学家。

魏本贵接着说："示范，你应该离开这里，海洲区委书记、区民政局长是我的同学和朋友，你先从基层干起，以后一定会有出息。"

姜示范心头一凉，他知道海洲区属于煤矿工人聚居区，下岗失业工人多，许多企业关停倒闭，机关干部有几个月没发工资了。魏本贵让他去海洲区，等于是挖个坑，让他往里面跳。

魏本贵仿佛看穿了姜示范的心思，解释道："我们现在这个区是新城区，未来发展肯定很快，市里现在下派的干部，其他区调来的干部马上都要到来，加上我们区的老班底，情况非常复杂，你干多少年都难以出头。海洲区虽然是全市最穷的区，但你做出一点儿成绩，上下都能看到……"

姜示范当时并没有完全了解魏本贵的良苦用心。

若干年后，仕途暗淡的魏本贵下海经商，几乎隔绝了与官场的全部联系，并没有几个人确切地知道他在做什么。

有一次，姜示范在海运楼和朋友吃饭与魏本贵不期而遇，那时的姜示范已经担任了区长。

当时的魏本贵穿着打扮与在政府时截然不同，前额的头发掉了许多，身体也富态了，脖子上挂着拇指粗细的金链子，上身穿花格子上衣，下身穿米黄色休闲长裤，皮带是鳄鱼的，皮鞋是 Gucci，唯一让姜示范看着比较舒服的是手腕上戴着一串红木佛珠。

魏本贵看到姜示范惊讶的样子，亲切地拍了拍他的肩膀："你干得不错，我看不清自己，但能看清别人，算命瞎子的命，呵呵……"

姜示范有些哽咽："哥……"

魏本贵并没有过多寒暄，笑着走了。

姜示范从别人那里隐约了解到，魏本贵下海以后，搞起了房地产，还开了一个铁矿。

乔亚丽后来与魏本贵有了事实婚姻，却很少住在一起，二人的婚姻名存实亡。

乔亚丽是一个欲望和报复心特别强的人，她不相信世界上有真感情。

得不到魏本贵的心，乔亚丽就不计后果将贪来的钱，往其他男人身上砸，看男人臣服在自己脚下，在金钱的符咒下匍匐，沉迷，跪拜。能上手的男人，乔亚丽几乎一个也不放过，不管是上级还是下级，不管是老还是少。

乔亚丽从身体到灵魂彻底被欲望驱使和占据了！

自从魏本贵找姜示范谈话以后，第一个反对的就是蓝维誉，她骂魏本贵不要脸，为了女人向手无寸铁的姜示范下手。

陈靖西听了姜示范的话，没有轻易表态，只是说了一句模棱两可的话：“魏本贵是一个聪明人。”

姜示范最初的官场仕途并不是通过组织部门的考察、选拔，而是经过魏本贵的特别举荐。

到海洲区去还是由姜示范自己决定的，为此，他抽掉了一条石林烟。

姜示范觉得魏本贵的话不无道理，另外他觉得自己已经没有更好的出路可走。

魏本贵已经同他非正式地谈过话，即使他不能把自己怎么样，乔亚丽那一关也很难过。

乔亚丽在一天下班前，暗示姜示范今天是自己的生日，想让姜示范陪她。

姜示范为了不失礼节，临时到街上买了礼物，表示今天已经与蓝维誉有约。

乔亚丽接过礼物的神情，姜示范没敢看，但姜示范已经感觉到有一股杀气向他袭来。

姜示范走的那一天，谁都没惊动。前几天，他分别同海洲区委李书记、区民政局局长左英红通过电话。这两个人都很热情，李书记要到南方招商引资，专门安排左局长陪他到金凤街道报到。

第十六章

海洲区是全市经济最不好的城区，金凤街道是海洲区最贫困最多事儿的街道。

星期日，姜示范在没人的时候，一个人来到区城建局办公室，收拾好了全部东西，两年来，他对这里几乎没有任何留恋，但在这里他基本明白了基层机关明暗两套规则。

到海洲区报到的那一天，蓝维誉怕姜示范找不到地方专门嘱咐他搭车去。姜示范应了一声，夹着一摞本子钻进了出租车。

司机问他去哪儿？姜示范告诉他去海洲区政府，车子刚开出市区不远，司机就在东岗道桥收费站停下来。

司机指一指前面的收费站，问姜示范："过不？的士费按里程算，过道费另算，要你自己交5元钱。"

姜示范很生气，哪有这种道理，这不是熊人吗？姜示范说："才开多远，还在城市中心呢，起步价没跑完，就让我交过道费？"

司机："坐不？不坐就下车，过去到收费站那面再搭车。"

姜示范不是花不起这5元钱，而是觉得这事儿憋气，交了车钱，下了车。

司机朝东岗道桥收费站吐了口唾沫：“呸！你来气？我还来气呢！”

姜示范以为司机吐他，想找他理论，司机一打方向盘，开车走了。

姜示范来到海洲区政府，找到左英红的办公室。

海洲区民政局局长左英红正在接待上访群众，她对面是一个手臂上文有青龙的人物，名叫谭三子，在阜顺矿棚户区是一个棍儿（东北方言，刺头的意思）。

谭三子一屁股坐在左英红办公桌上，挺厚的玻璃板被他坐裂开来。

“你是办低保的？我刚从大狱出来，没饭吃，为啥不给我办低保？”谭三子挑衅地问左英红。

左英红年纪在 40 岁左右，穿着朴素，像一位邻家大姐姐。见谭三子咄咄逼人的样子，丝毫没慌张，拿出一张低保户申报表念出了谭三子的大名：“谭庆山。你的情况我知道，下面社区把你报成了低保户，但经过区民政局审查，你并不符合低保条件。”

“啥？看我好欺负不是？”谭三子脖子一挺，厉声质问左英红。

左英红并没有被谭三子气势所吓倒，微笑着说：“兄弟，知道你不容易，邻里街坊都说你讲义气，懂道理，没少夸你！”

谭三子让左英红一捧，有些不好意思，屁股离开办公桌，口气依然强硬：“不给办不好使。”

左英红：“你家的情况我知道，老婆走道儿丢下了一个上学的孩子。考虑你有暂时性的困难，区民政局决定给你家临时救济。”

谭三子听说有钱，口气缓和了许多：“姐，你给我办救济？”

左英红：“不是我，是政府。你知道咱们区有多少下岗失业的人吗？ 18 万啊！低保户有 6 万人，哪家不等着钱用？国家拨付的低保救济金就那一点，咱矿区的兄弟姐妹虽然穷，但不会从更穷的兄弟姐妹碗里抢食吃，是不？”

谭三子下意识地点点头。

左英红：“低保是救命钱，所以啊！你这低保区里不能给你办，即使是社区报上来，也不能办！”

谭三子眼睛又瞪了起来，左英红过去拍拍他的肩膀说：“你的临时救济区里已经批下来了，赶紧回社区去领。”

谭三子刚要走，左英红叫住他：“钱领了，别去喝大酒了。你这几年折腾，孩子咋过的知道吗？你身强力壮的干点啥不好，我给你介绍了一份工作，在废品收购站装车，活儿埋汰点，但开工资及时，一个月 800 多块呢！”

刚才还雄狮般暴躁的谭三子，一会儿就被左英红驯服了，临出门他说：“姐，你这么讲究，以后谁敢欺负你，告诉我！”

姜示范刚到海洲区就看到这非同寻常的一幕，让他感觉左英红不是一般人。

谭三子走之后，左英红有些累，瘫软在椅子上。

姜示范也不好意思打扰她，坐在一边一直等到她睁开眼，才上前叫了一声：“左姐！”

“是示范吧？看我，每天工作就是这样……让你见笑了。”左英红又恢复了以往的干练。

姜示范在原来的城区只是城建局的普通科员，到海洲区以后，区委很重视这位名牌大学毕业生，直接把他提到金凤街道副主任职位。

左英红向姜示范介绍了金凤街道的基本情况，传达了区委李书记临行时所做的指示。内容无外乎是让姜示范发挥青年干部作用，积极配合街道工委书记、街道主任开展工作。

左英红是金凤街道本地人，目前家也住在金凤街道。处理完工作，左英红陪伴姜示范到金凤街道上任，同时，她还要顺道到下面社区处理一件重要的事情。

第十七章

左英红先要了一部车，然后叫上区里的民政干事与姜示范一起乘车向金凤街道赶来。

汽车从阜顺露天矿坑绕了一个大弯儿，矿区成片的棚户区映入姜示范眼帘。车窗外，不时掠过面无表情晒太阳的老人、穿着破旧的孩子，道路两侧到处能看到无所事事的人。

一些孩子不管来往奔驰的车辆，从路的这一边，跑到路的另一边，前面有辆车，见孩子站在路中央，突然来了一个急刹车，一个面色黝黑的小孩站在路上，朝司机吐口唾沫，司机从车窗伸出头破口大骂……

这时，从棚户区破房子两侧，又冲出了更多的孩子前来增援，他们怒吼着向汽车扔石头和垃圾，司机不敢怠慢，开车逃出伏击圈，孩子们欢呼雀跃，仿佛打了场胜仗。

那些神情木讷的老人仿佛什么都没发生过，迎着刺眼的阳光勉强睁开眼，懒散地动了动脸上的肌肉，又闭上了眼睛，睡着了！

车子驶过阿金河，沿着河道公路驶向一段凹凸不平的土路，左英红指着路边的棚户区向姜示范介绍道：“这些棚户区都属于金凤街道，那是青树沟，那是莫地沟……”

金凤街到了，路两边布满了做小生意的移动篷车，烤羊肉串的、卖麻辣烫的、卖烤地瓜的、卖蔬菜的挤满了整个街道，各种叫卖声此起彼伏，人们仿佛没看到左英红他们的车，车根本开不过去，左英红、姜示范等人只好徒步走过去。

金凤街道办事处在金凤街中间，姜示范在门口遇见“含摇”，“含摇”用脏兮兮的手指从嘴里掏出5分钱，然后朝姜示范友好地吐了一口唾沫，欢快地摇起了钥匙链儿。

“含摇”吐唾沫表示友好，是左英红告诉姜示范的。姜示范为了表示友好，也亲昵地朝“含摇”吐了一口，她更高兴了，紧紧拉着姜示范的衣襟跟在后面。

左英红、姜示范走进街道办事处大院，从里面传来噼里啪啦的打砸声，黑压压的人群几乎把整个院子填满了，人们手里拿着石头，充满愤恨地盯着办事处紧闭的大门。

办事处朝向外面的窗户玻璃几乎都碎掉了，看到左英红，人群出现短暂骚动，有几个女人呼叫：“英子！英子！”

左英红小名叫英子，金凤街道的老少爷们都认识她。

从金凤街上出息的人并不多，按理说，左英红虽然是区民政局局长，充其量也只是个正科级干部，但街上的人却把她看成大干部。

左英红曾在国企担任过服务公司的工会主席，那是一个两千多人的集体单位。20世纪80年代初，左英红通过成人高考获取了一张大专文凭，于是转为国家正式干部。单位关停倒闭以后，有能耐的国家干部基本留在矿机关，更多的人通过门路逃出了矿区，到行政事业单位任职。

左英红因为没有靠山，只好下岗分流到油水很少的街道，具体职务是街道民政助理。

如此大规模的下岗失业，是政府部门没有预料到的，因为国有企业、中省直企业与当地政府是两层皮，国有企业大规模调整，国家起码应该有一个比较完备的应对措施。国企虽然甩掉了沉重的包袱，但当地政府的包袱却越来越重，被推上社会的“40岁、50岁”年龄段的下岗失业者，很难再就业。

这个年龄段的失业者，上要养老，下要养小，一人下岗失业，全家跟着遭殃，大多数家庭生活幸福指数急转直下，生活一瞬间跌入谷底。

政府为鼓励下岗失业者出外谋生，进行再就业，女的去外地当保姆、当月嫂，男的送到外地矿山、工厂打工，出去的人很多，也有少数回来的，因为年龄大，赶不上几年，人就要回来。房子不能背走，家人不能背走，即使在外面多挣了几百块钱，去掉吃住费用，往家里寄的钱并不多。

无牵无挂的青年人，走了就不回来了，阜顺及东北绝大多数工业城市从那个时候开始，青年人口开始大幅度流失，少则几十万人，多则近百万人。

面对全区十多万名下岗失业职工，海洲区民政局局长这个职位，由于负责低保等救济工作，一时成为最重要的岗位。最初几年，中央、省市都没有预料到下岗失业浪潮对整个东北经济的影响，拨付的扶贫救济资金有限，一块钱掰成两半花，困难家庭太多，区民政局局长犹如坐在火山口上，经常发生事端，几年里谁干谁下班。

矿区人野性，如果民政局和街道一碗水没端平，被激怒的人群可不跟你讲道理，区里、街道到处乌烟瘴气，人被逼急了，什么极端的事情都敢干。

区民政局局长自己不下班，有人就把你干进医院去，区民政局的干部被打伤的有好几位。

区里干部岗位竞争激烈，但区民政局局长给谁谁不干。区委李书记知人善任，考虑到左英红一直生活在矿区，又有在企业当工会主席的经历，了解矿区人的脾气秉性，还有一副热心肠，在区委办公会议上，提议左英红担任区民政局局长，立即得到了区委、区政府两套班子的一致同意。

从街道民政助理直升到区民政局局长，左英红形容自己乘上了火箭，不知道是怎么飞上来的。坐上这个职位不久，她人整个傻了，全区三十多万人，有十多万工人下岗失业，六万多个贫困户，每一张嘴都等着吃饭，该怎么办啊！

在金凤街道，又遇到突发性群体事件，左英红立即发挥做工作的优势，嘴上叫着“婶子、大娘、叔叔、大爷……”

群众的情绪暂时压了下去。事情的起因是，有一对夫妻自己有车开，有楼房住，但街道有关部门却给这一对夫妻都办理了低保，享受低保金和有关政策。

低保户可以享受国家许多政策，每月按时领不同金额的低保金。低保金多的200多元，少的100元左右。虽然钱不多，但对贫穷到极点的矿区人来说，这就是救命钱。享受低保金的同时，低保户孩子上学可以减免学杂费，最重要的一条是，到了冬季，低保户暖气费只交20%，余外的80%由政府承担，可以节省1000元到2000元钱。

此时，街道办事处大门扒开一道缝，露出了半拉脑袋，那人看到左英红和姜示范，高声朝人群喊道：“好了！区民政局局长来了，他旁边的那个小伙子是新来的街道副主任，他是管民政的，大家有什么问题求他解决。”

人群忽然一下向左英红和姜示范涌来，姜示范从局外人立刻成为众矢之的，二人一时手足无措。

姜示范还没到政府报到，就被人推到了前沿，他自己都没闹明白怎么一回事儿，就被不明真相的群众包围了起来。他在心里连连大骂门缝里的那个人卑鄙。

院子里的群众把他们逼到大街上，院里院外的两股人流汇聚在一起，人头攒动势如潮涌。

这时，一个骑自行车的片警冲进了人群，他在左英红、姜示范前面挡住了暴怒的人群：“老少爷们，有话好说，这样解决不了问题啊！”

左英红认识这个片警，因为年龄大了，被从市局调到锦阳社区警务室工作，当地老百姓都叫他大张。

大张的面容不像警察，性格也很好，见谁都先笑一笑，本来今天休息，看到群众闹事就赶了过来。大张的到来非但没有平息群众的愤怒，呼喊声，叫骂声更加激烈。大张戴的帽子被人打掉，并且践踏在泥水里，大张光着头一直护着左英红俩人：“大家有话好好说，有话好好说。”

群众分成了两大阵营，一少部分是左英红的街坊邻居、同学朋友，以及她帮扶过的低保户，他们自发地用身体保护住左英红、姜示范；另一部分人是黑压压不知道情况的群众，许多人不是为了解决问题，就是为了闹事儿，一拨又一拨鼓足了劲儿往上涌。

眼见着大张、左英红、姜示范支持不住了，墙头上传来一声声嘶力竭的大喊：“我看谁再往前上！”

墙头上站着的人是赤着上身的小阁，由于刚剔过骨头和肉，手上、衣服上都沾满了血迹，样子很是吓人。

街上的人都认识持刀追赶金老五的小阁，不仅停止了呐喊，还不由自主地往后退了几步。

小阁不是一个爱管闲事的人，左英红他太熟了。他父亲残疾以后，找到原单位没人管，单位想管也没钱。在最困难的时候，左英红来了。在棚户区，小阁爸爸是区里第一批给办低保的，送钱来的人就是左英红。

小阁不会说表面话，但今天看到左英红危急，就挺身而出了。

小阁用手指往墙头里面一指：“办低保的是街道的王主任那个瘪犊子，跟英子姐没关系。”

人群又开始嗷嗷：“对，找王主任，找瘪犊子去啊……”

左英红重重地喘了一口气，大声说道：“老少爷们，我今天给大家说一个敞亮话，如果哪份低保办得不符合规定，我这个当民政局局长的第一个把他撤了。”

有人拍巴掌说好，虽然不太热烈，但让姜示范感觉到，形势已经扭转了过来。

人群渐渐散了……

在街道办事处主任办公室，姜示范看清楚了门缝中露出半张脸的人，也就是小阁称为“瘪犊子”的人。这个人是姜示范未来的顶头上司，街道办事处主任王金科。

王金科见到左英红赶紧赔笑：“左局长，我以为您来能镇住他们。这些刁民，一点都不讲理……”

左英红没有好脸色道:“刚才那个事咋回事?”

“张华文和林娜两口子的低保吗?两口子双下岗,又都是精神病,符合规定才给办的。”王金科理直气壮地回答。

“群众反映他们两口子有车,你不知道啊?”

“我没看到,他们家现在在哪儿住我也不知道,很少能见到他们……”

左英红大概知道张华文、林娜两口子办低保的事儿,因为二人都有精神病院开的证明,并且都下岗没工作,处理这件事非常棘手。

她转移话题:“那你知道青树沟社区书记大丽接受吃请的事儿吗?”

王金科与青树沟书记大丽有一腿,立即保证:“造谣,青树沟书记可不是那种人。”

“啥也别说,跟我一起去青树沟。咱们一起找大丽唠一唠。”

“有这个必要吗?”王金科不情愿地说。

左英红说:“有!”

姜示范还没进街道办事处的门,就遇到这一番经历,从王金科薄薄的嘴唇里,他嗅到了一股散装白酒的味道,于是从心里往外恶心这个人。

同左英红一起去青树沟的不仅有王金科,还有满头银发的街道工委书记范晓明。范晓明见到姜示范后频频点头:“年轻啊!年轻啊!”

范晓明原来是一所企业中学的校长,学校解散后到街道担任工委书记,平时喜欢看书、写书法,除了党务工作基本很少过问街道的行政事务。

第十八章

青树沟社区刚从居委会转变成社区不久，在棚户区的一条小巷里，附近最显著的标志是花圈店和寿衣店，因为社区没有活动经费，社区的两间简陋平房有一间租给了花圈店，每个月能弄几个零花钱。

姜示范他们走进社区不到10平方米的破办公室，一股浓烈的旱烟味迎面袭来。几个老太太正在里面打扑克，满地是烟屁股。其中一个长得颇有姿色的中年女人，看到左英红等人连声说："稀客，稀客！我说今天早上，喜鹊在墙头上叫呢！"

王金科进屋大声嚷嚷："散了！散了！"

几个老太太根本看不出火候，临出门嬉笑着推了王金科一把："看大丽来了？"

王金科脸色一沉，说了一句粗话："滚！"

等人散了，大丽把门打开放烟，王金科借机把大丽拉到街上小声嘀咕了几句。

大丽进屋开始沏茶，嘴上不闲着，对左英红、范晓明、姜示范嘘寒问暖。

左英红板着脸说："你歇会儿，我有重要事问你。"

“啥重要事啊！呵呵……”

“大丽，你做居委会工作也有几年了，所做的成绩我们都看得到。”

“是啊！我们社区去年老年秧歌队在全区比赛是第六名，今年，我们又开练了，准备迎接国庆呢！”

姜示范很烦大丽话多那个劲儿，但刚认识也不好说什么。

左英红：“大丽，你是不是吃西街任老卜家的饭了？”

大丽沉吟片刻，脸上又堆满了笑：“任老卜跟你说的？”

“你别管，吃没吃？”

“吃了，我们街坊邻居经常在一起吃饭。”

“不是吧！任老卜两口子都是残疾人，哪有钱请你吃饭？”

大丽看瞒不过就说：“既然任老卜与你说了，那我就把实话说了吧！那天，任老卜来办低保，我与他开玩笑，说办低保的人多得要排队，你请我吃饭，我就给你办。没想到他当真了，请我吃了一碗冷面，要了两个毛菜，才花了 30 多元钱……”

左英红一拍桌子：“你吃的是饭吗？你喝的是血，老百姓的血。”

左英红一急眼，把王金科、范晓明都吓着了。

左英红是区民政局局长，在人事安排上她管不到大丽，但今天当着大丽的面儿说：“大丽，你不要以为我就掌握你吃任老卜家一顿饭那件事儿。鉴于在发放低保上你有重大错误，我在这里提议金凤街道党工委撤掉你社区书记的职务。”

王金科一愣，赶紧给大丽说好话：“吃了一顿饭就这样处理，是不是太过了？”

范晓明不好得罪王金科：“啊……这事儿还是工委开会研究

一下再决定吧！”

王金科赶紧打圆场：“对，研究，研究。我看大丽把 30 元钱退回去……不！退给任老卜 50 元钱，那 20 元钱是大丽给赔的不是。”

左英红没一丝退让：“一定要撤，由这样的人发放救命钱，我不放心。如果你们不撤，我将向区委汇报，你们看着办吧！”

王金科看保不住大丽，低下了头。

大丽的脸一下子撂下来了：“姓左的，你不用跟我过不去，一个月就挣几百块钱，这破书记我还不爱干呢！”

大丽抓起茶杯，用力摔在地上，然后扬长而去。

第十九章

姜示范当上街道副主任所接受的第一项任务，是处理张华文、林娜两口子办低保的事儿。

王金科把这项棘手的事情给他，有很深的用意。在王金科看来，姜示范的到来，是对他主任位置的最大威胁，虽然他一时摸不清楚姜示范的底细，但通过他的仔细观察，这位很少言语的副主任做事情进退有据。再有，姜示范是区委李书记点的将，左英红亲自送来的，其背景不敢小觑。

王金科私下与工委书记范晓明做过交流，想弄明白范晓明对姜示范的态度。

范晓明正在写字，宣纸上是四个魏碑体大字——研精阐微。

王金科不明白这四个字的意思，范晓明哈哈大笑，点燃一支烟，一句话也不说就出去了。

王金科趴在桌子上仔细端详这四个字，摇了摇头。

街道的民政助理姚叶萍拿来整个街道低保户、贫困户、低保边缘户的材料，姜示范整整一天都在看这些材料，并不时用小本子做一些摘录。

姚叶萍是一个非常精明的女孩子，从姜示范来到街道，就对他心生好感。

姜示范想起张华文、林娜两口子的事儿，问姚叶萍：“小姚，怎么才能找到张华文、林娜？”

姚叶萍神情紧张，先把门关严，然后对姜示范小声说：“你找他们干什么？街道和区里的干部见到他们躲都躲不过来。”

姜示范：“他们真自己有车？”

姚叶萍：“人家两口子不仅有车，市区大商场里还有两个床子。平时他们还炒股票。”

姜示范：“那怎么还给他们办低保？”

姚叶萍：“人家是有证件的精神病，两口子都有。”

姚叶萍随后向姜示范讲起了张华文和林娜的事儿。

张华文和林娜的确都是下岗工人，下岗以后没闲着，张华文的父亲是商业部门的领导，为了给儿子弄个不费力气就赚钱的营生，在大商场转制的时候，低价搞了两个床子（在东北指摊位）。最近几年，几个大商场黄金摊位租金每年往上涨，两口子便把床子租了出去，每个月有不少进项。为了办低保，少交1000多元暖气费，两口子找人弄了两张医院证明，就从明白人变成了精神病。两人确实是双下岗，平时不做事，社区就给他们办了低保。

到了街道，街道民政部分根据群众反映的情况，暂时没给办理。

当时张华文找到街道主任王金科，拉开抽屉把烟塞到里面，笑着对王金科说：“王叔，我们两口子都有病，到哪儿哪儿不要，在家待着也要有口饭吃啊！”

王金科说：“你们日子过得不错啊！”

张华文说：“不错？你知道我们的日子是怎么过的吗？晚上

经常犯病，林娜经常晚上光屁股跑出去。我也是，不知道怎么的，拿刀就跑街上去了，多亏没砍人，砍了人我也不用偿命！”

王金科抬眼望望张华文，看他的眼神不仅没有混沌，还露出凶光……

张华文在单位游手好闲，父亲在商业部门工作，与餐饮娱乐业老板相熟，父子两人都是见了便宜就上的人，张父弄了几张吃饭不要钱的卡，张华文经常下馆子，他喝酒不行，吃饭也不行，属于吃多少拉多少的主儿，人瘦得像麻秆儿。其实单位不倒闭，他也不怎么上班。

从硬件上来说，不考虑其他背景，这两口子办低保的条件勉强算够。加上他的威逼利诱，几句话把王金科吓住了，王金科笑了：“咱按照规定办，好不好……”

占便宜的人永远想占便宜，张华文所做的一件轰动全市的事儿，也与占便宜有关。

张华文结婚后，无所事事，买了几根钓鱼竿到水库钓鱼。水库规定一根竿儿要买 20 元钓鱼票，张华文不想花钱，等查钓鱼票的人来了，张华文说自己有精神病，出来是散心的。管事儿的知道他钓鱼快半个月了，一说鱼票张华文就说自己有精神病。

某一天，终于把查鱼票的人气着了，几脚就把他的鱼竿儿给踹断了，张华文抢鱼竿儿的时候，顺势倒地上了，被 120 送到医院抢救……正抢救的时候他一下子精神病“犯”了，蹿上病房的窗户要跳楼。

110、119、报社、电视台的记者全来了……如果张华文真从医院楼上跳楼，医院也要跟着担责任，救援中心一面铺开气垫援救，一面找来水库负责人协商。

张华文的妻子说："华文这口气出不来，病没个好！"

言外之意，让水库赔钱。

那几天，张华文身手敏捷，经常要跳楼，还声言，如果不给他解决问题，就杀人，放火！

经不起他三番五次的纠缠，水库在张华文要价 7 万元的基础上，私下里赔了 2 万元钱。张华文从此一跳成名，谁也不敢惹他。

姜示范工作以后所要解决的第一个角色，就是张华文这样一个刺头。

每当他在走廊遇到街道主任王金科，王金科就会追问一句："示范，张华文的事儿办得怎么样了？"

姜示范就会感觉他脸上的笑容里隐藏着更深的内容。

城市街道办事处与乡镇政府属于最基层的政权组织，像姜示范这样的干部处于国家公务员的最底层。

作为政府最低级别的小公务员，姜示范总笑自己考虑得太多。他目前所要做的，不仅是要帮助所谓的"城市无产者"渡过生命的危机，还要同时适应基层官场人际关系形成的各种规则。

姜示范为了更贴近这些"城市无产者"，一头扎进了棚户区，挨个社区去了解居民生活情况。

这让王金科很不高兴，他找到工委书记范晓明，发泄对姜示范的不满："小姜又下去访贫问苦去了，好像他是街道的主要领导一样！"

范晓明："爱去就去吧！熟悉熟悉情况也好。"

王金科："卫生局要搞宣传一条街，我安排他制作旗标、黑板报，组织宣传队伍，到现在也没落实，不行，我得让大丽回来帮忙。”

范晓明：“大丽的事儿区委要通报批评，就算了吧！你整些人敲锣打鼓、扭扭秧歌，让电视台记者录像就可以了。”

王金科：“还有，我让姜示范具体负责张华文两口子的事儿，他也不上心，如果再发生群体性事件怎么办？”

范晓明：“你说咋办？”

当姜示范带着小姚风尘仆仆地从外面回到街道办事处，天快黑了。

王金科把姜示范叫到办公室，非常严厉地说：“姜示范！你要注意身份，该做的事你做，不该做的事，不要做！”

姜示范解释道：“我与小姚到下面了解一下临时性救济情况。”

王金科：“你的工作岗位是在办公室，不是在下面居委会。难道就你关心贫困群众，我和范书记就不关心？你刚来，处处突出自己，会对上级领导形象造成负面影响。”

姜示范只想把工作做得扎实一些，没想到王金科会说出这么一番话。

想辩驳几句又觉得没意思，回到办公室连灯也不开，自己一个人蹲在墙角的黑暗里不住地抽烟。

此时，电话铃响了。左英红打来的，她让姜示范下班不要回家吃饭，她要带姜示范认认家门。

姜示范其实有许多话要跟左英红讲，就答应了。

天一黑，王金科就开着自己的黑色轿车来到大丽家门口。

大丽离婚好几年了，一个人住在金凤西街，自从左英红提议街道工委免去她社区支部书记职务以后，大丽就对王金科发脾气，说他说话不好使，狗屁不是。

大丽要挟王金科以后，说当社区书记并不如意，一个月几百块钱工资，还不够她打一圈麻将。当社区书记一个月工资600多块钱，连保险都没有，大丽早就不想干了。

王金科说："左英红说话不好使，等有机会还把你弄上去。"

第二十章

左英红家住东街，同许多棚户区人家一样，推开门就是一个简陋的灶台，她和丈夫老何正忙着做饭、炒菜。两个热菜，肉炒青椒、酸菜粉儿，另外两个是冷菜，花生米粉肠、狗宝咸菜。

左英红丈夫老何下岗以后，左英红托人在区环卫处为其安排了一份拉运司机的工作，他们二人原来想用攒下的积蓄，在海洲区街里买一个单间，由于女儿上大学花费太大，所以一直居住在父母留下的老屋里。

姜示范没有想到一个堂堂的区民政局局长也住在棚户区里。

左英红其实与住在棚户区里的人没什么两样，打煤坯、腌渍酸菜、往大街上泼水、倒炉灰渣滓……一年到头都是这样过来的。

这让从农村出来的姜示范对左英红的信任增强了许多，在屋里待着一点儿拘束感都没有。

姜示范环绕狭小但很干净的屋子说：“我以为像你们当局长的，怎么不得弄个两室一厅的楼房啊！”

左英红：“我也想啊！没赶上好时候，在矿里那几年，一年不如一年，到街道和区里工作，又赶上取消公家分房。现在我和咱家老何都有工作，已经不错了，等孩子大学毕业了，我们三个一起努力，买新房也不是什么难事儿。”

老何拿来两瓶天湖纯鲜啤酒，先是客套了几句，就开始一个人吃饭喝酒。

左英红、姜示范谈的都是工作上的事儿，他不好插话。

左英红：“现在工作怎么样？”

姜示范：“还行，刚开始还在摸头绪。”

左英红：“可别骗我，有啥，你就说啥。”

姜示范摇摇头：“总之，金凤街上的事儿不好干。我想的有些事儿，兴许与领导想的合不上拍儿。”

“你说说……”

“等我先写一个调查材料，再征求你的意见。我以为我们现在所做的工作，仅是维持状态，这样下去，还会激发更多的社会矛盾。”

“这么说，你自己有了工作思路？”

“什么思路啊，就是想法。这个以后再说，我想请左姐帮我一个忙。”

“什么忙？”

“我已经通过朋友在交通执法部门、商业部门核实了张华文两口子的材料，车主的确是张华文，他们不仅在市内有房产，市内大商场的几个床子登记的摊主也是他们。”

“啊！你是让区里立即对张华文两口子进行处理！”

“不，还不能太急。张华文两口子的确有精神病院的证明，不管他们是从什么途径搞到的，我们在这上面不能出任何纰漏，做事儿，就把它做实，一点儿借口都不能给他们。”

张华文两口子的事儿，也是左英红一直头疼的事儿，没想到姜示范在这么短的时间内就取得了突破。

“左姐，我想以区民政局的名义，对金凤街道所有残疾人、精神残疾者进行重新鉴定。并根据资质部门的鉴定，对低保户进行登记梳理，把不符合规定的人清理出去。”

左英红很震惊姜示范不动声色的办事能力，如果采取民政部门指定单位的鉴定，张华文两口子的事儿将会彻底得到解决。

“左姐，这件事还不能声张，我们不能给任何人活动的时间。”

这是姜示范从基层涉入官场打的第一仗。

这一仗虽然是牛刀小试，但完全带有姜氏风格的烙印。不动声色，号脉极准，在谈笑中施展杀招。

姜示范还记得魏本贵对他说过的话，心肠软的人当不了官儿。尽管姜示范经常面带微笑，不笑不说话，但到了关键的时候，绝对不会手软。

这次鉴定，完全是针对张华文两口子，其他人只是走了个过场。为此，左英红特意从省里请来精神疾病鉴定专家，掺杂在众多医务人员里。刚开始张华文和老婆还不想来，但姜示范在电话里通知，这次只是一般性的检查，结果很重要，如果这次不参加，可能要耽误明年的低保金发放工作。

鉴定结果出来，省里专家推翻了那所精神病院的鉴定结果，张华文与妻子都没有精神疾病。

……

事后，张华文和妻子非常痛恨左英红，但从王金科那里，他们知道此次行动很可能是姜示范所为。

张华文气势汹汹地来找姜示范："你是不是存心跟我过不去！"

"没有，例行检查，结果都是由省里专家审定的，我们只是执行。因此，按照规定，必须撤销你们的低保。"姜示范满脸笑意地回答。

张华文很放肆地威胁道："你是不是欠收拾了？"

姜示范拿出相关机关出具的证明："你有车、有房、有买卖……还要从穷人口里抢食，这太不仗义了吧！"

张华文手里捧着一堆材料，大叫道："好啊！姓姜的，你在背后搞我！"

姜示范："不是搞你，而是你搞了政府。如果你不想善罢甘休，有好车不开，有好房不住，我们将继续追查你是怎么弄来精神病证明及骗取政府低保金的，到时候，你可要承担刑事责任！"

张华文感觉脖子被姜示范掐住了，想蹦跶却无力跳起来。他恶狠狠地盯着姜示范，可姜示范似乎没把他放在眼里，正眼不看他，不慌不忙地用抹布擦拭皮鞋上的灰尘。

姜示范已经算清了张华文几斤几两，张华文这个曾经用跳楼威胁并占了大便宜的人，感觉脚下似乎在旋转，他定定心神，给自己找了一个台阶下："你等着，我到区里和市里告你去。"

张华文从此以后，再没敢见姜示范一面。

姜示范谈笑间搞定了张华文，让金凤街道领导层产生了微妙的变化。王金科对此是大吃一惊，工委书记范晓明也在心里犯嘀咕。

取消了张华文等不符合规定的低保户，让姜示范在社区居民中的威望大增。以往，评定低保由社区报到街道。姜示范为了让低保评定更公正，让社区选举出有威望的居民代表，大家一起进行动态性的民主评议。条件够不够先由老百姓说了算，谁家有几个人挣钱，谁家谁谁有病，老百姓心里有数。社区、街道根据居民代表评议，对整个街道的低保户情况张榜公布，如无异议再进行低保金发放，从这以后闹低保的人几乎绝迹。

社区老百姓有了事情，要找的街道干部首先是姜示范。每天，到姜示范办公室来的社区居民络绎不绝，这让范晓明和王金科异常尴尬。

在一次由街道工委组织的会议上，王金科首先发难：“我们是在街道工委领导下的政府部门，做任何工作都要体现集体的智慧，绝对不能搞个人英雄主义。”

姜示范是何等聪明的人，他低头认真做笔记。

一向不过问办事处这边工作的范晓明也开始讲话了：“嗯，王主任所说的这种倾向，要引起广大党员干部的重视，特别是青年干部……”

开会的许多人都把目光聚集到姜示范脸上。姜示范依然镇定，用笔沙沙地写着什么。

范晓明嗓子好像被骨头卡了一下，干咳了一阵加重语气：“青年干部平时要多向老同志学习请教，要懂得尊重和团结大多数干部。金凤街道一直是团结的集体，不要让任何因素破坏这来之不易的团结。”

范晓明在工委会议上强调安定团结以后，姜示范办公室每日依然喧闹，社区居民人来人往。但街道干部好像有意回避姜示范，在食堂吃饭也借故不和他在一个桌。只有小姚一个人，似乎为了打破尴尬，极力与姜示范说笑。

姜示范非常愿意与范晓明、王金科进行沟通，几乎每个星期都把自己的想法写成工作汇报送给两位当政领导。

在一次由金凤街道全体社区书记和主任参加的扩大会议上，王金科把姜示范所写的调查材料当众进行了宣读。

姜示范在材料里写道，社区干部年龄偏大，平均在55岁以上，他提醒街道要改革社区建设，应该把年轻有为、有知识有能力的青年人纳入社区干部队伍中来，这让姜示范成了众矢之的。

金凤街道的居委会老大妈每个人的嘴头都很硬，这些人的唾沫差点儿把姜示范淹死。

姜示范不明白，按照组织程序向街道领导做出汇报，为何王金科要向相关利害关系人公布？

王金科在当街道主任之前，是区内一家企业的厂长，他的工作经历决定了他的职业素质。姜示范知道与婆婆们斗嘴，一点儿便宜都占不着，他把希望寄托在范晓明身上，但范书记一直在隔岸观火。

姜示范在以后的两年多里，度过了在街道最平淡的日子，尽量减少与范晓明、王金科的摩擦。

明里他没干什么，暗里他把社区与街道的未来做了重新规划。王金科对他的表现很满意，感觉他被收拾以后听话多了，戒备心逐渐淡了，有了饭局也想着把姜示范叫上。

处于矿区核心部位的金凤街道，由于想得到有实力的企业家支助，王金科在每年海选人大代表和政协委员时，总是叮嘱要把大部分名额留出来，号召社区干部发动群众，给有实力的企业家投上一票，只要这些人被选上了，让他们帮助贫困户也就是一句话的事。所以，这几年从金凤街道被送到市、区人大代表、政协委员位置上的企业家不在少数。

这些人也挺讲究，每年总要拿出几万元或十几万元资助社区的贫困户。

姜示范在王金科组织的一次饭局上认识了人大代表洪仁海。洪仁海在农村长大，靠倒腾煤炭和化工产品发家，有两个煤场、一个车队。洪仁海很能喝酒，喝完酒爱唱歌，是麦霸，手攥到麦克风就不撒手。歌唱得异常雄壮，一般都是以《铁血丹心》开始，《少年壮志不言愁》结束，他的生活与他唱歌的水平差不多，经常跑调。

王金科最近说服洪仁海资助了十多名贫困大学生，洪仁海喝到兴致处涕泪横流，说自己从小没有读过书，这十个大学生几年的读书费用全包了，一分都不会少。

王金科、范晓明不失时机地敬酒，说明天就找记者把这份义举报道出去。这让洪仁海非常受用，立即下定了决心，要为社会公益事业再出一把力，十万元资助款，又增加了五万元。

洪仁海真不含糊，第二天就把十五万元拿过来，与十多个大学生一起签了助学合约。

对于一些学生家长来说，洪仁海不亚于《水浒传》里的及时雨宋公明。他们上前抱住洪仁海，激动得说不出话来……姜示范留意到洪仁海在激动时刻的眼神，那是一种救民于水火的神态。

其后，姜示范与这位老板在不同场合又有过几次接触，总体感觉洪仁海气场很盛，在任何地方都想主导言语控制权。姜示范觉得，一个企业家用金钱回馈社会做慈善，其实是对自己的灵魂的救赎，大可不必用金钱去控制一切。

王金科等人是因为洪仁海具有经济实力，才号召群众把他推向了人大代表的位置，洪仁海的确做了许多善事，但这也助长了他唯我独尊的嚣张气焰。

作为企业家，洪仁海更多的时候还是站在企业家的角度说话，很少替下面的劳苦百姓代言，因为他已经脱离百姓的普通生活几十年了，他只会用金钱与百姓对话。

慈善与施舍其实根本是一回事儿，但人们为了满足自己需要，用了不同的说法。

一天，王金科有些慌张地跑来对姜示范说：“洪仁海出大事了。”

第二十一章

洪仁海喜欢唱歌喝酒，这是他日常生活的一部分，所去的歌厅也只有两处。道街的歌厅物美价廉，他一般不会去。作为有一定身价的人，浑河边上的南宫和临江路上的美人豹是他经常光顾的地方，那里的消费贵一点，但洪仁海觉得物有所值且有档次。

洪仁海最近相中了歌厅的一位女领班，那一夜让他太尽兴了，抓着麦克风一直号叫到天亮，然后不顾酩酊，开着越野吉普载着女领班想找个地方休息。

城市的早晨行人稀少，洪仁海心情放松下逐渐加快了车速，开到市中心时，道路旁边突然出现了许多人，车子险些把人撞倒。慌张躲开的人之中，一名 50 多岁的人回头指着吉普大骂了几句。

阜顺市中心的一家大商场为了促销商品，对排队前 100 名采购商品的消费者进行打折优惠，一些市民为了买上便宜商品，天不亮就赶来排队了。骂洪仁海的人是其中一位市民。

洪仁海平时一般都是说上句的，加上喝了不少酒，如何受得了这等耻辱，恶气出不来，他立即把车停在路边，下车一把抓住那人的脖领子质问：“为啥骂人？”

骂人的人是和爱人一起来的，二人指责洪仁海不会开车，又闻到他浑身酒气，愈加理直气壮。

洪仁海在二人的夹击下，肢体动作上占不到便宜，还招致了更加猛烈的推搡、责骂。大败而归的洪仁海回到车上，看到女领班正怯生生地望着自己。

洪仁海想想自己，在高档消费场所挥金如土，到什么地方都受尊重，没想到被两个白丁在大清早平白无故地修理了一顿，感觉非常没面子。于是血冲头顶，一下子疯了，突然加大油门把车开向了人行道。

骂他的夫妻见事不好转身就跑，人毕竟没车快，吉普车左突右拐，突破道边的树丛，直接把人撞飞了出去。

随着女领班的一声惨叫，洪仁海的酒醒了，他把车开上机动车道，一路向道街方向疾驰。路上，他给一个头脑灵光的哥们儿打了个电话，哥们儿说："你还开车干什么啊！立即把车丢掉，不行，找一个顶缸的替你！"

扔掉了吉普车，洪仁海躲了起来。左思右想，知道自己这一辈子算完了，不住地打自己耳光。大白天有许多人看清了他的面目，找人顶缸肯定不行，至于说车让人偷了……

此事一出，各路记者第一时间赶到了现场。报道发出之后，给当地公安机关施加了极大的压力。

探听来的消息称，人已经被撞死了。经过各路"高参"一合计，大家都劝洪仁海自首，因为跑与不跑都没多大意义。自首兴许能保命，如果赔偿让家属满意，事情兴许会有转机。

之后，洪仁海自首，进了看守所。

洪仁海怨记者的笔太快，没给自己用钱铺路的时间。市人大代表这块曾经让他人前显耀的牌子，在这时候成为一道难以抹去的“追命符”，任何一家报纸写报道都要写上“开车撞人者，人大代表洪仁海”。

尽管有关洪仁海的消息很多，但确切的消息来源实在太少，有人说，他与城市的官场地震有关，交代出了一些人，因此立功免除了死罪；也有人说他在里面病死或者让人弄死了……一个人的结局反正扑朔迷离，姜示范觉得洪仁海是他见过的悲剧人物之一。

姜示范一向不温不火，他关于街道和社区未来构想的笔记已经写下了两本。本想拿给范晓明看，想想又放弃了，因为以范晓明的态度，就是想平静地等到退休，弄一个县处级待遇就行了。

第二十二章

人的情绪需要宣泄和抒发，有些话姜示范不会与周围的人说，也不会向蓝维誉倾诉。姜示范想陈靖西了！陈靖西虽然每天花天酒地，但因为他是局外人，看问题不会带有任何成见，适当的点拨会开拓自己的思路。

从海洲区往前安镇方向有一家小店，铁锅鱼的味道非常好。

姜示范、蓝维誉约好陈靖西，陈靖西如约而至。

为了让吃饭更有兴致，陈靖西身边理所当然地带上了一个女人。

女人身穿风衣，背着摄影包，经陈靖西介绍，是本市比较有名的画家宋晓楠。陈靖西与她从风景名胜地采风回来，一路风尘仆仆的样子，让蓝维誉甚是羡慕。陈靖西真会玩儿。

宋晓楠虽然与蓝维誉不熟悉，但两个人都挺随和，一会儿就与蓝维誉搂搂抱抱说说笑笑。

宋晓楠指着陈靖西说："这个人是我所认识的男人当中最坏的一个。"

蓝维誉："坏你为什么还跟他在一起呀？"

陈靖西非常正经地说："男人不坏女人不爱，这好比粉儿，都知道那东西不是什么好玩意，但沾上了，没有还抓心挠肝的。晓楠，你是不是想到我，就有这种感觉。”

“滚！害人精。”宋晓楠与蓝维誉一起说话，把陈靖西和姜示范两个男人晾在一边。

陈靖西并不喜欢被一个女人霸着，如果真有一个女人想同他加深感情，甚至很认真地增进感情，他一定会跑得无影无踪，如果哪个女人黏上陈靖西，友谊跟感情兴许就到了尽头。

姜示范与陈靖西说起了自己的工作，陈靖西听得津津有味，开始埋汰姜示范：“一天到晚跟着一群过了更年期的老娘级别的人在一起，心理肯定不正常。我支持你弄一些年轻的女人进社区，这才显得有活力，呵呵……”

姜示范：“正经点不行啊？说实在的，政府接触现实的直接点就是在社区，如果不输送新鲜血液，这潭死水难以活起来。”

陈靖西：“别操之过急，有些事儿，也不是现在立马能办到的。我听说，市里新来了个市长？”

陈靖西所说的市长人长得很瘦，看外表不是很精干，平时眼睛一眨一眨的，心思很重，总在琢磨事儿。或许阜顺蝴蝶一样的行政区图形给了他灵感，老工业城市的衰落，让他联想到了一种昆虫“蝴蝶”，并把城市复苏发展理想地描绘成“化蛹成蝶”的过程。有了昆虫不能没植物，他没有想到眼前，而是考虑到未来，他要将此作为一种长期战略，把这个城市建设成受益百年的“绿色之都”。

姜示范曾在心里嘀咕过，全国绿色覆盖率高的城市多得数不过来，这“绿色之都”能站住脚吗？一棵树从栽下到成材最少也要 10 年以上，现在有那么多人没有工作，等这些树长成了不会被当成劈柴烧吧？姜示范非常不看好这项理想色彩太浓的工程，他觉得这个城市首要的任务，是要解决几十万名下岗失业者的吃饭问题，而不是望梅止渴。

人微言轻，像姜示范这种级别的干部任何话都是递不上去的。他同许多人一起，开始按照市政府有关规划，参加轰轰烈烈的“绿都”建设活动。

城市附近因为开采矿山满目疮痍，到处是裸露的矸石和残土。

姜示范在植树的人群中见到了市长。要说这位市长干活真卖力，挥起镐头用力劈开矸石，刨出一个坑，再刨出另一个坑，等一棵棵树栽下，他的脸上绽开了笑容，心情显得异常舒畅。他站立在废弃的矿坑旁边，似乎看到一棵棵小树在茁壮成长，慢慢地变成了一望无际的城市森林，“煤都”终于变成了“绿都”。

好想法不一定会有好的结局，那几年洪水成灾，矿山施工需要排水，刚刚建设起来的城市森林，瞬间变成了汪洋，碗口粗细的树木，因为地下洪涝连根拔起，“绿都”之梦，仅两年光景便付诸东流。

姜示范没有想到一场历史性的变革在这之后展开，一次歪打正着的机遇，让姜示范几经沉浮之后，正式走上升迁之路。

在这次历史性变革的前几年，曾经与姜示范在一个办公桌工作的乔亚丽开始走字儿。

魏本贵下海以后，很少搭理乔亚丽，也许是情场失意，职场得意吧！乔亚丽赶上了新城区建设的好时机。

作为区土地部门的老人儿，乔亚丽在新区建设中逢山开路、遇水架桥。征地拆迁是新城区建设“老大难”的问题，而乔亚丽最出名的手段是敢硬碰硬，她能连续6年不屈不挠地进行“夺夫战争”，最后以死相逼取得胜利，几个小小的钉子户在她眼里根本不在话下。

乔亚丽的工作经验是从生活中得来，再运用到工作中去。

乔亚丽在拆迁战场上连战连捷，因此取得区里主要领导的信任，先后被提拔到区土地局副局长、局长位置。

乔亚丽雷厉风行属实能干，土地指标一直由省市土地部门掌控，乔亚丽过人的手腕让市土地局局长也成了她的“亲姐妹”，没有土地可以超常规批下来。乔亚丽敢于突破政策先行征地，有事儿亲自出面摆平，如此得力的干将，让各级领导对她刮目相看。

乔亚丽一方面在拆迁上攻城拔寨，无坚不摧，另一方面圈拢外地开发商到新城区投资，新城区一座座高楼拔地而起，土地拆迁、招商引资获得全面成果，人红得发紫。区领导甚至把个人审批印章交给乔亚丽，让她放手去干，权限大得不得了。

2004年末到2005年初，有人向省市纪委举报乔亚丽在征用使用土地过程中，涉嫌贪污受贿。调查组查到区里就查不下去了，区主要领导对乔亚丽的信任，来自新城区的巨大变化，一封两封举报信，由于证据不足，难以改变对乔亚丽的信任。

乔亚丽知道谁在告自己，心里早有了一些谱儿。告状者一准是土地局那些被乔亚丽搞下岗的职工，另外，则是被她连哄带骗引进的开发商。乔亚丽对那些跳脚告状的下岗职工并不在意，因为他们所了解的情况属于捕风捉影，难以形成准确的证据链。

不过开发商在房产开发过程中，给乔亚丽连送房子带送钱，这种事东窗事发的话，会比较难办。乔亚丽感觉事态不妙，想从土地领导管理岗位上撤出来。

信任她的区里领导不干了，全区这么大一个摊子事儿，乔亚丽不干，谁来干？

乔亚丽进退两难，惶惶不可终日。

搞来的钱全收到银行保险箱里，这是她的一大败笔。

乔亚丽的命运完全由性格决定。黑和独让她树敌太多；欲和利让她肆无忌惮；区领导的挽留在一定程度上让她思想麻痹了，甚至相信自己有人保，不会出大事儿，因为在这条绳子上拴着的蚂蚱并不止自己一个。

乔亚丽在陷入危险时，并没有急于亡命天涯。她找到魏本贵，两人还有许多利益要分清。他们谈了很多，有些话乔亚丽摊开了讲，有些话半含半露……乔亚丽开始为自己未来的出路进行谋划。

乔亚丽最后的一句话让魏本贵大吃一惊："我们离婚吧！"

魏本贵不相信自己的耳朵："离婚？"

乔亚丽从容地说："离婚，我有一个相好的，已经好了多年，咱们的日子反正也过不下去了。"

魏本贵对乔亚丽的香艳奢靡生活早有耳闻，平时懒得去管这些。他与乔亚丽的情愫非常复杂，既然现在她要走这一步，还是关心地问了句："哪一个？"

乔亚丽："你不认识，外国人，加拿大的。"

魏本贵听说是加拿大人，叹息了一声，摇摇头走开了："好自为之，这条路不好走。"

魏本贵与乔亚丽离婚了。

乔亚丽迅速与一个神龙见首不见尾的加拿大人登记结婚。

乔亚丽年龄不到 50 岁，共经历过三次婚姻，除了第一次还算正常，后来两个在法律上挂名的丈夫，以及数不清的各色情人，只不过是她达到某种目的的阶梯。

乔亚丽以为通过跨国婚姻可以溜之大吉，她想错了，省市纪检部门虽然没有立即对她下手，但早在 2004 年之前，就把她列入不准出境黑名单之中。

乔亚丽被纪委引进罗台山庄之前，还不知道两年前，自己被更高级别部门实施了监控。

乔亚丽在纪检工作人员心中只是一条小鱼，他们更看重级别更高的大鱼。等纪检人员在银行保险箱里查到赃款，其巨大数额令所有人惊讶："这哪是小鱼，这是一条因变异而产生的新品种。"

乔亚丽在被纪委请去喝茶之前，却因为一场意外住进了医院。

得知乔亚丽住院的消息，在海洲区的姜示范赶紧买了花篮和水果去看望乔亚丽。

魏本贵已经与乔亚丽离婚，见此情景，还是跑前跑后地照顾乔亚丽。

见到姜示范，魏本贵什么也没说，只是"嗨"了一声。

经过一场生死劫难，乔亚丽身体很虚弱，斜卧在病床上，看到姜示范进来，眼泪扑簌簌地掉下来。

乔亚丽住院的同时，姜示范成为海洲区金凤街道办事处主任。

第二十三章

姜示范一步登天从副主任干到正主任这个位置，不仅突然，而且偶然。

2004 年底，姜示范的命运在一场暴风雪中突然发生转折。

姜示范分管民政工作，金凤街道贫困人口较多，来自全市各方面的捐款、捐物，各种明细要逐一核对。

那次医院探访，姜示范最大的收获是帮乔亚丽与小阎家结成了帮扶对子。

死里逃生让乔亚丽的心理产生了微妙变化，她真想做些好事来赎罪。

乔亚丽回到区里上班以后，给姜示范打来电话，说要看看帮扶的贫困户。

听说街道给自己家找了帮扶对子，小阎从心里排斥抵触，说自己有能力照顾父亲，用不着别人管。

左英红训斥小阎说:“怎么不懂好赖呢? 你以为是帮你呢! 这是帮你爸。你爸经常生病，你卖肉挣的那点钱都花在看病上了，现在连媳妇都娶不上，还嘴硬?”

小阎的姐姐去年死了，下岗失业的人太多，找工作太难。

小阁的姐姐前年借了几万块钱找到当地蛇头，以商务考察的名义到欧洲打工。像她这种年龄的人在国外打工并不容易，遇到警察要躲开，经常怕被抓遣送回国，那借来的钱就全部泡汤了。

小阁的姐姐为了躲避外国警察搜查，从三楼厕所窗口掉下来摔死了。

当小阁知道姐姐在国外惨死的消息，第一反应是拿头死命往墙上撞，脑袋撞成了血葫芦。

赶来的陈靖西踹了小阁几脚，让他保持清醒。

陈靖西找来姜示范，希望姜示范与政府部门协调，尽快办理手续拿到出国签证。因为出国需要费用，直系家属确定的只有小阁姐姐的儿子和孩子的姑姑。

小阁嚷嚷要去，哭喊了半天，最后大笔出国费用让他泄了气。

陈靖西什么也没说，拍拍小阁的肩膀就离开了。

当小阁姐姐的有关亲属准备出国的前一天，消失了几天的陈靖西出现了。他通过旅行社拿到了去法国的旅游签证，陈靖西出钱帮助小阁完成了送姐姐最后一程的心愿。

小阁抱着陈靖西说："你他妈的让我说什么好啊！"

然后，捶胸顿足地号啕大哭。

陈靖西骂小阁："咱们是兄弟，小时候打仗一起往上冲，现在有了事儿，哪有退的道理？"

陈靖西与小阁等人一起奔向了法国，因为有了他们，小阁姐姐的后事处理得相当圆满。

回到国内不久，小阁姐姐已经毕业却没有工作的儿子，在陈靖西等人的劝说下，手里拿着还没到期的签证，走上了同母亲一样的出国打工道路。

陈靖西的朋友在德国开菜馆，小阁姐姐的儿子有厨师手艺，应该有很好的前途。

小阁带着姐姐的骨灰回到家里，与陈靖西一起亲手安葬了她。

坟墓面朝西露天煤矿大坑，漫山遍野都是向日葵。

小阁亲自到乡下抓了一头散养的猪杀掉，在院子里搭锅埋灶，炖了满满一锅杀猪菜，请来姜示范、陈靖西等人表示感谢。

席间，小阁把满满一杯酒干掉，仰天对姐姐说："姐，回家了！回家了！你在天有灵，哪儿也别去了，咱棚户区穷，但生活踏实，我每年给你烧纸送钱，不够给我托梦，我会给你烧钱去的。"

陈靖西、姜示范安慰小阁，小阁喝多了，趴在桌子上放声大哭。

小阁与姐姐的感情太深了，他恨自己没能耐，如果自己混得好，姐姐不出国打工可能就不会死。

第二十四章

2004年12月26日这一天，对姜示范来说没什么特别的。

前几天，工委书记范晓明把他叫去了自己的办公室。

范晓明的办公室充满了书卷气，墙上悬挂着他与一些文化名人的合影。角落是一个巨大的书柜，其中最显眼的地方摆放着中国名人大辞典、全国书法名人大辞典，其中有一页被他用银杏叶当书签夹着，翻开那页能看到范晓明的词条。

这几年，范晓明非常热衷于参加各种文化活动，特别是参加书法比赛，尽管为此花了不少钱，但他觉得值，人过留名，雁过留声嘛！

最近，一个书法家组委会在海南组织笔会，特别邀请范晓明去。为这事儿，范晓明几乎给本市所有认识的书画家、作家、诗人打电话，说自己公务繁忙，不想参加如此高级别的笔会。

人家心里明白范晓明的意思，于是都极力劝他："去吧！去吧！机会难得……"

范晓明也觉得机会难得，先让街道财务以组织街道文化活动的名义，提出了6000元会务费，特别注明租用演出服装、租用音响，之后，找来姜示范安排最近的工作。

范晓明："示范啊！王主任到市外参加会议了，我也要参加一个重要的文化活动。街道的工作你要多费心。"

姜示范已经从王金科口中得知，王金科要回乡下给母亲过八十大寿，并与姜示范说了很多母亲的艰辛，说到动情处险些哭了。

王金科的老家在新宾大山深处，来回要三四天。没等王金科讲完，姜示范很知趣地拿出200元寿礼。

这时候，范晓明说王金科出去开会也不好意思挑明。

姜示范连声说："请范书记放心，有什么重要事情，您说，我照办就好了。"

范晓明："好！你的工作态度大家有目共睹，今年区里推荐优秀共产党员，我和王主任提议的人选就是你，年轻人大有前途啊！"

12月26日一早，姜示范和社区书记去给小阎爸爸送低保金。

一进屋，看到老人正坐在床头。

小阎爸爸让小阎买来苹果、橘子、江米条供上。几十年来，都是这样。

姜示范刚进小阎家门，小阎家的大黑狗嘴里叼着一块煤炭，也跟了进来。

小阎爸爸见状，大喝一声："畜生又从哪儿偷来的煤！"

狗十分通人性，把煤丢到煤堆里以后，躲在了不显眼的角落里。

炉台上有两个烤地瓜、一堆儿落花生，这是小阎临出门时给爸爸烤好的。

小阎爸爸捧起地瓜、花生谦让着让姜示范他们吃。

姜示范拿出这个月的低保金交给小阁爸爸，老人捧起钱对姜示范说：“谢谢政府，我啥都干不了，你们每月还给送钱来。”

社区书记说：“低保户人人都有，钱不太多，这是政策，就不用谢了。”

说了会儿话，姜示范等人从小阁家出来，迎着风雪深一脚浅一脚地赶回金凤街。

路上，姜示范接到左英红打来的电话：“示范，我怎么找不到范书记和王主任？都关机。”

姜示范不好说什么，能听出来左英红似乎很急，便回道：“他们都不在，有事你跟我说。”

左英红：“我现在正往莫地沟赶，刚接到市里通知，市领导要去莫地沟视察！”

姜示范：“视察什么？哪方面的？”

左英红：“贫困户吧！反正挺急的，你们准备准备。”

姜示范：“哪位领导？”

左英红：“不知道，市委办公厅打来的，说领导已经在路上了。”

每年元旦、春节，市领导都要到棚户区慰问贫困户。姜示范心里有了数，在头脑里把莫地沟低保户挨个过了一遍。

姜示范：“左姐，别着急，我带他们到沟里老王家和沟口的王姨家。”

左英红：“嗯！那两家都挺会说话的，你先到沟口迎一下，我随后就到。”

姜示范刚到沟口，就看到几辆车停了下来。走在最前面的是大华和几个便衣警察，姜示范在陈靖西组织的饭局上见过大华，走上前问："大华哥，你怎么来了？"

大华小声对姜示范交代："上面的领导来视察，怕开车惊动老百姓，要步行进莫地沟。"

姜示范在电视新闻里见过新来的市委书记、市长，近距离接触还是第一次。他问大华："有什么特殊要求吗？"

大华："就怕有人抽冷子来几句，让大家下不来台，你带路找几个有眼力见的。"

纷纷扬扬的大雪中走来一行人，脚步踏在积雪上发出嘎吱嘎吱的声响。

几位领导年纪四五十岁的样子，市长走在最前面，人长得干净，面相像个书生；市委书记脸圆稍胖，正与一个戴眼镜、秘书模样的人窃窃私语。

姜示范没有见到挎长枪短炮的记者，因此对几位领导来棚户区视察的目的产生疑惑。

姜示范紧跑几步追上市长，自我介绍道："我是金凤街道办事处副主任姜示范。天太冷，路还远，乘车进去就好了。"

市长很有礼貌地朝姜示范点点头："啊！你好。我们就想走走看看。你在街道工作多长时间了？"

姜示范："五个年头了……"

姜示范毕竟不是等闲之辈，说话口齿伶俐，汇报的事儿专拣有用的说，每句话既落在点子上又非常得体。

在街道工作这几年，姜示范跑遍了金凤街道的棚户区，要数字有数字，要事例有事例。

市长在年龄上并不比姜示范大几岁，两人边走边聊，一会儿就走进了莫地沟街里。

姜示范想把领导们带到家庭环境比较干净的王姨家，但几位领导并没有停留，继续往前走。姜示范突然觉得自己的判断有重大失误，一向冷静的姜示范内心有些悸动。正当姜示范心慌时，他回头看到左英红正从后面追过来，同左英红一起赶过来的还有区委李书记。

姜示范心悸的原因是，市委书记、市长两位全市最高的党政领导同时出现在棚户区，这不符合一般的认知，如果是寻常的访贫问苦，有一位到场分量就很重了。

市领导只是与李书记、左英红礼貌性地点点头，顺着棚户区狭窄的街路爬上后面的山岗。风雪吹动，大衣的衣摆扑啦啦响，之前没有人走过的雪地，留下了一串深深的脚印。站在高高的山岗上，周围是成片的棚户区，厚厚的积雪覆盖在低矮的房屋上，依稀可以看得到棚户区七扭八歪的轮廓，如果雪再大一点，仿佛会把简陋的房屋压塌了。

市长招手把姜示范叫过来，让姜示范向那个戴眼镜的人介绍情况。在上坡的时候，看到市长、市委书记都抢着搀扶他，姜示范才感觉这人不是一般人物，据此猜测此人的级别绝对在市领导之上。

坡顶风大，当天气温达到零下 29 摄氏度，不知道是紧张还是气温过于寒冷，姜示范嘴巴有点儿不好使。

那人感觉到了姜示范的紧张，安慰说：“别急，想到什么就说什么！”

姜示范心理调节能力极强，往丹田沉了口气，便开始介绍棚户区的基本情况。最后，他念起了自己编的顺口溜：“棚户区让人愁，好女不嫁莫地沟，光棍多女人少，棉被外穿做皮袄……”

天太冷，风一吹，姜示范眼角竟然迎风流泪，让现场的气氛十分压抑。

几位领导顿时沉默，好久不说话。呼啸的风雪翻过山岗，像一条银色的长龙，带着一片雪雾奔向远方，声音呜咽。

从莫地沟山顶走下来，几位领导随便推开路边一家门，姜示范介绍说："这是后街老田家。"

屋里，四个男人、一个女人有些惶恐地望着这些不速之客。

老田妻子与三个儿子正在打麻将，麻将打得不小，搂三炮四，老田帮妻子照亮，刚点了大儿子一炮。

大儿子正损老爸为什么偷看自己的牌，赌场无父子，老大训斥老爸："看牌不要乱说话。"

老田与妻子一共有三个儿子，老大五十多岁，最小的儿子也快三十岁了，因为穷，三个儿子都没娶媳妇。

二十多平方米的小屋本来就狭窄，一下子进来这么多人，屋子马上被填满了。老田欠欠屁股退到炕里头，招呼大家进来坐。

市长问："家里的生活怎么样？"

老田是个乐天派："行，还行，我三个儿子都是壮劳力，虽然住的挤吧点，但吃穿不愁。"

老田三个儿子都在外面做临时工，冬天建筑工地停工了，所以在家猫冬。他们分不清谁官大官小，只盼着一行人早点走，然后进行下一圈麻将，因此说话有些不搭调。

见这一家人不甚热情，一行人聊了几句就退出来了。

一路上又进了几家，家家穷得叮当响。

经过小阁家，姜示范介绍说，这家困难户，祖辈、父辈都是劳动模范。

戴眼镜的领导率先走进屋里，看到瘫在床上的小阁爸爸，快走了几步握住他的手说:“辛苦了，我代表省委来看望您老人家了!”

市委书记向小阎爸爸介绍:“这是省委新来的李书记。”

小阎爸爸听说是省委领导，眼睛有些湿润:“这么冷的天，还大老远地来看我。每个月政府都给我钱，吃用够了啊!”

省委李书记把带着尿骚味儿的被子给小阎爸爸掖了掖，随即坐在炕沿上，望着满墙的劳动模范奖状说:“大叔，我们的工作没做好啊。”

省委李书记听小阎爸爸讲他最喜爱的女儿，因为下岗失业到国外打工死了，还有个儿子在市场卖肉为生。

李书记脸上的表情异常凝重，他拿出一个信封:“这点钱不多，您老过年用。”

小阎爸爸推让不要，在左英红、姜示范的劝说下，小阎爸爸把钱放到枕头下面。

省委书记站起来环顾破旧、狭窄的小屋连声叹气，然后转身对市委书记和市长说:“这地方不能住人了，想办法扒掉，盖新房子。”

市长:“像这样的棚户区阜顺还有很多，政府投入的改造资金恐怕不够，我们正在想办法筹措资金，兴许还要等几年。”

省委书记:“等!等到什么时候?政府就是砸锅卖铁，也要让老百姓住上新房。”

姜示范隐约听到几位领导商议，棚户区改造的资金，省委要出面向有关方面协调。

刚刚上任 12 天的省委书记的到来，为棚户区大规模改造带来了曙光。一个关乎 30 多万贫困人口的棚户区改造工程就此拉开序幕。

第二十五章

领导走了，姜示范看到区委李书记与左英红的眼神有些异样，不知道是祸是福。心情有些郁闷，便留在了小阁家。

小阁是陈靖西的朋友，姜示范在街道当干部，对小阁的爸爸是能照顾尽量照顾。

快过年了，陈靖西要与老婆到海南岛过春节，节前应酬太多，所以开着路虎早早把年货送了过来。

陈靖西、小阁拿着东西一进门，姜示范看到陈靖西那对小眼睛，抑郁的心情瞬间散开了。

小阁拿过省委书记送来的信封，打开一看，整整一千块，连连咂吧嘴儿："到底是大干部，出手太阔气了，不是公款吧？"

陈靖西立即否定："为这点钱用公款犯不上，别瞎了人家的好心。"

小阁听爸爸叙述省委书记说要扒掉棚户区盖新房子的事儿，连连摇头："又整事儿！"

陈靖西也不信，他对官场的事儿门清。

陈靖西说："这三位大干部都是博士。那个省委书记厉害点，拥有北大法学学士和经济学博士两个学位。市委书记也是经济学博士，那个市长现在还没扶正，是代市长，估计明年人大会后该是市长了。他是博士生导师呢！以前，在化工厂和我的同学一起倒班儿。我跟他们踢过足球，就我这下三盘技术，能轻饶了他们，别看他现在是市长，当初我过乙烯化工厂足球队那帮人，如入无人之境，连闷他们三个球……”

陈靖西一吹牛就没了边际，姜示范把话拉回来：“如果像他们说的，咱这棚户区真能动就好了。”

陈靖西一番议论，几乎扑灭了人们心里本来渺茫的希望：“钱，扒房子、盖房子要花钱的，钱从哪儿来？莫地沟是兔子不拉屎的地方，让那些唯利是图的房地产开发商来干，这帮人宁可在市里盖厕所，也不在这儿盖房子。”

小阁：“我就知道这事儿没谱儿！”

陈靖西：“你知道要把全市的棚户区扒了盖新房子要多少钱？”

姜示范：“要几个亿吧！”

陈靖西：“几个亿？三十多亿呢！政府没钱，老百姓穷得连屁股眼儿都抠不出屎来，这事儿捅破天，没钱啥事儿也干不成。”

陈靖西的老爸到底在市里当过领导，虽然不在其位了，市里有啥响动总能最先知道。陈靖西说，这拨领导一上台就往上面跑，还请来海内外媒体记者，介绍阜顺矿区的真实困境，就是想让上面重视，搞棚户区改造，咋改，谁知道呢？

大家对陈靖西的言论深信不疑。

过完元旦，姜示范感觉周围的气氛有些异样，自从他把接待省市领导的事儿向范晓明、王金科汇报以后，街道办公室的气氛异常凝重。

王金科一喝酒就摔东西，范晓明还算客气，但谈话的表情异常严肃:“示范啊！我与王主任都出差，你能独当一面接待领导，对此我要表扬你。可我还要批评你，怎么一点儿政治敏感性都没有。我们有现成的荣誉室，还有几个不错的社区，起码你把大丽喊来，组织一下秧歌队夹道欢迎一下，让领导感受一下我们街道朝气蓬勃的精神面貌吧！”

姜示范向他解释当时的情况，范晓明不信，说了一句:“我代你向区委做检讨，你以后不要这样莽撞，太没经验了！”

说完，王金科背着手走了。

街道干部耳闻姜示范闯了大祸，都不敢与他说话。

姜示范心情压抑极了，看天色已晚，给蓝维誉打了一个电话说，自己单位有事儿，今天不回去了。姜示范对蓝维誉的感情极其重视，从不把不快的心情带回家去。

第二十六章

在金凤街“红光包子铺”，姜示范要了一个鸡骨架、一盘花生米、一壶金粮玉液，独自一个人喝起闷酒来。

“红光包子铺”是阜顺的咸亨酒店，里面的客人虽然不是短打扮，头戴毡帽，但光顾的顾客基本都是干粗活的打工者。

“红光包子铺”酒菜便宜，你去买酒菜，他们爱答不理地给你丢上两个白铁牌、木块块、纸片片，白铁牌领酒、木块块领鸡骨架、纸片片领花生米，食客坐着的是方桌木凳，或三个一桌，或两个一对儿，说话声音不很大，静静地来，静静地吃，静静地走……姜示范很喜欢这种充满怀旧气氛的小吃店。

姜示范想起近几年的事儿，越喝越生气，接连要了三杯白酒，不知不觉喝大了。等那几位穿白色制服的大妈站在他面前，他才发现周围一个人都没有了。

姜示范摇摇晃晃地站起来，漫无目的地在金凤街来回晃荡。走着走着，一头栽倒在雪堆上，半边脸被雪埋上都感觉不到冷。

姜示范醒过来后，发现有人正在用毛巾擦洗自己的脸，那是一个女人，身材苗条，眼睛很大。姜示范认识她，这个女人叫徐文婕，下岗之前在粮食局一家粮库当团委书记。

徐文婕与丈夫双双下岗之后，在金凤街上开了一家粮店，丈夫三盛子给煤场老板开车。姜示范与他们夫妻认识，是源于两年前发的一场洪水。

那场洪水太大了，城市中心街道的水有齐腰深。从开始下雨，姜示范就心神不宁，其中，最担心的是锦阳棚户区。

锦阳棚户区处于矿坑旁边，每当下雨矿坑片帮，泥石坍塌的声音轰隆隆响，有些人家的房屋出现裂缝，在里面居住非常危险。

姜示范对全街道的危房户心中有数，曾经做了几次工作要求他们撤离危房，但大家怕折腾，都不愿意走。

一位老头对姜示范说："我在这地方住了十多年了，不会有事儿的。"

临近下半夜，姜示范看雨越下越大，再也坐不住了，穿上雨衣、雨靴，拿起手电筒，同社区片儿警大张带着街道办事处几个人向矿坑边上奔来。

四周一片黑暗，人们都睡熟了，到处都是哗哗的流水声，水已经灌满了狭窄的街道。

姜示范对大张说："不行，挨家挨户砸门，让他们都撤到街道小学里面去。"

被叫醒的明白事儿的跟着街道工作人员往外撤，也有不放心家的骂骂咧咧："半夜三更的瞎折腾啥？家里丢东西怎么办？"

姜示范认识这个人，是在街道上蹬三轮的韦旭东，这人一根筋，与他说话没道理可讲。

姜示范满脸雨水，气得他猛地吹了一口气，雨水四溅，一向文质彬彬的姜示范显得异常粗野，用手指着韦旭东的鼻子说：

“不走不行，我不管你，你老婆孩子怎么办？我不允许你拿他们当垫背的！”

姜示范站在巷子中间，大声呼喊：“老少爷们儿，拿上贵重的东西快走！放心，你们的家政府会帮你们看着，走啊！”

与姜示范顶牛的韦旭东抓着门框不动弹，姜示范大声对片儿警大张说：“把这小子用手铐铐上，不走抓他走！”

大张不是含糊人，一个擒拿动作真上手扭住了韦旭东的胳膊，蹬着门框就往外拖。

韦旭东疼得直叫唤：“哎哟……让我老婆孩子先走。这里我熟，让我和你们一起喊人行不？”

姜示范点点头：“行！不过你要听我的。”

棚户区一家家灯亮了，又一家家灯灭了，路上到处都是扶老携幼往外撤的人们。

韦旭东公鸭嗓子，在深夜里叫唤虽然异常难听，但具有穿透力，他帮助姜示范他们叫出了不少人。姜示范用手电筒每家每户都照照，看有没有锁门。

这时，民政小姚跑过来，说前面有户人家，有一个病人和孩子走不了。

姜示范经常深入棚户区，竟然不知道还有这么一家人。

韦旭东告诉姜示范，这家人是刚搬来的。病人叫李肃刚，患有严重的风湿病，起不来床。因为穷买不起房，一直租房子住，10 多年前，与一个女人同居生下了一个儿子。李肃刚给儿子取了个好养的名字李全有，小名有有。有有因为是非法同居生下的孩子，到了 9 岁还没上户口，因此上不了学。有有的妈妈在孩子 4 岁时，看李肃刚风湿病太重，跟着一个男人跑了。李肃刚病倒不久，为了给孩子一个安生的地方，花了不到1000块钱在锦阳社区的大坑边，买了一间10多平方米的简易小房。

他们的户口不在此地，不属于金凤街道常住居民，办不了低保户，所以姜示范根本不知道他们家情况。

姜示范进到屋内扒下自己的雨衣套在李肃刚身上，让小姚给有有打上伞往外走。

李肃刚在姜示范背上挣扎："我的命贱，死了没啥！你们把孩子带走就行了。"

有有带着哭腔说："爸，咱走吧！"

姜示范边背李肃刚往外走边说："这叫啥话，你在这叫家，你不在，孩子咋办？"

李肃刚走了一路在姜示范背上哭了一路。

姜示范对留下为老百姓看家的大张等人说："你们多加小心，不要到片帮的大坑边去，不行就撤！"

金凤街道小学里一片混乱，孩子哭老人叫。防汛值班的范晓明问姜示范："弄这么多人怎么办？"

姜示范忙得显然失去对领导的敬重："我想办法。"

姜示范先让小姚给群众烧开水，然后安排人手把课桌并排起来，搭成临时用床。街道防汛值班办公室有几床被子，显然不够，姜示范又打电话让街道养老院把所有富余的被子都送来。

安顿好大家睡下，已经凌晨三点多了。

小姚说："姜主任你也找地方眯一会儿吧。"

姜示范："市防汛指挥部雨情通报上说，雨还要下一天。如果雨不停，肯定还有受灾群众，我们请求区里、市里支援。不能休息，明早大家还要吃饭呢。"

姜示范带着小姚等人敲开了徐文婕家粮店，徐文婕两口子是热心人，听说要给受灾群众做饭，根本没提钱的事儿，拿出了几袋子新大米和几十捆挂面。

学校没有现成的锅灶，上百口人吃饭不是小事儿。

姜示范从这次意外相遇中，发现了徐文婕与众不同的组织能力。徐文婕一边准备做饭的材料一边打电话，不一会儿，一些年轻的男男女女顶着雨来到徐文婕家粮店。

这些人都是徐文婕的朋友、同学、邻居，在她的组织协调下一切都井井有条。

徐文婕敲开附近两家小吃店，让店主帮忙做饭。人多好办事，蒸馒头的蒸馒头，熬粥的熬粥，下挂面的下挂面，切菜的切菜……小阁开着摩托车送来半扇猪肉，大家说说笑笑就把一件很难的事儿办成了。

累了的姜示范在紧张一夜后，心情前所未有的放松，坐在凳子上斜倚靠墙睡着了。

这一次，姜示范雪夜醉卧街头，如果不是被徐文婕两口子从街上弄回来，不被冻死也会被冻伤。

姜示范面子上挂不住，连声向徐文婕夫妇道谢后要起来。

徐文婕爱人三盛子用两个壮实的胳膊把姜示范摁在炕上："嫌咱家炕不热乎？街道上的干部我一个都看不上，咱家文婕经常说，像你这样的干部不多了。今天你不喝多，我还不留你，要走，就是瞧不起我三盛子！"

徐文婕也说："姜主任，咱家盛子的脾气我知道，就在这里歇一晚吧！"

姜示范脑袋确实沉，拗不过一家人，便睡在了徐文婕家。

天刚蒙蒙亮，姜示范蹑手蹑脚地推开房门，悄悄地把屋门掩上，一抬头便与出来倒尿盆的大丽打了一个照面。

姜示范吓了一跳，结结巴巴地问候了大丽一句：“早啊！”

大丽手里提溜着尿盆子，像发现了新大陆，凑过来看姜示范的脸：“啊！小姜啊！脸红扑扑的，面色真不错啊！”

姜示范显得语无伦次：“不错，不错……”

随后，姜示范向街西头走去，棚户区几百户人家才有一个露天厕所，每天早上，男女厕所门口排着长龙，边排队边说话，一件事儿用不了一会儿，就能从队尾传到厕所里面蹲着拉屎的人。

姜示范加入了队列，心里对突然遇到大丽有些厌烦，不知道大丽会不会把他在徐文婕家过夜的消息，添油加醋地给散布出去。

姜示范感觉自己最近点儿特背。

正如姜示范预料到的一样，一场潜在的风暴在他周围形成。最先看到风暴端倪的是他的妻子蓝维誉。

第二十七章

蓝维誉在开发区负责各种会议接待工作，每天，她来往于开发区玻璃罩面的办公楼与佰宁宾馆之间。上午，蓝维誉刚刚接待完一个日本客商团队，下午，省委、省政府就省城与阜顺共同构建经济圈有一个专家研讨会。

就在这时候，蓝维誉手机收到一条莫名其妙的短信：蓝女士，提醒你，你丈夫以加班为由，乱搞男女关系……

蓝维誉毕竟不是电影电视剧中那些叽叽歪歪的女主角，为了屁大一点事儿就捕风捉影，死去活来。

女人对丈夫的了解，是来自他的身体及心灵，只要不弱智，女人这种敏感与生俱来。

蓝维誉知道姜示范在工作中可能遇到了敌人。

自从姜示范到金凤街道工作以后，姜示范从不把工作单位的事儿带回家里，蓝维誉也从来没与金凤街道的人正面接触过，两人把工作、生活分得很清，不愿意把工作生活纠缠在一起。

蓝维誉心里十分清楚，一个干部即使有金刚不坏之躯，任何人都打不倒他，但女人和生活作风问题，往往是他们最薄弱的部分，看来，一些人朝姜示范下手了。

第二天，单位没有什么事情，蓝维誉借到市里办事的机会，独自开车奔向丈夫工作的棚户区，她要看看姜示范工作的地方。

一路上，蓝维誉看到一望无际的棚户区，知道丈夫工作在这种环境中，眼睛湿润了。

在金凤街道会议室里，一个组织生活会正在举行。

街道工委副书记、街道主任王金科首先讲话，他的言语里每一句都似乎在装填枪药，其目标直指姜示范。

王金科说："作为党员干部，尤其是青年干部，不仅要抓好八小时之内的工作作风，更有必要抓好八小时之外的生活作风。值得重视的是，有些青年干部拉帮结伙，凡事突出个人形象，甚至置党的组织纪律于不顾，让我们的工作陷入被动。还有人喝大酒、耍酒疯、钻女人被窝……在群众中造成恶劣的影响。"

姜示范对即将发生的事早有预料，所以面色神态非常沉着。他一直在笔记本上认真记录王金科的讲话，只不过下笔力道有些大，本子被笔尖划破了。

范晓明说："王主任的话很有针对性，青年干部如果放松了道德建设这根弦，他们的所作所为还能让老百姓相信吗？"

王金科知道民政助理小姚与姜示范关系好，就把话头挑给了小姚："小姚，你先谈谈该如何抓好生活作风问题，最好结合一下实际。"

小姚还是一个没结婚的姑娘，她看了看大家："我倒是想犯生活作风问题，可是谁给我犯的机会啊？我长这么大，还没处过对象呢！"

小姚此话一出，引起了一阵哄笑，范晓明对这种笑场很不满意，他敲敲桌子："大家不要笑，要重视这个问题。"

见从小姚嘴里说不出什么，范晓明把话锋转向了姜示范：“示范，你说说吧！”

会场立刻静了下来，静得掉一根针都能听到。

人们都注视着姜示范，这种静让姜示范没来由地脸色发红，他想照本宣科地讲一遍大道理，可这不是他的风格。

正当姜示范异常窘迫的时候，人们的目光突然转向了敞开的门，蓝维誉出现了。

蓝维誉与生俱来的气质和美丽惊呆了大家。蓝维誉穿着米色羊绒大衣，脖子上系着红白相间的真丝围巾，栗色的头发盘在头后面，脸上的微笑甜美迷人。

蓝维誉在外面已经听到了会议室里开会的内容，抱歉地对大家说：“对不起，你们在开会，我找我家示范有点事儿。”

王金科心里想，姜示范其貌不扬，却有这样一个美貌的老婆，嘴里说道：“啊！没事儿，请进！我们正在开组织生活会，批评党员干部生活作风问题……”

范晓明觉得这会开下去没什么意思，就叫大家散了。

姜示范挨个给蓝维誉做介绍。蓝维誉非常得体地与几个人握手。

看范晓明、王金科要走，蓝维誉留住了他们。坐下以后，蓝维誉笑着拿出手机找出那条信息给范晓明、王金科看：“我今日来，有情况向两位领导反映。”

王金科：“谁干的？这不是诬陷吗！我们一定要好好查查。”

蓝维誉：“没必要了，电信部门告诉我，发信息的人使用的是新卡。这种人，即使查出来，站在我面前，我也懒得跟他说一句话。连骂都是抬举他！”

王金科有些尴尬："是啊！虽然无风不起浪，但与这些人一般见识真挺没意思的。匿名给我写举报信的人也不少，我从来不当回事儿。"

蓝维誉："我今天来是向各位领导表明一个态度，如果示范触犯了党纪国法，自然要受到处理，想用这种做法干扰我们的生活，一点儿用处都没有。"

姜示范听到蓝维誉说出这一番话，冲动得想上前把她抱起来。

见大家都不说话，姜示范轻轻地搂住蓝维誉的肩膀："维誉，咱走吧！"

蓝维誉、姜示范像一对初恋情人，并肩走在金凤街上，引起了许多人的羡慕与关注。

王金科、范晓明经过所谓的研究，还是把姜示范接待省市领导的失误，以街道工委、政府集体检查的方式呈报给了区委。同时呈送的，还有举报姜示范生活作风问题的匿名信。

仅隔了两天，一辆辆汽车开进金凤街道办事处。区委书记、区长、常务副区长及左英红都来了。

范晓明、姜示范都预感到有什么大事发生，头脑简单的王金科则认为是举报信起到了作用，他用眼睛瞟了一下姜示范。

进入会议室，区委李书记等人落座以后，区组织部长对与会者说："今天区委和区政府将要对金凤街道进行重大人事调整，下面请区委李书记讲话。"

范晓明、王金科都很惊讶，不过一般在干部调整之前，区委领导都要找被调整的人谈话，所以他们感觉这件事跟他们没多大关系。然而等李书记宣布了决定，两个人都傻了。

李书记说：“经过区委研究决定，金凤街道干部现在做如下调整，范晓明同志调任区总工会任副主席，工委书记由区民政局长左英红兼任。王金科同志因年龄原因由区里另行安排，街道办事处主任一职由姜示范同志担任……”

李书记宣布完决定，留下了姜示范和左英红。

李书记对姜示范笑了笑：“小姜啊！组织部一直在考察你，这几年你在街道上的工作也得到了群众的认可，你写的关于街道及社区的调查报告，我已经分别上交给了市委组织部和市民政局，等条件成熟，你可以按照你自己的时间表实行……”

突如其来的转变，让姜示范 5 年多的心酸立刻涌上心头，眼泪差一点没掉下来。

李书记随后加重了语气：“其他事先放一放，现在有一件大事落在了你们街道。”

姜示范稳定住情绪说：“什么重大的事，听从区委安排。”

李书记摇摇头，哈哈大笑了起来：“这事儿，我安排不了，兴许连我都要被你调遣安排呢！”

姜示范非常吃惊，以为李书记是在与自己开玩笑。

李书记站起来与一班人穿过街头，带着姜示范走到附近的山岗，指着一望无际的棚户区说：“先告诉你一个好消息，然后再告诉你一个坏消息。”

姜示范是一个比较看重实际的人：“我还是先听坏消息吧！”

李书记：“不，我急着说好消息。省委、省政府已经下决心彻底解决老百姓住房问题，把棚户区改造写进了政府工作报告，目前确定先期进行棚改试点，就落在你们街道。市委、市政府把棚改确定为1号工程。”

姜示范：“坏消息呢？”

李书记用眼睛盯着姜示范：“坏消息就是让你这个青皮子当上了街道主任，而1号工程的头号任务就落在了你们的莫地沟，这么重要的事儿让人担心啊！”

姜示范并没有拍胸脯保证，他是一个心思缜密的人。

姜示范真高兴不起来，偌大一个棚户区，上千户人家一起动迁，拆了房子上哪去住？盖好的房子用多少钱？棚改到底是怎么一回事？老百姓同不同意，都不是拍胸脯那么简单的事。

姜示范：“我先调查一下再向区委汇报。”

李书记与左英红相视一笑，他们很看好姜示范这种稳重得体的性格。

姜示范没有想到的事儿接踵而来，小小的金凤街道在此后几天被各式各样的车辆填满了。

在风雪中认识的市委书记、市长成了棚户区的常客。市长和善地对姜示范说：“我以后兴许经常到这里办公，借你们一间办公室，不打扰你们吧？”

姜示范连声说：“不打扰，不打扰。”

第二十八章

莫地沟棚户区最初改造的主体，原来是阜顺矿业集团。

考虑到棚户区改造涉及的范围太广，加上建成以后还有后续建设，全部棚户区改造由阜顺市政府承担和主抓。

姜示范是第一次见到如此众多的各级领导，除了市委书记、市长，还有管钱的常务副市长、建委主任、房产局长。

姜示范第一次听房产局长说话，就感觉不得劲儿，因为他说话嗓门特别大，完全是命令式的口吻，声音大得让姜示范心惊肉跳。如果不是让舌头堵住嗓子眼，心都能从嘴里蹦出来。

姜示范心里想，做事儿不取决于声音大不大。

春节前后，姜示范、左英红等街道干部，并没把真实信息透露给棚户区的群众，如果宣布棚户区改造，群众肯定炸锅，好事兴许变成坏事。他们先挨家挨户以走访的形式摸底。

一家几口人？房屋面积多大？棚户区有许多房子是临时搭建的，还有贫困户、低保户、低保边缘户，有房照的人好解决，没房照的呢？不能把棚户区一扒了之，全赶到露天地儿去住吧！

如果是那样，棚户区改造还有什么意思？

作为新的街道主任，具体负责棚户区拆迁工作，姜示范不能不站在老百姓的角度考虑问题，这个问题很现实，也很难办。

姜示范走在棚户区的大街小巷，心里系上了一个又一个疙瘩。他在棚户区与遇到的每一个人点头、微笑，在心底却泛起了莫名的苦涩和沉重。

棚改究竟会给阜顺矿区百姓的未来，带来什么实际变化呢？

姜示范像父亲给自己家盖房子一样，所盘算的都是细节上的问题。例如，老百姓搬家，往哪儿搬？搬走多长时间才能回来，一年出去租房子的钱是多少，搬回来以后，如何分配房子？

市里成立了棚改指挥部，区里也成立了棚改指挥部，姜示范担任区拆迁安置部长。

区棚改指挥部成立的那一天，市长把市有关部门干部与区街道干部叫到一起，语重心长地说："我们的目的只有一个，为老百姓建最好、最便宜的房子！"

各方面的主管领导一个又一个抢着向市长汇报工作，只有姜示范坐在角落里一言不发，从级别到说话气势上，姜示范都无法与这些人相比。

蓝维誉在得知姜示范升任金凤街道办事处主任以后，曾叮嘱过他："多做事，少说话。就你现在的态势，有了成绩，你不说，也有人会为你说话。"

为了做好棚改前期工作，姜示范想了许多，还专门向街道工委书记左英红做过汇报。

姜示范："左姐，动迁户的情况千差万别。我估计了一下，有 60% 的工作好做，剩下的 20% 经过深入工作也没问题，另外的 20% 就很难说了。"

左英红："你有什么办法？"

姜示范:“上千户一起动迁，工作量太大了。目前街道能使用的人很少，各个社区书记、主任年龄太大，恐怕难以胜任如此艰巨的任务。”

左英红:“区委已经准备把60%的机关干部派下来，进行分片包干做工作。”

姜示范:“我相信，他们的到来会加强棚户区改造的工作力量，但他们毕竟不熟悉棚户区情况，配合拆迁，没有棚户区住户响应肯定不行！”

左英红:“你的意思……”

姜示范:“社区改革和基层党建工作，要先于拆迁进行，只要我们有了这一支力量，我敢说拆迁一定能提前完成。”

姜示范说完，拿出一份花名册，左英红打开看到第一个名字就是徐文婕。

徐文婕，女，32岁，党员，原东昌粮库团委书记……姜示范的本子上，记录着像徐文婕这样背景的人有40多人，都是下岗、失业并在群众中享有威望的中青年党员。另外，还有200多位离退休老党员及素质较高居民的名单。

左英红惊喜地说:“示范！你什么时候弄的这个名单？真是太好了！”

姜示范:“好是好，要想让他们一起出山太难了。经过几年的折腾，目前他们的生活刚刚稳定，像徐文婕开粮店每月收入2000多元，而如果让她当社区书记，每个月工资才700元，还没有保险，给谁谁也不会干。”

左英红有些泄气:“那你写这个名册有啥用？”

姜示范:“我想试一试，只要能把几位骨干请出来，剩下的事儿就好办了！这几年社区党建工作名存实亡，人们为了生活，流散在社会上，许多人多年没过过组织生活。”

左英红：“人心散了，想聚起来……难！”

姜示范：“不要忘记了，他们是党员，都经历过在党旗下宣誓那一幕。大浪淘沙，在黑暗里发光的一定是金子。”

姜示范：“比较难的还有那些在社区守摊的老婆婆，让大部分人一下子回家，要闹情绪。”

左英红：“这个工作我来做，我住在金凤街道，都是街坊邻居，有些话我说好。”

姜示范抬起头：“那，难为你了。”

左英红：“咱试试？”

姜示范坚定地点点头：“试试！”

姜示范想着街道和社区上的事儿，有些走神儿。

“姜示范！姜示范！”姜示范透过人头缝隙，看到市长正向他招手：“你到前面来。”

一位市局局长给姜示范让了个座位，姜示范惴惴不安地坐到了市长面前。

市长：“我想听听你们基层对拆迁的意见。”

姜示范被市长这一问，不知道从哪里说起，沉吟了一下：“老百姓搬家要花钱，有些人恐怕搬不起家。”

说出这句话，姜示范都觉得自己的话，有些不像干部，倒像是上访的群众。

市长笑了笑：“你说说，怎么搬不起家？”

姜示范：“我给各位领导算一笔账，棚户区虽然穷，但好活。到外面弄些煤面子，打成煤坯就可以过一冬。秋天，大白菜、萝卜几毛钱一斤，用来齑酸菜吃，混日子也不成问题。我算过，一般家庭一年省吃俭用生活费最少要1500多元。可搬家就不一样了，棚户区周围的房租肯定要升，这一动迁，什么时候回来，大家都不知道啊！吃穿住行一年到头，老百姓怕受不了啊！”

市长脱下蓝色外套，整理了一下夹克衫，咳嗽了几声，几个抽烟的干部立刻把烟掐灭了。缭绕的烟雾，静静地飘散……

市长：“你们基层工作做得很扎实，对群众的事儿就要想细点。为了这次棚改，中央和省委领导都很重视，帮忙做了许多疏通工作。现在，我给大家交一个底儿，这次棚改筹集的钱是采取银行贷一块，国家、省、市财政补一块，居民个人筹一块，政策让一块，企业掏一块，社会捐一块。每分钱都来之不易，谁乱花一分钱就是拆政府和老百姓的墙脚，市纪委、市审计局全程监督用钱的各个环节，发现问题，责任人立即拿下，不管是谁！”

此话一出，屋子里异常肃静，掉一根针都能听到。姜示范没有想到，这么有力度的话，是出自书生气很浓的市长之口，心情异常振奋。

市长：“让老百姓放心，搬家和租房的费用由政府出。谁搬家，谁来领！这也给我们各有关部门提出了更高的要求，用最快的速度进行搬迁，用最快的速度建好房屋，用最快的速度让群众实现回迁。我不要你们的军令状，谁耽误了事儿，不讲任何原因，你给我下来，让能干的人上。”

姜示范后来了解到，市政府为了让全市30多万人住上棚改房，几乎倾尽全市的财政家底。政府通过无偿划拨土地、减免行政事业收费等行政手段降低工程成本。并根据居民经济承受能力，设计了45~55平方米的经济户型，拆迁原房偿还原面积不收款，增加面积按每平方米600元收款，产权归个人所有。对自建公助、新中国成立前所建的“双无”住房、有地照无房照房屋等特殊情况，实事求是地给予确认补偿，避免因棚户区拆迁改造而使特困群众流离失所。

这次会议以后，姜示范心里前所未有的清爽，他张开双臂以飞翔的动作跑上千台山，呼吸着新鲜而甜蜜的空气，似乎有了飞起来的冲动。

第二十九章

这时候，左英红给姜示范打来电话：“有几个社会人来棚户区收购旧房，不明真相的群众看给的价钱高，要卖房呢！”

姜示范：“在哪儿？莫地沟老田家。不少群众见有利可图，也一个接一个地要卖房？”

姜示范心里清楚，来收房的人绝非平庸之辈，一般都是社会上的地痞流氓，他们一定是通过关系，最先知道了棚改的消息，想借此机会大捞一把。

姜示范边往山下跑，边对左英红说：“姐，我现在就去莫地沟老田家，不能让他们卖房。”

左英红叮嘱他：“你小心点……”

姜示范来到莫地沟老田家，见门口停着一辆奔驰、一辆奥迪A6，车号是夸张的又是8又是6的那种。

老田家5口人，两间半房。按照平时价钱，这些破房子顶天值1万元钱，还没人买。

姜示范进来的时候，老田夫妻与3个儿子正与几个穿貂的人讨价还价。

那几个人是老田儿子在工地打工时认识的包工头。为首的人满脸酒疙瘩，剃光了的头上有明显的肉筋，后脖颈子上的肉又肥又厚，说一句话，眼皮朝上翻一下，不正眼瞧人。

旁边是一个穿半截貂的小女孩，人长得很清秀，胳膊一直挎在那男人的胳膊上。另外，还有两个保镖样子的人，西装革履地站在门口。见有人来，一点谦让的意思没有，姜示范勉强挤了进来。

这人在阜顺矿区有一号，名字叫威子，前几年因为打架，进去待了几年，因为得了肺结核被提前放了出来。坐牢的经历，在他看来并不是丢人的事，而是成为后来横行社会的光辉经历。

住院期间，威子想了想这样混没啥意思，找来几个兄弟耳语了一番，准备整点钱以后干点正经事儿。

20 世纪 90 年代末，威子在哈达铺开了一个铁矿，当地财政主要收入来自矿山，大凡开矿的都有背景。或许是良心发现，赚了钱的威子，还给周围村子铺上了柏油路，逢年过节买上米面油、鸡鸭鱼肉送给村里的贫困户。

富是富了，但过去的生活底子还是难以改变威子看待现实的态度。买豪车、泡女人，混迹于官场，与社会上有地位的人称兄道弟，是威子显示自己不是一般人的生活常态。

一次饭局上，威子从朋友那里得知了棚改的消息。

信息是什么，信息就是财富！哪里被规划，哪里要动迁，威子最先嗅到肉的滋味，他会不顾一切地扑过去，用比当时房价高的钱拿下房子变成动迁号，然后成为“钉子户”与开发商讨价还价。能掐过的就掐一笔钱来，掐不过的，就是按照市场价也能大赚一笔。

威子到底是没文化的人，以为棚改是地产开发商开发的项目，准备进来拿下房子狠敲一笔。

他把2万块钱丢在炕上，老田一家人一下子傻眼了，从来没见过那么多钱，尤其是他的三个儿子，都想着怎么来分这笔钱。

老田麻将打得好，很少点炮，最善于察言观色，有人上梃（土话，指差一张牌就能和牌）了，他能从说话人的口气和动作上感觉出来。

钱放在面前，老田依然是麻将桌上的状态，不动声色："这钱，我们不能要。我有三个儿子，没了房他们上哪儿住？"

三个儿子有些沉不住气了，咬牙放屁嘎巴嘴儿给老爸递动静，老田稳如泰山。

威子心里气得好笑："我事情多，也不想跟你磨叽。最近，我炒股票挣了点钱，你儿子娶媳妇的钱我给拿了。我再加2万，你们老两口1万，每个儿子一人1万，你不干，我就走……"

老田看到又摞上来的2万，仿佛平生第一次和了"大四喜"，签合同的手拿不住笔，一直打战。

姜示范大喝一声："田叔！这字不能签！"

威子头没抬，把抽在嘴里的烟头从嘴里拔出来，用戴着金戒指的手指朝后一弹，两个保镖立即冲上来挟持住姜示范。

老田坐在炕头上看姜示范像一只小鸡一样在两个大汉手里挣扎，就说："使不得！使不得！那是咱们街道主任。"

两个大汉松了手，老田三个儿子又冲上来堵住姜示范，他们怕吃到嘴边的鸭子飞了："姓姜的，关你啥事儿，关你啥事，出去，出去！"

威子的朋友当官员的不少，但绝对没有街道办事处主任这个级别的，所以根本没把姜示范放在眼里。

他微微转过头，眼睛没睁开："主任？人家买卖房子，你当主任的管得着吗？管得太他 × 宽了！"

威子把钱推到老田面前，笑着说："签吧，签吧！"

穿貂儿的女孩子开始撒娇："威哥快点嘛，我们今天还要去省城金碧辉煌呢，看现在都几点了？"

老田看了一眼姜示范，还是禁不住那一堆钱诱惑，拿起笔就在合同上签字，威子乐了，拿出一盒印泥："对，在这里签，还要摁上手印，你摁一个，我摁一个。"

"不能签！不能签！"姜示范挣扎呼喊也没能拦住老田签字画押，他在老田的三个儿子及两个保镖前后夹击下根本无法动弹。

威子看到签好的合同，耷拉的眼皮终于睁开了，他的眼睛很大，黑眼仁儿小，白眼球大，布满了血丝。

他笑着站起来，很绅士地与老田握了握手："老田，这事儿成了！你拿上这些钱，换一个地方，都能买到比这还好的房子。我如果不是因为小芹她爸、她妈离不开莫地沟，不会下这么大本钱买你的破房子。"

老田高兴地站起来，感觉比威子高不妥，连忙低头哈腰地说："谢谢！谢谢！"

姜示范快要疯了，嗓子都喊哑了。合同签成意味着老田一家不能享受到棚改政策，丢掉几间崭新的楼房。

威子笑着把合同递给那个女孩子："小芹，这个是你的了！"

小芹接过合同，努起小嘴儿死命地往威子脸上亲上一口。

姜示范看到他们的神情松懈，立即推开老田两个儿子，冲上去一把从小芹手里抢过合同，一下子送进嘴里囫囵个咽了下去。

姜示范这个举动惊得小芹“嘤”的一声没背过气去，不仅让威子神色大变，就连老田一家都不干了，他们一起对姜示范没头没脸地动起手来。

姜示范立刻蒙了，从屋里被众人打到了屋外，老田的小儿子打得最猛，拿起半块砖头砸在姜示范后脑勺上，鲜血流满姜示范的脖子和后背，姜示范一头栽倒在院子里，一滴滴鲜血染红了白色的雪地。

从街上经过的小阁听到院子里传来打斗声，推开院门，看到一干人等把姜示范打倒在雪地上，怒不可遏，上去一脚把田家老三横着踢出去。

田家另外两个儿子嗷的一声扑上来，小阁没使劲儿，往前一拥，把两人弄趴在地上。

小阁在寒风中扒光上身，露出一身腱子肉，随手把皮帽子丢在地上，头上立即升起一股热气：“我今天把你们老田家蹚平喽！”

威子见外面杀进来一个汉子，不问青红皂白出手死狠，不敢怠慢，骂那两个保镖：“看什么，给我往死里干他！”

小阁是掐野架的行家，两个保镖一拉架势，他警觉地踢开院门退到街上，从地上一划拉，手里拎起一块砖头。

两个保镖每人手里抄起了棒子等家什，没头没脸地往小阁头上身上砸来。

威子也是见打架就乐的主儿，在后面一直叫嚣：“废了他！废了他！”

小阁的砖头没有奔眼前的两个人去，在斜着背躲闪迎接前两个人的时候，突然转身一下子奔威子砸来，威子是见过阵仗的人，头一偏，躲过了头，没躲过肩膀，砖头砸在肩上粉末四溅，碎了。

保镖见主人被袭，疯了似的挥舞着棒子砸小阁，小阁后背起了一道道血檩子，身体开始摇晃，他强撑着翻过街对面的墙头。

这时左英红带着片儿警大张等人赶来，左英红指着威子说："你们想干什么……"

当她看到倒在院子里的姜示范时，对大张说："把那人控制住，不要让他跑了！"

大张从后面勒住威子的脖子，威子根本不在乎，拍着大张的手威胁："你这手不值5000块钱，赶紧给我拿开！"

两辆警车从东西两面开了过来，大华带着110巡警车从车上下来，一看到威子，照头上拍了一巴掌："我靠，还没死啊！给你上点尿素，就把自己当豆芽了，支棱个屁！"

威子上次打群架，就是被大华收拾进局子里的，所以威子看到大华就犯怵："华哥，这次真不怨我们，我们正常买卖房屋签订合同，那个街道干部硬给搅了。他也不是我打的，是老田儿子干的。"

另外几个警察把小阁和满脸是血的保镖从街对面的院子里押了出来，大华一看到小阁就乐："你这手艺放不下，哪次打架都少不了你。"

大华把小阁、威子、老田三儿子及两个保镖先后请上了警车。

钱被威子的小姘头收拾进皮包，老田没有想到事情会弄到这个地步，他恋恋不舍地拉了威子一把："老板，咱这合同还算数不？"

威子吐了老田一口："算个屁！"

老田："你不能说话不算数，我都按手印了！"

威子摇摇头说："真他妈晦气，好了，等这事完了，我们回来再签。"

姜示范被砸了一砖头并无大碍，被左英红搀扶出来，只是脑袋有些晕，他回头看了看老田家那几间破房，脸上竟然泛起了笑容。

姜示范的头被护士缠上了绷带，他觉得形象过于惨烈，自己给拆了下来，只贴了一块小膏药。

左英红叮嘱姜示范不要受风了，姜示范把棉衣上的帽子扣在头上说："没事儿。"

第三十章

老田一家险些被骗的经历，促使左英红、姜示范要把进行棚改的消息尽快告诉群众。另外，请出散失党员骨干，一齐参加棚改前期工作成为当务之急。

姜示范、左英红从医院出来，直奔金凤街徐文婕家的粮店。

大概是左英红把姜示范被打的消息告诉了蓝维誉，蓝维誉给姜示范打电话说：“我去金凤街接你。”

姜示范：“没事儿，不用来了。”

天已经黑了，徐文婕一家正在吃饭。徐文婕谦让了一下，左英红、姜示范也不客气，盘腿上炕吃起来。

有关姜示范与徐文婕的绯闻虽然是子虚乌有，但经街坊邻居一传，三盛子还是心口添堵。他与姜示范说话很客气，却失去了往日热情。

三盛子：“你们吃啊！要不让文婕再炒两个菜？”

左英红、姜示范急忙说不用。

姜示范：“这样随便吃点好，如果加菜，我们就要交饭钱了。”

姜示范咬了一口馒头，环视这个温馨之家，想说的话不知从哪里说起。

到社区当干部，意味着徐文婕要丢掉粮店和比较丰厚的收入，要全身心投入棚改工作之中去。现在的2000多元收入与当社区干部每月700元的收入，两者之间差距太大了。党员觉悟再高，也要吃饭啊！

徐文婕明显感觉到，两位街道干部一起到自己家来并不平常。她抬头看了一眼三盛子，三盛子心里也犯嘀咕，只管往自己嘴里扒拉饭。

还是左英红打破了僵局，左英红说："文婕你这粮店干几年了？"

徐文婕："我1997年下岗，到现在快7年了。"

左英红："7年了！一些到外地打工的党员和党组织联系不上，而这7年，你的党费一天没落。"

徐文婕："我是党员啊！交党费是应该的。不过，现在许多下岗失业的党员，真不知道自己是党员了，都是为了这张嘴，组织生活也不过了。"

姜示范："这怨我们街道，忽略了下岗失业党员这一块。"

徐文婕点点头，又给姜示范盛了碗粥。或许是突然而出的流言蜚语，徐文婕脸上没来由地泛起红晕。

三盛子吃饭快，把菜碗向姜示范面前推了一下。

左英红："我告诉你们一个好消息，这里就要搞棚改了！"

徐文婕两口子已经耳闻棚改的消息，两位街道干部的证实让他们异常兴奋："啥时候？"

左英红："快了！开春就动，考虑到租房困难，棚户区要分批动迁，金凤街要等一年，先从莫地沟开始。"

三盛子:“一年？不长不长，等金凤街动了，我与文婕要开一个大的粮油超市，我们正愁地方不宽敞呢。”

姜示范、左英红心有点凉，往下的话更难说了。

左英红直性子，做事儿不会藏着掖着，她说:“文婕，马上就要开始棚改了，有许多工作要我们党员来做。这次我与示范来，是想请你到社区做党建工作……”

话音没落地，三盛子不干了:“不行！社区干部临时工不是临时工，公务员不是公务员。以前企业号召下岗，让党员带头，我们带了！现在刚过上几天好日子，又让我们干那些吃力不讨好的事儿，咱家文婕想干，我还不干呢！”

三盛子这话说得猛，一下子让左英红、姜示范定在那里。

徐文婕瞪了三盛子一眼，三盛子很不服气地把头扭向一边。

徐文婕:“谢谢你们对我的信任。让我与咱家三盛子商量一下再说吧！”

姜示范心里明白，如果这样走了，这件事儿就彻底泡汤了。他不死心，笑着给三盛子递上一支烟，又给点上火儿:“这我知道，别的不说，就经济损失这一大块，我们就无法弥补。让文婕出来，明摆着吃亏。”

左英红:“盛子，姐看你从小长到大，吃亏不吃亏，你真的计较过吗？今明两年，除了咱们莫地沟、金凤街、锦阳，茨儿沟、新屯、华山、新地号、北厚、古城子……从北到南、从东到西都要进行棚改，一户搬家不是小事儿，几十万个家一起搬是多大的事儿啊。”

姜示范的手机响了，他“嗯呀”了几句后，放下电话就走了出去，不一会儿领着蓝维誉走进来。

蓝维誉与左英红、徐文婕打过招呼，摘下姜示范的帽子看伤口，眼泪在眼圈里打转。

姜示范把帽子戴上说：“没事儿，擦破了点儿皮。”

蓝维誉叹息了一声：“你怎么工作我不管，但不能不要命啊！”

三盛子听左英红说起姜示范被打经过，有些坐不住，他给蓝维誉等人添上新茶，并安慰蓝维誉说：“嫂子，放心，姜主任人好，有什么事儿，我们大家都会帮他。”

蓝维誉抓住徐文婕、三盛子的手说：“你们一定要帮他，别看他稳稳当当的，遇到事儿，真不要命啊！”

三盛子来了豪爽劲儿：“放心，我们一定帮他！”

徐文婕赶紧把话跟上：“这么说你答应了？”

三盛子有些回过味儿来：“我答应啥了？”

左英红：“你不是说，要帮示范吗？”

三盛子无奈地说：“帮！帮！粮店先让我妹妹来看着，文婕的事儿我不管了。”

大家这才都松了一口气，姜示范觉得蓝维誉是自己的护身符，有她到场一些事儿总能逢凶化吉。

回到姜示范的办公室，蓝维誉还是第一次来到姜示范在街道的临时居处。

狭小的房间里是一张床，一床薄薄的被褥，床头旁边是一张卷了漆皮的旧木桌，上面放着《二十四史》《政训》《贞观政要》《曾文公全集》《毛泽东选集》等图书，姜示范读书偏好历史政经，而且喜欢把读书心得直接写在书页之内。

蓝维誉曾开玩笑地问：“你真想当大官啊！”

姜示范摇摇头:“不！如果不是你让我留在市内，我只想回乡下教书。”

姜示范老家在阜顺市清原椽子沟，那条沟又细又长，形似房上的椽子而得名。

椽子沟祖祖辈辈都穷，后来姜示范的父亲姜济祥当上村支书以后，整个村子才发达了起来。

姜济祥在山里采来野生龙胆草，经过人工繁殖、培育，并把所得到的经验传播给村民，整个村子慢慢富了起来——椽子沟成为中国的“龙胆草之乡”。

椽子沟是当地最富裕的村，而最穷的就是姜示范家，母亲有心脏病，父亲有糖尿病，再加上10多年前供姜示范上大学，家里根本没留下积蓄。

龙胆草给全村人带来了丰厚的收益，人们都把胆识过人的姜济祥称为全村人的“龙胆”。

姜示范喜欢写散文，在报纸上发表作品的笔名就叫“龙胆”。

姜示范留在市内，有很大原因是与蓝维誉的爱情。

到了城里，姜示范、蓝维誉曾经要把老人接过来照料，两位老人怕给儿女添麻烦，不愿意。

蓝维誉用“热得快”烧了一壶水，用毛巾给姜示范擦洗脖子和后背，当姜示范脱下衣服，看到他后背一道长长的伤疤，蓝维誉再也控制不住，眼泪一颗又一颗地掉在疤痕之上。

这道伤疤是蓝维誉与姜示范隐藏在内心深处的一段秘密，也是陈靖西猜不透蓝维誉为何在与他相处四年之后，选择姜示范而离开他的谜底。

第三十一章

大学那几年，陈靖西最为难忘的是与蓝维誉剪不断理还乱的爱情。

陈靖西一直对蓝维誉有所企图，最想做的事儿，是把生米煮成熟饭。

有次周围没人的时候，陈靖西对蓝维誉说："学校太吵了，我们快答辩了，为写毕业论文，咱二人在学校旁边租间房子怎么样？"

蓝维誉抬头看了他一眼："怎么想的啊？"

陈靖西见不奏效，退后一步说："行，不租长期的，租日租的行不？你要是觉得吵，就自己住。"

蓝维誉："你就死心吧！好好写毕业论文，其他啥也甭想。"

经蓝维誉这么一说，陈靖西真把写毕业论文当一回事了。

陈靖西的父亲通过关系在北京一个政府部门，为他联系好实习单位。

陈靖西早就想到北京去玩了，写论文、实习是假，他要会会几个在北京工作的朋友是真。

实习三个月，陈靖西最放不下的是蓝维誉，临走前他对蓝维誉说："嘴一个吧？三个月呢！你也让我知道一下什么是余香袅袅，绕嘴三个月啊！"

蓝维誉答应了，不过这一吻陈靖西是被动的，陈靖西还未做好准备，蓝维誉蜻蜓点水般，在陈靖西人中部位用嘴碰了一下。

陈靖西热血沸腾，正要得寸进尺，蓝维誉进行了严厉的制止："好了，到此为止，等大学毕业了，你想怎么样，就怎么样。"

陈靖西真是恨大学时光太漫长了，在去北京之前，特别请姜示范吃了一顿饭，叮嘱姜示范，在暗中好好保护蓝维誉，如果蓝维誉少了根头发，他要把姜示范门牙掰下来。

姜示范根本不买陈靖西的账："你自己的事儿往我身上推啥？又不给我开工资。"

陈靖西认真了起来，从兜儿里掏出几十元钱，往桌上一拍："这个，行了吧！"

姜示范眼睛都没抬，低头自顾自地吃着盐水排骨。

陈靖西不把姜示范当外人，他相信自己是从石头缝里蹦出来的，也不相信蓝维誉与姜示范会有啥事儿。

姜示范其实也没敢往那方面想过，家庭出身、相貌，让姜示范一直很自卑。他觉得蓝维誉、陈靖西在一起挺合适的，他们像对儿金童玉女，在大多数人眼里是天造地设的一对儿。

姜示范是个认真的人，虽然嘴上没答应陈靖西，但在行动上真的开始暗中保护起蓝维誉。

头半个月，除了正常上课，姜示范尽量出没在蓝维誉视野看不到的地方。他坐在树荫下的石头上看书，抬头看蓝维誉不见了，然后再散步去找，等找到了蓝维誉的倩影，再坐下看书。

陈靖西走后，真有几个男同学来与蓝维誉搭讪，蓝维誉是何等人物，几句话就把他们打发走了。因此，姜示范并没发现蓝维誉与过去有任何异样。

有一天，蓝维誉在校园里与诗人韩村不期而遇，姜示范的心绪才开始不安起来。

几年不见，韩村的面容瘦了许多，头发依然很长，眼神充满了忧郁。

韩村见到蓝维誉时，眼睛直勾勾地望着她："维誉，我一直在等你！"

蓝维誉自从上大学以后，就与神经兮兮的文学圈子不怎么来往了。

20 世纪 70 年代到 80 年代，文学是非常神圣的事儿，如果有人能在中央、省级刊物上发表几篇小说、散文或几行诗，那这事儿就大了，兴许就会被单位转为国家干部。

那时候，从老到少似乎都得了文学魔怔。文学刊物火得一塌糊涂。会写字的，写不了小说，写散文，把一句话掰成几行，就变成诗了。

阜顺成为诗歌重镇，是因为这座城市拥有为数众多的刊物，市委机关报《阜顺日报》设有文学副刊、诗刊，其他单位，例如文联和作协有文学刊物《文学新兵》《五月》，其他媒体电视报、法制报、故事报、琥珀诗报等文学刊物多得数不过来。

蓝维誉是在市里一家诗歌学习班上认识诗人韩村的。

那时，蓝维誉与同学小可都爱写诗，小可学习一般，考上大学的希望不大，想通过文学走捷径。不久，小可的诗歌在报刊上发表了，此后一发不可收，出版了诗集、散文集，然后再读研究生，成为国内一家著名电视台的制片人。

蓝维誉写诗是爱好。有一日，负责讲课的诗人暗示蓝维誉：“你看到小可了吗？她的诗没你写得好，却能在全国大刊物上发表。只要你今天到我家，单独辅导一下，你的诗发表在国家级刊物上不成问题……”

蓝维誉大概听明白怎么回事了，因此，再听到别人叫她校园女诗人，就感觉是在骂自己，于是从此离开了所谓的文学圈。

蓝维誉对韩村的印象并不深，隐约知道他一直在写诗。在工厂上班写诗，下岗失业以后还写诗，那位办诗歌培训班的诗人，卖给他两个书号，韩村自费出版了两本诗集。

韩村拿出两本爱情诗送给蓝维誉时，让她大吃一惊，韩村说：“知道吗？这些诗每一行，每一句，每一个标点符号都是写给你的。扉页上那一首是我独创的海棠体……”

韩村这几年，一直在暗中追随蓝维誉，蓝维誉上中学，韩村把家搬到距离蓝维誉较近的校园旁边，那间租来的房子，打开窗子就能看到学校的大门。暗处的韩村每当看到蓝维誉就激动，满脑子都是蓝维誉的影子，然后伏在桌子上耗费心血地写诗。

蓝维誉考上大学，韩村下岗失业，他在一家工厂找了一份打更的工作。

在现实中暗恋，在诗歌中表白，蓝维誉是韩村精神世界的全部。

而这一切蓝维誉都不知道。

蓝维誉很有礼貌地接过诗集说：“谢谢！”

韩村听到这句话眼泪都流出来了，他深情地说：“维誉，这么多年，我的心血没有白费。”

蓝维誉为了让韩村断了念头，神情冷漠地告诉他：“好了，韩村，我对你一点儿都不了解。你我都有自己的生活，以后不要再来找我，我已经有了自己的爱人！”

韩村望着蓝维誉远去的背影，整个人几乎崩溃了。

韩村最早写朦胧诗，之后尝试走撒娇派路线，最后认为生活就是性，与下半身写作诗派不谋而合。

韩村的诗在灵与肉之间徘徊，性的冲动让他在诗中把蓝维誉整个身体进行了分解，他一口气写完《你的身体是我的容器》之后，将一把少年时珍藏的军刺藏在怀里，纵身翻越进校园后面那片丛林。

韩村对蓝维誉这几年的作息时间表太了解了，他知道蓝维誉什么时候会在学校图书馆，知道她回宿舍必然要经过一个废弃的锅炉房，那个锅炉房已经被蒿草及灌木包围起来。韩村就在那里等待蓝维誉的出现。

晚上月光皎洁，蓝维誉又穿着一袭白裙，并在韩村预料的时间里出现了。这条路到宿舍的距离不到700米，平时人来人往，因为今天有一场中国足球队比赛，许多大学生留在宿舍中看实况转播，蓝维誉并没有意识到危险将要来临，当走到锅炉房与校园甬道交叉处，韩村从后面捂住蓝维誉的嘴巴，把她拖过草丛，拖进了锅炉房。

蓝维誉憋得透不过气，她眼中只看到月亮在天际，像孩子在远处打开的手电，剧烈晃动，同时听到一个男人粗重的呼吸声……

韩村早就在锅炉房里面的一间屋子里设计好了与蓝维誉的爱床，水泥地上铺上了拆开的纸箱，周围是他找遍整个校园采来的鲜花，月光通过屋顶的圆形空洞，恰好照在鲜花环抱的爱床之上。

蓝维誉本来就娇小，韩村感觉没费什么力气，就像抱着一只乖巧的白鸽。

等眼睛适应了黑暗，蓝维誉从头发及身形已经确定掳掠自己的人是韩村。

韩村用手捂着蓝维誉的嘴说："别喊，喊没用！维誉，不要叫，不要让我伤害你，好吗？"

月光打在韩村扭曲的脸上异常惨白，见到朝思暮想的蓝维誉就在身下，韩村竟然不争气地在裤子里射了，裤裆里湿漉漉的。

这让韩村异常沮丧，摇摇头，翻来覆去地说着对蓝维誉的思念，并想通过时间的推移，积聚第二波精力。

韩村感觉与蓝维誉纠缠太累，尝试着把手挪开一条缝儿，蓝维誉果真没有大喊大叫。

经过惊吓，蓝维誉极力让内心保持平静。她知道，任何刺激都会导致韩村做出不利于自己的举动。

蓝维誉镇静地对韩村说："韩村，这样有意思吗？"

韩村也累了，并排躺在蓝维誉一侧，一阵幸福的情绪袭来，感觉周围被花朵的芳香所笼罩。

韩村激动地说："这是我梦寐以求的情景。"

他用手使劲儿掐了自己大腿一下，不相信，又侧过身子，探出脑袋用鼻子嗅蓝维誉的头发，当发丝触碰到脸庞时，相信一切都是真的，身体立即有了感觉，他起身，企图压住蓝维誉。

蓝维誉装作嗔怪地推了他一把："等等，我还没做好准备呢！"

韩村忍了忍，以为蓝维誉正在逐渐喜欢自己，便开始用充满诗情的语气回忆起第一次见蓝维誉时的情景。

蓝维誉口不对心地应答着，用眼睛的余光借着月色环视周围。

破旧的屋里被韩村收拾得异常干净，没有一件伸手就能拿到的物件，蓝维誉感觉这样下去，自己迟早要遭殃。接着，她看到距离自己3米远的墙角，有一堆铁管子，只是离得太远，稍加动作可能就会引起韩村的警觉。

蓝维誉为了稳住韩村，说："韩村，我们好好处对象好不好？"

韩村异常惊喜："真的，维誉？"

蓝维誉："真的，我看了你给我写的诗集，觉得这个世界，只有你最爱我。"

蓝维誉恨自己，为什么没有好好看看那两本诗集，如果记得其中的几句，或许能更久地与韩村周旋。

时间一分一秒地过去，韩村似乎失去了警惕，当要把头埋进蓝维誉丰满的胸脯时，蓝维誉本能地躲了一下。

这一躲唤醒了韩村的警觉，他整个身体完全覆盖住蓝维誉，蓝维誉拼尽全身的力气高喊起来："救命啊！救命啊！"

韩村用手捂住蓝维誉的嘴巴，一边说"我不伤害你，我不伤害你……"一边开始了对蓝维誉的侵犯。

蓝维誉高声喊叫，几乎失去了最后的力气，韩村用一只手捂住蓝维誉的嘴，另一只手牵制住蓝维誉的一双手……

就在这时，一双大手抓住韩村的头发，把韩村整个人从蓝维誉身上揪起来。是姜示范！

韩村头都快爆炸了。

姜示范一边揪住韩村，一边对蓝维誉说："蓝维誉，快起来，叫警察。”

蓝维誉浑身发抖，顾不得整理衣衫就想往外跑，疼得惨叫的韩村一把抓住蓝维誉小腿，蓝维誉整个人被拖倒。

姜示范抓住韩村的头往墙上撞，只两下，韩村就不吭声了。

姜示范以为韩村死了，吓得浑身出汗，松开手，韩村像被抽了筋的狗一样，无力地倒在地上。

姜示范扶起蓝维誉，蓝维誉怕出人命，刚要探头看韩村，装死的韩村突然从怀里掏出军刺，向蓝维誉脸上划过来，机灵的姜示范把蓝维誉抱过来，用后背迎上了这一刀。

姜示范被刺后没有感觉到疼痛，回身抓住了韩村持刀的那只手，与之拼斗起来。

蓝维誉从墙角抄起一根铁管子，死命地砸韩村手中的刀，她下的力气太大了，能听到骨头折断的声音。

韩村终于失去抵抗能力，昏死过去。

报警以后，蓝维誉、姜示范与警察一起把韩村送到医院。

姜示范后背那一刀划开了一条将近 20 厘米的大口子，创口边缘上的肉几乎翻卷过来，医生一共缝了 50 多针。

警察在医院对二人做现场询问笔录之后，带着他们来到韩村的病房。

韩村头上、手上缠满了绷带。

醒来的韩村，望着衣衫不整的蓝维誉，精神和肉体完全崩溃。他神情呆滞地用抑扬顿挫的声音，一遍又一遍地朗诵着《你的身体是我的容器》：

你的身体

是我的容器
我削尖骨头
刺穿欲望
如果
你失去感觉
就让疼痛延伸
疼痛
疼痛
疼痛尽头
叫快乐
你的身体
是我的容器
石子、垃圾
长出草籽
飘向远方
我们的孩子
寻找天空寻找子宫
你的身体
就是我的容器……

警察手里拿着锃亮的手铐，对姜示范和蓝维誉说：“他还要经过精神科检查，他将要去的地方或许不是拘留所，而是精神病院。”

这首具有下半身风格的诗歌，成了韩村的绝唱。

经过这么一番生死经历，蓝维誉勇敢地撕掉了一扇门的封条，她推开这扇门，看到了爱的真风景。

她想，一个能用生命保护自己的男人，值得托付一生。

蓝维誉拦腰把姜示范抱住，踮起脚把香唇贴在姜示范厚厚的嘴唇上。

姜示范先前还犹豫，他想起陈靖西，想起了陈靖西的嘱托，而当蓝维誉的温润的舌头伸到他嘴里的时候，他把一切都抛开了，勇敢地吞咽下了这突如其来的爱。

姜示范是拿得起、放得下的人。或许自己将来有可能背上有负朋友的骂名，但他与蓝维誉约定，即使无法消除陈靖西的误解，也要把与蓝维誉相爱的秘密坚守下来。

因为，他想让蓝维誉纯洁的名声，不会因这次人生变故，受到任何玷污。

蓝维誉是他生命中任何人都不能触碰的仙草。

第三十二章

陈靖西从北京回来了，把蓝维誉与“灯泡”姜示范一起拉到阜顺高湾老隋家饭店。他家的猪蹄蒸得很地道。

陈靖西一如既往地口若悬河，讲他在北京的风流趣事，并没有察觉三个月以后，他与姜示范已经宾主互换。

蓝维誉与姜示范商量，先不要把俩人好了的事情向陈靖西摊牌，陈靖西要写毕业论文，迎接毕业答辩，不能扰乱他的心绪。

饭桌上，如果陈靖西稍加留意，应该能察觉三人之间的微妙变化，以前是蓝维誉小心地给姜示范夹菜，而现在是蓝维誉主动给陈靖西夹菜。

摊牌的日子是在照完毕业合影以后，姜示范与蓝维誉请陈靖西吃饭。

姜示范已经做好了被陈靖西揍一顿的准备，他向蓝维誉保证，为了让陈靖西心里好受一点，他会承受任何诅咒和打骂，绝对不会还手。

那顿田园大餐般丰盛的晚餐，在阜顺北站的“欧家屯”，装菜喝酒的器皿一律是黑陶，一铺大炕铺着难得一见的苇席，服务员穿着大红大绿，姜示范盘腿坐在炕上，给陈靖西倒了半碗“老白”。

陈靖西一看到这种平民酒就乐了：“呵呵……示范，你从哪里弄来的这种酒，我许多年没喝到了。”

陈靖西也想学姜示范盘腿打坐的样子，腿曲得生疼，斜腿坐在姜示范对面。

蓝维誉怕暴风骤雨来得过快，有些不安，点了一个酸菜烧大鹅，又点了一个刺嫩芽炒鸡蛋……

陈靖西阻止她：“够了，够了，媳妇，咱还要过日子呢！”

蓝维誉脸一红，坐在那里不说话。

姜示范与陈靖西连干了两碗酒，终于说出了不拐弯的话：“我和维誉要结婚了，到日子请你去。”

陈靖西喝酒喝得高兴，以为姜示范是说蓝维誉与自己结婚，连连点头：“一定一定……”

话说了半截儿，陈靖西感觉不对味儿，抬眼望望姜示范和蓝维誉。

姜示范重复了一遍：“我和维誉好上了，不久要结婚，请你去。”

陈靖西晃晃脑袋，确信自己没有听错，低头喝酒：“什么时候？”

“国庆节。”姜示范说出结婚的日子。

“不是！不是！我说你和她什么时候好上的？”陈靖西拼命地用筷子敲眼前的陶碗。

姜示范：“你上北京以后。”

陈靖西从出生以来没吃过这么大的亏，问蓝维誉：“能告诉我为什么吗？”

蓝维誉非常抱歉地说："对不起老西，真不是骗你，真的……以前我对你是真的，现在对你也是真的……"

姜示范："不要逼她好不好。"

陈靖西嗓子里像是咽了一块馒头："闭嘴，闭嘴，姜示范你这个小人。"

蓝维誉终于绷不住了，眼泪一下子流下来："陈靖西，你很好。真的，你很好。我要的爱只有一次，如果不是一次，我宁愿把爱掰成两半，一半给你，另一半给示范，但那毕竟是碎的。"

陈靖西不乐意了："别泛酸，究竟是怎么一回事儿？"

陈靖西不想在俩人面前输得窝窝囊囊，他的心很痛，但还要显得很仗义的样子："来，姜示范，咱们喝酒，维誉交给你了。我真不知道你还有这么大的能耐……呵呵！陈靖西啊陈靖西，你一直觉得自己在脂粉场上是无敌英雄，现在才知道，人外有人，天外有天。"

陈靖西仰头喝完了满满一碗酒，下地穿鞋，掀开门帘要出去的时候，回头对蓝维誉说："你大概是对的，这小子将来能成大事儿。"

陈靖西搭车去了矿务局电车站，晃晃悠悠地乘上电车，到了小阁家时，酒已经醒了大半。

小阁收好猪肉摊子，把一堆大骨扔在铁锅里，又切碎了一点下水，添上白肉、血肠，架上劈柴任由汤锅煮沸。小阁架上方桌，待锅里的肉煮熟时，与陈靖西继续喝了起来："老西，喝，喝死拉倒。"

陈靖西："少给我整这个。呵呵……从此无心爱良夜，任他明月下西楼。我既然做不了痴情郎君，这一生就做桃花太岁吧！

喝死了自己事小，要有多少妹妹空守寂寞啊！青山依旧，江水长流，珍惜好日子吧！”

陈靖西劝好了自己，向小阁说出了自己交朋友的三个境界：“一是交情，二是交心，三是交命！”

陈靖西拍拍小阁的肩膀说：“我与姜示范、蓝维誉是交心的朋友，而与你是交命的朋友。”

这一顿酒，虽然没有喝得天昏地暗，但也是异常惨烈。因为小阁喝酒气盛，陈靖西之前又与蓝维誉、姜示范喝过酒，不久两人全都酩酊大醉。

小阁家房子小，根本躺不下两个壮汉，小阁便扶着陈靖西上了电车。

车厢里空荡荡，电车售票员看是两个酒鬼，也没敢收他们的电车票。

二人从后面车厢开始画龙，一直画到最前面，然后悬在电车门外边，迎着呼啸的风唱歌。小阁唱的是《铁道游击队之歌》：“爬上飞快的火车，像骑上奔驰的骏马，车站和铁道线上，是我们杀敌的好战场……”

陈靖西唱的都是外国歌，舌头大歌词唱不清，情绪却悲愤昂扬，阿尔巴尼亚的《宁死不屈》：“咚咚咚咚咚咚，啦啦啦，游击队……”

他们似乎又回到了无忧无虑的少年时代，破旧的棚户区、废弃的矿坑、跟着电车飞奔的孩子们，从眼前飞速掠过。

到了大官屯站，小阁扶着陈靖西躲闪着来往奔驰的电车、火车，经过一道道铁轨，此时，陈靖西偶尔清醒，偶尔糊涂，脑袋像老式电影放映机胶片被卡住了，一会儿有破碎的画面，一会儿是空白。

蓝维誉的父母在铁路工作，她家就住在大官屯车站附近。

陈靖西想，小阁一定觉得自己失恋了，心里不好受，所以打算拖着自己去找蓝维誉。

他想不去，但拗不过小阁强壮的胳膊。经过停靠在轨道上的油罐车，小阁和陈靖西走上了一段土路，路两边盛开着金黄的鬼子姜花，再往前走，是更加茂密金黄的向日葵，等两人快登上山坡的时候，陈靖西看到了穿着白色连衣裙的蓝维誉，蓝维誉周围挂满了素洁的白纱，衬托出她那苗条婀娜的身姿……

看到小阁、陈靖西，蓝维誉异常主动地跑了过来，陈靖西感觉这是蓝维誉在同情自己，低着头不让她扶。

进入蓝维誉的房间，一股闺房的清香迎面袭来，陈靖西想挣扎着走开，可是眼睛睁不开，一头便倒在蓝维誉的床上了。

当陈靖西再次睁开眼睛的时候，小阁不见了，只有蓝维誉自己在擦洗陈靖西身上呕吐的秽物。陈靖西想挣扎起来走，蓝维誉却温情地抚着他的肩膀不让动，陈靖西再也控制不住自己的感情了，“哇”的一声哭了出来。

蓝维誉坐在他身边也不说话，像安慰孩子一般，轻轻拍着陈靖西的肩膀安抚他的情绪。

陈靖西回身抱住蓝维誉：“你告诉我，到底为什么要离开我？啊……”

蓝维誉试图挣脱，怎奈陈靖西力气太大，她挣了两下不挣了，胸脯一上一下起伏，让陈靖西压抑在心底的兽性突然爆发，他翻身把蓝维誉卷在身下，胡乱地用充满酒气的嘴巴狂吻蓝维誉。

酒是色媒人，饮少助兴，酒是快乐的天使，饮多乱性，酒是心里的魔鬼。

陈靖西把一切道德全抛到了脑后。道德是什么？道德是捍卫原始冲动的一条内裤，君子见内裤而知耻，而现在的陈靖西要做小人，兴你姜示范不顾朋友道义横刀夺爱，不兴陈靖西抢回本来属于自己的爱吗？胡思乱想到这里，陈靖西已经全然不顾后果了，三下五除二就把床上的蓝维誉扒了个精光。

陈靖西脱自己的衣服非常费劲，而此时的蓝维誉却异常主动，她帮陈靖西脱去了衣服，抚摩着陈靖西光滑白皙的身体，引导他掌握节奏。

陈靖西以前是够花心的，倒在他怀里的姑娘也不是一个两个，但只是在上三路忙活，再深入的阶段他没敢尝试，怕承担后果和责任。

陈靖西至今还是处男之身，因此，到了下三路实际操作阶段，陈靖西竟然不会玩了。

陈靖西平生第一次做爱，感觉原先纯情的蓝维誉似乎早就懂了男女之事，看她轻车熟路的样子不是第一次。陈靖西感觉自己躺在柔软的沙滩上，最初是日头灼热，后来有一朵云飘过来，带来的和风细雨，沁人心脾。后来，感觉风大了，平静的海面骤然掀起了巨澜，一波接一波，让躺在下面的陈靖西心绪不宁。

陈靖西翻身把蓝维誉放到身下，眼前出现了一望无际的草地和星星点点的小花，他要带着蓝维誉跑过草地，去看前面银白的雪峰。

陈靖西觉得自己的奔跑异常剧烈，几乎拼掉所有的力气，跑过一座山，又跑过一座山，雪峰越来越近，最后，他听到了自己与蓝维誉共同的呼喊声。

傍晚，陈靖西清醒过来，身边已经不见了蓝维誉。

如血的残阳从窗口斜着进来，整个房间金黄朦胧。陈靖西从床上翻身起来，觉得口渴，床头摆放着一杯不凉不热的白开水，他一饮而尽，想着与蓝维誉那场唯美的做爱，他的心难以平静。环顾异常陌生的房间，陈靖西感觉很像南北台那种老式的日本房子。

陈靖西要找蓝维誉，当他摸索着走过一个又一个房间，从最西面的小屋里，传来巨大的鼾声，小阁正挺着大肚子酣睡。

不远的大门外，一个女人穿着白大褂正背对着自己洗衣服，旁边还没有洗的衣物中，陈靖西看到了自己的背心和内裤。院子里晾晒的全都是医院病房里换洗下来的被单，当那个女人回过头来，陈靖西看清了，是小阁的姐姐。

小阁姐姐结婚以后，丈夫常年在外替老板贩卖水果，而她自己则给医院清洗病床用品，几年不见，小阁的姐姐似乎比以前瘦了，脸上的笑容则温暖了许多。

小阁姐姐望了陈靖西一眼，羞涩地低下头，小声说：“等小阁醒了，我给你们做饭。”

陈靖西头都炸了，接着浑身冰凉，仿佛丢掉了魂魄。他不敢再看小阁姐姐一眼，低声说：“我有事，先走一下。”

陈靖西从小阁姐姐家出来，在鬼子姜花、向日葵花蔓延的花丛中慌不择路地奔跑，他不知道自己要跑到什么地方去，等跑到西露天矿大坑边上，他停下了脚步……

与蓝维誉之间原来只是一场张冠李戴的梦，小阁姐姐让陈靖西成了真正的男人。

蓝维誉、姜示范的婚礼邀请了陈靖西，陈靖西没有参加，他没有勇气面对蓝维誉。

做不成爱人，就做情人；做不成情人，也不做陌路人。

陈靖西绝对不会因为感情让别人恨自己，也不会因为感情恨别人。

同学、朋友，成了他们得以保持长久友谊的符号。

后来，陈靖西结婚的时候，也没有告诉任何一个人，他带着新娘三颍到地中海、加勒比海转了一大圈，在享受异国阳光的同时，就是为了把过去的事尽可能忘掉。

陈靖西对老婆好得无微不至，每年固定给老婆5万元钱的零花额度，一年国内、国外两个月假期雷打不动，除了固定假期，陈靖西从来不把老婆带进生意圈、朋友圈、同学圈……

陈靖西的老婆没有大事很少纠缠陈靖西，更不会限制任何女人与陈靖西来往。

陈靖西是顾家的人，不把家收拾得舒舒服服，他不会信马由缰到处乱跑，老婆三颍还劝他，不要总想着家里而荒废了朋友及各种关系，表面的自由自在，让许多人误以为陈靖西是没有家室的人。

第三十三章

蓝维誉用温水帮姜示范洗净了身子，长久地抱着姜示范的腰不松手。结婚多年，两人即使不说话，也经常这样抱着，一抱就是几个小时。

蓝维誉睡觉还有个习惯，一条腿总要搭在姜示范身上，如果不这样，姜示范也睡不着。因此，两人的感情好得像新婚一般。

姜示范回过身来，刮蓝维誉的鼻子："没长进，总爱哭。我不是好好的嘛！"

蓝维誉不说话，紧紧抱着姜示范，像猫一样"嘤"地一头扎进姜示范的怀里。蓝维誉的头发蓬松细软，让姜示范浑身发痒，他不由自主地乐起来："呵呵……维誉，我有事儿跟你商量。"

蓝维誉抬起头，姜示范把她横着抱在怀里："棚改要开始了，我们街道负责动迁及以后的安置。虽然房子还没盖起来，但市里要求的时间很紧，当年动迁，当年盖房，当年安置……来回跑太费时间，我打算把家里的铺盖搬过来，只是苦了你了！"

蓝维誉顿感失落："不行，你自己在这边我不放心，我可以开车来回接你嘛！"

姜示范："你在开发区，我在棚户区，一个在大西边，一个在大东边，不方便。”

蓝维誉听到这里，从姜示范怀里钻出来，穿上衣服，戴上围巾，拉起姜示范就走。

姜示范不知道她要干什么，蓝维誉说：“回家收拾东西，我们暂时搬家，棚户区什么时候盖好房子，我们什么时候再回家住。”

蓝维誉就是这样通情达理，为了姜示范她啥都愿意做。

蓝维誉驾驶着汽车，从金凤街道经塔湾、东洲开上了河堤路，以往沉寂的对岸，经过开发以后，在黑夜里灯光闪烁。

蓝维誉因为经常与省市领导打交道，消息十分灵通，她指着河对岸对姜示范说：“未来的浑河，经过市中心、新望区、海洲区、沈阜新城一直到省城浑南，要实现全程通航。”

姜示范不信：“丰水期可以，现在水这么浅能跑船吗？”

蓝维誉肯定地说：“能，肯定能！”

姜示范：“现在我只考虑怎么让老百姓住上好房子，这种天方夜谭式的美好前景，还是想想就算了吧！”

姜示范把头一抱，斜倚在车座位上，任凭车外的流火从窗外闪过，似乎要睡觉的样子。

蓝维誉使劲摁了汽车喇叭……

吵得受不了，姜示范被迫听蓝维誉继续描绘浑河未来的美景：“你说吧！我正听着呢！”

蓝维誉有些不高兴，姜示范现在与她完全工作在两个世界。

姜示范工作在东北最贫困的棚户区，每天与饥寒交迫的人打交道，而蓝维誉则不一样，因为经常接触各级领导及规划专家，耳濡目染的都是这个城市的未来。

蓝维誉工作的开发区紧靠省城阜顺河北地区，往西不远是省城另一处开发区，有高人指出，只要在接壤处兴建一个新型城区作为爆点，两个在东北举足轻重的特大城市就会连为一体，城市规模扩大以后，有可能成为东北首个直辖市。

蓝维誉说，流经阜顺市中心的阜顺河一带有可能成为开发的热点地带，在东部东湖岛地区建设坝前旅游休闲度假区，与石化住宅区、东湖公园、城东三期等开发项目连在一起。中部老城区改造的地产开发公司有几家是国内的上市公司，手笔不会小。中部老城区开发与月牙岛开发交相辉映，月牙岛在月亮山南面的浑河中间，这里将打造成为四面环水、绿树掩映的高标准商住景区，并带动方晓新城等建设项目……

车开到将军桥头，蓝维誉把车停到白金瀚洗浴城，姜示范问："干什么？"

蓝维誉："洗洗桑拿啊！你好好蒸一蒸，洗掉一身臭汗，送你走上棚改新征程。"

姜示范不下车："这里是咱们去的地方吗？除了老板，就是场面上的人，被他们碰到了，明天就有绯闻了，你这么漂亮，一看就是高级公关小姐。"

蓝维誉挥起粉拳一顿乱捶，打得姜示范连声告饶："你一个小街道主任，谁会认识你。让你乱说，让你乱说……"

蓝维誉说不动姜示范，方向盘一打顺便把车停在对面的如家快捷酒店，姜示范问："你这是干什么啊！"

蓝维誉："这里住得便宜，房间里有洗浴间，今晚咱住在这儿。"

姜示范与蓝维誉结婚以后，一直在天丰大厦附近借住蓝维誉父母的房子，想想回家洗澡不方便，姜示范应了蓝维誉，随她住进了如家酒店。

两口子有家不回住宾馆，令姜示范感到新奇，两人脱了衣服一起挤进了不大的浴缸，蓝维誉裹着浴巾给姜示范搓洗后背。

姜示范有点不好意思："我真够腐败的啊！洗上鸳鸯浴了。"

两人在浴缸里聊起了天，说着说着，聊到了新来的纪委书记。

……

第三十四章

棚户区改造即将上马，这件大事涉及的范围很广，千头万绪都要厘清。

这件事关系到这个城市广大平民的利益。市委书记之前在辽西地区工作，多年与农民打交道，对这以重工业为主的城市，他还不完全了解。产业工人的大面积下岗、失业，仿佛是一个正在战斗的勇士，突然遭到密集炮火袭击，胳膊和腿被钢铁的碎片切断，身体大量失血……棚改只是为了挽救这位勇士，而缠上的急救绷带，要想让他恢复身体投入战场，还需要做更多的工作。

批复完一个又一个文件，已经很劳累的市委书记，被秘书刚刚送到案头上的一份文件吸引住了。

这是由市委组织部门呈送的由姜示范书写的《关于恢复和加强社区党建工作的调查报告》。报告写在绿色方格的稿纸上，字迹工整、笔力遒劲，思路十分清晰，在调查标本的选择上，具有广泛的代表性。

市委组织部门还在调查报告的第一页上加上标签，特别注明此调查报告为基层干部所写。

市委书记叫来秘书，让他通过组织部门把写调查报告的人找来。当秘书要走时，市委书记穿上大衣对秘书说：“走，我们下去看看。在政府机关工作这么多年，调查报告写得这么漂亮的还不多见，我要看看他是何许人也。”

黑色的奥迪车行驶在崎岖不平的矿山道路上，在白雪覆盖的十八盘下，走来一队打着红旗的年轻人。市委书记年轻时曾经当过知青，这一幕让他触景生情，他叫停司机，与秘书一起跟着这支队伍徒步而行。

这支队伍领头的是一个女大学生，待她回头看到市委书记和秘书，表情异常兴奋地正要打招呼……

市委书记紧跑几步来到队伍前头，望着旗帜上的字说：“你们是大学生志愿者啊！”

已经满头大汗的大学生们气喘吁吁地回答：“是！我们是来阜顺服务的大学生志愿者。”

市委书记：“你们从哪里走来的？”

一个男大学生指着西露天矿西边说：“我们从新望区海城桥开始横穿整个华山棚户区，然后，穿越整个西露天矿大坑，走了多半天了。”

市委书记：“谁的主意？”

学生们指一指带头的女大学生说：“这是我们大学生志愿者服务团团长李响，她说，我们既然下基层服务，就要知道哪里苦，哪里累，走棚户区和西露天矿是她策划的路线。”

李响有些不好意思，从行囊旁边拿出保温水杯递给市委书记：“您喝口水，这路太险，走路千万小心。”

市委书记也不客气，端起水杯喝了多半杯，然后说：“我与你们一起走到棚户区。”

一个大学生不服气地说:“叔叔，你行吗？我们是在磨炼自己，纯自虐……”

市委书记:“不要小瞧我，上山下乡那时候，走村子穿庄子是常事儿。”

大学生也不客气，举旗的男同学把红旗交给市委书记:“前辈，举一会儿，小心大风把你带到沟下面。”

大学生们不禁哈哈大笑起来。秘书不乐意了，抢着要举旗，市委书记把旗杆接过来，用力地挥舞起来，李响把嘴巴贴到市委书记耳边不知道说了什么话，市委书记哈哈大笑起来:“好！孩子们，跟我走，不要掉队！”

迎着大风，市委书记举着红旗带着一队大学生行走在崎岖的十八盘上，几个大学生因为徒步很长时间，一时还真跟不上。

市委书记走到山顶，把红旗往一个雪堆上一插，看着放羊一样的大学生说:“注意队形，摆开小臂，只有组成团队才有力量。”

等几个大学生爬上陡坡，先后蹦起来大声欢呼闹成一团，还有人与市委书记搂搂抱抱:“你当我们领队得了，看你走路挺有章法的。”

此时，黑色的奥迪车停在路边，秘书有些不高兴地把大学生一个个扒拉开:“老实点，这是咱们市委书记。”

此话一出，大学生都张着嘴巴躲到了一边，几个热得冒汗的学生解开衣襟。市委书记帮他们系上:“傻小子睡凉炕，全凭火力壮。别感冒了，别看你们现在没事儿，到年纪大的时候，都给你们找回来。”

李响招呼大学生站好队伍，说完立正、稍息，然后一本正经地走到市委书记面前行了一个军礼:“请首长指示!”

这么一说,轮到市委书记不好意思了:“我可当不起你的首长,我看你像我的首长。”

李响得意地笑了。

市委书记问他们:“你们都是哪里人?哪所大学毕业的?”

大学生依次大声回答:“山东莱阳李广华,东北大学!”“贵州六盘水康桥,沈阳理工大学!”“江苏连云港王皓,东北财经大学!”“甘肃酒泉王艾莉,石油化工大学!”“广东茂名张茜,鲁迅美术学院!”……“辽宁朝阳李响,沈阳音乐学院!”

市委书记深情地望了这些尚未脱去稚气的大学生一眼,指着远处的棚户区说:“你们大学毕业选择志愿者作为第一职业,将来会使你们受用终生,要好好看看棚户区,看看那里的人民、那里的生活。把他们当成你们的爷爷、奶奶、爸爸、妈妈……”

李响:“我们的服务单位都已经安排好了,是各个城区……”

市委书记立即指示秘书:“告诉团市委这批大学生志愿者全部到棚户区服务,他们是来服务的,不是来享福的。”

临上车,市委书记特别拍了拍李响的肩膀对大学生们说:“我有时间,会到棚户区看你们的。”

第三十五章

姜示范与蓝维誉几乎把半个家都搬了过来，在狭小的办公室里，蓝维誉扯上带有青花图案的幔帐，这里是她与姜示范临时的家。

蓝维誉上班走了以后，姜示范有些心神不宁，今天左英红和他商定要把散失在社会上的下岗、失业党员全部召集回来，文字通知、电话、亲自到家邀请，该做的都做了，但姜示范还是没有信心，将近十年的社会变革，街道居委会及社区的组织生活时断时续，这些为了生活而辛苦奔波的党员能回来吗?

在街道会议室里，姜示范把一面崭新的巨幅党旗悬挂在最前面，看着上面的图案，思绪不由得开始发散，想到自己入党的初衷，又想到自己自小受到父亲的影响，然后，记忆开始一路回溯。

姜示范的父亲是一位党员，姜示范十分崇拜父亲，崇拜他在乡亲面前讲话的样子。

记得当初，姜示范还待在家的时候，有一次，村民因为分林子的事，挥着棍棒打上他的家门，当时有人对姜示范的父亲姜济祥说:“姜支书，那林子又不是你的，给别人分下去，你交了人，又没少什么，何必啊！”

姜济祥说：“我是党员呢！只要我还有一口气，这林子就不能分。”

橡子沟附近的村子在分完林子后，遭受了前所未有的厄运，林子由村民自行管理，加上每家每户都很穷，没有钱便上山砍林子，为了钱，一些村民把林地转包、卖给营林大户，几年光景，大部分山林就被砍得光秃秃的了。

只有橡子沟的山林郁郁葱葱，每年，村集体组织村民种林下参、养林蛙，搞多种经营。周围村集体穷得叮当响，而橡子沟村集体有现金存款 200 多万元，村民要搞致富项目，不用去信用社贷款，只要有正当理由，村里一分钱利息不要，每户最少能借出 1 万块钱。逢年过节，村里还给村民送红包、分福利，橡子沟富得流油，周围村庄谁有姑娘都抢着往橡子沟嫁。

多年以后，许多拿木棒要求分林子的人，遇到姜济祥便说：“姜支书，你不是给咱村保护了一片林子，而是保护了一个绿色银行。”

林改的时候，全村每个人分到的林子达到 15 亩以上。

姜示范记得父亲总爱说一句话：“咱是党员呢！”

一次村里得到砍伐林木指标，姜济祥为了刚刚砍伐的树木不被偷走，穿着棉大衣，啃着冷馒头在路边守了一整夜。

林木运走了，他也病倒了，到医院检查，得了严重的糖尿病，此后，姜济祥的眼睛一天不如一天，看周围总是模模糊糊的。

姜示范见父亲病得严重，把他带到市里医院看病。

医生摇摇头说：“维持吧！眼病是糖尿病带来的。”

……

开会的时间到了，姜示范站在窗前，收回了思绪。他神情有些紧张，一名党员都没有来。雪地上有几只觅食的麻雀，飞走后院子里异常空落。

姜示范的心有些凉，仅十多年的光景，人心便散了，工厂转制、企业破产，为了一张嘴，人们都忙着赚钱。这犹如指缝里漏掉的沙子，再想聚到一起太难了。他的心情失落到极点，人不来，这会没法儿开，正当他转身通知组织委员取消这次大会的时候，大门外首先出现了左英红的身影。

左英红扶着一个满头银发的老太太走进街道大院。

紧接着是手里拿着刮大白、修水管牌的冯天翔，之后，一个又一个人走了进来——脸色黝黑、在洗煤厂做临时工的党员齐宇飞，开粮油店的徐文婕，收废品的孔扬梅，卖馒头的韩晓丽，蹬三轮的尤福海……当几百个党员一齐走进来的时候，姜示范感觉到了一种久违的气势。

等大家在会议室中落座，几辆出租车开到院子里，领头的一位光头司机叫何必成，跟在他后面的几个司机全是党员。

平时在街上，姜示范并不知道他们是党员，当这些人以党员身份出现在会场的时候，姜示范感觉特别亲近。

姜示范把大家让进会议室的时候，手机突然响了，听筒里传来一个陌生女人的声音："姜副书记吗？我是李卫萍，我是金凤街道的党员，现在在北京做保姆，今天的会实在参加不上，有什么事儿，请让家属转达给我。"

……

会议由街道工委书记左英红主持，街道各个社区除了请假、有病的党员以外全部到齐。

左英红是直性子，为了不让姜示范得罪人，她在进行了必要的开场白之后，直接奔向了重新选举各个社区党总支书记这个主题，同时，宣布了选举程序及选举条件。

左英红说出候选党总支书记的党员年龄，需要在40岁以下时，下面立即炸开了锅，因为，在社区工作的社区街道干部80%都在55岁以上。

"我们辛辛苦苦干了几十年，没有功劳还有苦劳吧！"

"这个条件太苛刻了！人家女的退休年龄还定在55岁呢！"

"卸磨杀驴！谁定的？谁定的？"

左英红："这是街道工委班子统一研究制定的。"

看到几近失控的场面，那位满头银发的老太太站了起来，轻轻咳嗽了两声，或许是身体虚弱，身体摇晃了一下站不稳，左英红立即把老人扶到椅子上坐下。

会场里依然叽叽喳喳……

老太太坐在上面很能压住场子，她望着底下黑压压的人头说："我人老了，眼睛不好使了，也不知道下面说话的人都是谁？"

下面立刻静了下来，老人叫韩寓群，今年75岁，是金凤街道有史以来第一批街道干部，人称"老街骨"，在她眼皮底下成长起来的街道、区、市级干部无数。

韩寓群20世纪50年代末当街道干部，亲手成立数家街办企业，这些企业经过集体、国营，已经成为比较知名的大企业，因此，韩寓群在居民和政界享有较高威望。

韩寓群："我现在作为一名普通的党员坐在这里，只想说两句话。首先我要说说以前的金凤街道，我当干部的时候，每个月发6元钱津贴，街道没有办公用房，在家炕头上办公。所有党员开会，一人夹着一个马扎，到学校大操场上开会。那时候，没有条件，也不会向谁讲条件，作为党员就是要无条件地把老百姓的事情办好。另一句话是，这几年咱们的日子不好过，党员的活动少了，这是不正常的。越是不好的时候，越是需要党员，要不，我们参加共产党干什么？完了，我老了，说话费劲，就说这些吧……"

老人说完，会场长时间的寂静，先是姜示范慢慢地拍巴掌，掌声刚开始像小雨，后来像大雨，掌声越来越热烈，经久不息。

轮到姜示范讲话，姜示范先做自我介绍："大家好，我是街道工委副书记、主任姜示范。有认识我的叫我小姜，不认识的先叫姜副书记，以后最好叫小姜，千万不要叫我老姜，因为，我这个人不辣。"

姜示范幽默的开场白，让大家刚才还紧绷的神经立刻放松下来，人们都笑了起来。

姜示范指指后面的党旗："不脱离今天会议的主题，今天是金凤街道全体党员生活会，所以，我说的话离不开大家的生活，我们党员的生活。首先我要报告大家一个好消息，金凤街道马上要进行棚户区改造了！"

会场立刻沸腾了，前几年，也有开发商想到棚户区搞开发，来的老板一拨又一拨，但开发价值太低，来也匆匆，去也匆匆。当姜示范正式宣布棚户区改造的时候，还有许多人不相信。

姜示范："大家静静，我很负责地告诉大家，这是真的。也许有些人要在棚户区过最后一个春节，明年的春节，有些人家就能住上新楼房了！"

掌声更加热烈，有人甚至站起来欢呼。

姜示范："棚改就是花最少的钱，住最好的房子。大家要知道，这次棚改不是一般性的地产开发，而是由党和政府主导，为棚户区办的一件实事、好事。为了把事办好、办实，现在需要我们党员站出来。大家能做到吗？"

姜示范在大学学生会演讲时就很善于鼓动气氛，他的话刚说出口，还没落地，大家异口同声地回答："能！"

姜示范话锋一转："我认识不少下岗、失业工人，知道大家工作难找，日子难过。作为街道一级党组织，我们有不可推卸的责任，在战场上，战友还要彼此扶上一把，即使阵亡了，也一定要把战友的尸体背下来……党员要有感情，党组织更应该有感情。在党员出现困难的时候，我们一定要出手帮一把。以前总说党员要先人后己，这句话没错，但是当党员连自己生存都困难，我们还怎么去帮别人？"

姜示范说完这句话，目光在会场来回巡视，他的话触动了人们最敏感的神经，特别是一些经历了生活磨难的党员，眼角有些湿润。

姜示范沉吟了片刻，声音提高了许多："同志们，我现在要用久违的'同志'称呼强调一遍，我们每个月交党费，不是为了看看报纸，表彰表彰先进党员，它还有一个职能，就是当党员生活困难的时候，帮党员过日子用的。"

下面有人叹息，有人摇头，而更多的人把深情的目光投向姜示范，他们的心彻底被姜示范抓住了。

姜示范走下讲台，在党员之中边走边继续自己的讲话："我们有责任，街道党组织有责任，现在，左英红书记与我商量……"他看了左英红一眼，其实他要说的事儿，并没有与左英红商量，"我们向在座的每一位党员保证，只要你们需要一份工作，街道工委替你们解决。没找到合适工作的，政府提供的公益岗位优先考虑低保户和困难党员。”

姜示范敢打这样的包票不是心血来潮，而是即将开始的棚改能提供很多就业岗位。姜示范重新回到讲台上，铿锵有力地说：“过完春节棚改就要开始，为了让老百姓早点搬家，早点住上新房，希望金凤街道的年轻党员在此时勇敢地站出来，社区群众需要你们，街道党组织需要你们！”

徐文婕、冯天翔、齐宇飞等年轻党员先后站起来：“左书记、姜书记，你们怎么说，我们就怎么干！”

几位在社区常年工作的老党员也表示：“年轻党员在前面冲，我们这些年老的党员在后面支持……”

这次党员生活会开得异常热烈，大门开了，市委书记推门走了进来，他对大家说：“作为一个党员我能参加你们的生活会吗？”

姜示范认识市委书记，而市委书记不认识写调查报告的姜示范。

金凤街一次平常的党员生活会的气氛，让偶然过来的市委书记感动了，不由自主地就打算加入进来。

左英红向全体金凤街道党员介绍了新来的市委书记，一个小街道能得到一位市委书记的垂青，这是任何人都没有想到的。

市委书记：“作为市委书记，作为一名党员，站在你们的面前，我感到惭愧！你们的生活会开得好，开得实际。战争年代，我们党员拿起枪，争取民主，争取平等，争取土地……今天，我们赢得了胜利，解甲归田，化剑为犁，枪不需要的时候，是什么指引方向？枪放下了，不等于放下了最初共产党人为大多数人谋幸福的宗旨和初心。”

说着，市委书记拉住姜示范的手：“姜示范，我见过你，好同志！”

姜示范不知道市委书记为什么这么用力地握自己的手，他感觉到不同以往的力度。

市委书记：“战争年代我们把党支部建立在连队，和平年代我们要把党支部建立在社区、街道，只有这样我们的党才知道人民想什么，要什么。我们的党不是高高在上的党，是扎根在人民中的党。一个党脱离了群众，就等于脱离了土壤。你们就是延伸在土壤中的根，离开了群众，你们活不了，我们的党活不了。”

大家对市委书记的讲话报以热烈的掌声。

市委书记：“棚改只是对我们基层党组织的考验，我们已经向棚改指挥部建议，棚户区改造以后，社区办公面积及党员活动办公面积不低于600平方米。这是你们为人民服务的阵地，为人民谋幸福的阵地。”

各个社区的党支部选举进行得异常顺利，徐文婕等年轻党员脱颖而出，金凤街道社区党总支书记平均年龄三十八岁，比过去一下子下降了十多岁。

一些年龄大的党员大妈，并没有全部辞退，为了发挥她们的积极性，大的棚户区成立了第一支部、第二支部、第三支部……其下成立了若干个党小组。

市委书记临走时对姜示范说：“棚改只是基层社区建设的第一步，我们不仅要给老百姓建设适宜居住的房子，还要给老百姓建设一所精神的房子，这样生活才越过越亮堂。棚改以后，社区的工作还要继续深入，我看了你写的调查报告，你的一些想法很好。市委、市民政部门将把你的意见加入未来的社区建设纲要之中。”

第三十六章

大丽自从失去王金科这个靠山以后，日子有些不好过。以前，在社区当干部有几百块钱收入，社区的房子出租给花圈和寿衣店，自己从中抠出几十块钱不成问题，加上王金科隔三岔五地“临幸”，每次给 50 元、100 元的零花钱，她的生活不费什么力气，一样过得有声有色。

王金科退了以后，身体大不如从前，有心无力，他趴在大丽面包圈一样的肚子上，喘着粗气说：“不行，我最近状态不好。”

气得大丽一脚就把王金科蹬到床下：“滚！你现在家里的饭也吃，野食儿也不放过，你不定又找哪个骚货去了！”

大丽的气愤是有道理的，感情这种事儿，钱是最痛快的表达方式。再好的感情，即使不谈钱，平时聚会吃顿饭，过生日买朵花这种感情投入也是必要的。

王金科现在的确掏不出钱。退休以后，工资卡放在老婆手中。王金科在街道的时候，找个名目可以弄出零花钱，而现在上市场买二斤肉，也要向老婆要，哪有零钱给大丽。

逐渐地，大丽与王金科的感情疏远了。王金科没事儿也到小区晨练的地方遛弯，看到有几个扭秧歌的老太太，手里也拿着一把带红绸的扇子，借扭秧歌的机会上去套磁。没想到老太太根本看不上王金科，躲得远远的。

王金科不懂好赖，旁边几个老头看不过去了，挥起拳头要打他。王金科以后再也不敢去那里了。

王金科匆匆忙忙地去，再匆匆忙忙地回来，久了，也觉得没啥意思，就此断了扯淡的念头。

大丽那几天打小麻将不顺手，输了100多块钱，为了填补亏空，来到铁路俱乐部舞厅、多瑙河舞厅伴舞。

因为年纪大的缘故，大丽在舞厅陪舞的活儿并不好做。没有办法，大丽就把自家在金凤街的门脸儿拓宽了，添置了四张床，找了2个年轻的妇女，开了一家足疗店。生意还算不错，因为价格合理，不说门庭若市吧，一到黑夜，就有人顺着墙根溜到大丽足疗店。

棚改的消息大丽是从做足疗的孟三口中得知的，孟三说：“这可是发财的好时候，莫地沟棚改完了，金凤街也要动迁，听说，谁家房子的面积越大，谁家得到的补偿越多。”

大丽：“没房照怎么办？”

孟三：“有的房子住了七八十年都没房照，还有那些棚子外面套棚子的，一家十多口住在一起的，难道棚改了，都撵大街上去？谁不给解决，咱就不搬，看他们的棚改怎么改？”

大丽觉得孟三说得有道理，第二天一早，就喊来泥瓦匠，在房子后面套棚子，她要在棚改之前扩大面积，好与负责动迁的部门讨价还价。

像大丽这样突击盖棚子借棚改发财的人，虽然不多，但无疑将会给即将开始的棚改设置障碍。

市房产部门、区委、区政府为了减少动迁安置成本，对此早有预见，在没宣布正式棚改之前，区城建局副局长李双成就带领专业人员与姜示范等人一齐对全区的棚户区进行了普查、登记。动迁之前，政府要与动迁户签署一个协议，只有双方认可了协议内容，才可以正式动迁。

姜示范还是第一次与李双成打交道，他的上下嘴唇很厚，一条腿有点踮脚，额头总是皱着。他不善于在公开场合与人交往，人们很少能听到他说话的声音，总见他手里拿着老式算盘，不是核实房屋面积，就是在自己的办公室噼里啪啦地算账，特别像过去某个时代的账房先生。

李双成有许多亲属住在金凤街道，听说由李双成负责棚户区动迁、安置审核，他的手机就响个不停，电话是李双成亲戚、朋友、同学打来的。

李双成很艮，先是用毛笔写了数张纸条，上面写道："手机患病停机，有事请打办公座机。"分发给有关部门。然后把诺基亚手机锁在抽屉里，棚改那几年再也没碰过。

一些即将动迁的人，早就瞄准了李双成："我谁也不看，李双成的爸爸、妈妈、妹妹就住在这里，我看他家咋搬！"

人们盼望棚改，希望棚改，当棚改真正要来，心术不正的人就开始盘算自己的小九九。

一场关于拆迁、安置及签署协议的暗战、明战即将展开。

有人已经行动了起来，把长年不住人、离闹市很远的平房改成所谓的门市、作坊，准备坐地收银子。

孟三等几个棍儿准备好了汽油、煤气罐，按照自己的意思，提高动迁条件，并向街道干部放风："我就爱住这破棚子，你给我座金銮殿我也不去住。如果拿不出我说的数儿，我就不动，能把我咋的？”

李双成对姜示范说：“金凤街道人多混杂，以后的棚改动迁、安置难度最大，工作你来做，得罪人的事儿我来做。”

姜示范对区里领导安排李双成负责棚改的审批工作是有看法的，他对李双成的人品和实际工作能力并不了解，仅凭他七大姑、八大姨住在棚户区这一条，便难以整明白各种利害关系。

李双成是区里的干部，姜示范有些话，不好明里说。

自从徐文婕到莫地沟做党总支书记以后，姜示范的心情放松了许多。

徐文婕娘家在莫地沟，从小在一起长大的玩伴，听说文婕做了社区书记都高兴得不得了。徐文婕是个非常和气的人，社区两间平房在她到来之后，总是热热闹闹。

徐文婕善于发动群众，在棚改前期工作中，首先发出通知，谁先签动迁协议，谁先领钥匙，优先获取选房权。徐文婕想得十分长远，她来到莫地沟一共召开了两次会议，一次是召开社区居民会议，选举出居民代表；另一次是召开党员、团员等参加的骨干生活会，订立了居民代表议事议程，关于社区上的事情，全体居民代表不同意就不能办。

徐文婕对居民代表说：“棚改是一件大好事，大家要把这事儿办好。我们不能总想着怎么搬家，还要想着搬回来以后怎么过日子。大家都想着回来挑好位置、好楼层，咱们还要为残疾人、贫苦户想一想。好胳膊好腿儿的人，楼层高点没什么。我想了一个主意，靠近社区市场的一楼，能否预留给残疾人、低保户？棚改回迁以后，为了让他们做生意，开个小卖部、干洗店什么的，行不？”

徐文婕的优点是想得仔细，考虑长远。把挑选房子的优先权一方面留给先搬家的居民，另一方面预留给了残疾人和贫困户，并按照签订协议的先后，安排回迁安置的顺序。

这些事儿看似平淡，其中包含着一种民间的智慧。

姜示范非常认真地说：“这些做法应该属于棚改过程中的经验，稍加规范，就可以向全市各个棚户区推广。”

徐文婕一听这话乐了：“呵呵……这是经验啊！我想这事儿要想公平，就不能几个人说了算。”

春节之前，莫地沟95%的棚改户踊跃地签了动迁协议，另外的5%，调皮捣蛋的还真没有，剩下没搬家的每户都有本难念的经，这些居民家中基本都有大病、重病的病人，因为家穷，连起码搬家的能力都没有了。

大学生志愿服务团团长李响带着几个大学生来到莫地沟，徐文婕把他们安排到小姑子家的下房。所谓下房，就是棚户区房子外面接搭出来的房子。

李响等人还是第一次住这样的房子，当来到几家贫困户家中，触景生情，眼泪一下子流了下来，大学生志愿者忍不住从兜里掏钱送给贫困户。

徐文婕出来劝说他们：“棚户区的穷人太多了，你们这样给也给不起啊！”

莫地沟棚改工作正在有条不紊地进行，姜示范带着大学生志愿者到莫地沟、锦阳棚户区调研。

李响留的是直发，脸形像一枚稍加雕琢的复活节彩蛋，饱满而圆润。与那些经常穿着朴素下基层的干部不同，上衣色调鲜艳，苗条的下身穿着LEE牛仔裤，肩上斜背着单肩包。

棚户区的男人看漂亮的女人毫不掩饰。李响大方得很，遇到人总要点头，那些不知羞的男人，被她的大方弄得有些脸红，手脚不知道放在什么地方。

走到老田家门口，老田正与几个儿子晒太阳，看到姜示范，老田连踢带踹赶羊一样把他们弄到姜示范面前，他摁着三个儿子的脑袋让他们跪下，以此感谢姜示范的大恩大德。

姜示范哪里受过这个："我还有父母，想多活几年，这样会折了我的寿禄。"

老田告诉姜示范，自己已经在协议上签字，并且给三个儿子一人要了一间房，扩大面积的钱，也凑得差不多了，管亲属借点就够了。

老田说，一下子给三个儿子弄三间楼房，自己当牛做马干一辈子也不敢想。如果不是姜示范比他二儿子年龄小，一定让三个儿子认姜示范当干爹。此话一出，没把周围的人笑翻。

老田要留姜示范等人吃饭，姜示范说："行！等棚改完了，你儿子娶上媳妇，我一定来。"

老田还认真了，抓住姜示范的手说："他们有了房子，娶媳妇不成问题。你要不来，我让他们三个跪着去请你。"

第三十七章

眼见要黑天，姜示范记得还有一件事差一点儿忘了，他为了办成一件事，求片儿警大张请了几位警察吃饭。

大张问他："什么事？还郑重其事地请吃饭，那几个人都是我的好朋友，事儿不大，就算了。"

姜示范没告诉他为什么，因为这件事儿，涉及好几个部门，一个个找，太麻烦，不如把几个人都找来，当面说开了好。人就怕见面，一见面，再吃上一顿饭，就是不符合政策规定的事儿，大家集思广益想辙，再难办的事儿也能办成。

姜示范搭上车，到街道工农小学找来蒋校长，蒋校长问姜示范："啥事儿，这么急？"

姜示范笑着说："好事，领你去'腐败'。"

为了请好这顿饭，特意在早上管蓝维誉要了500块钱，怕不够，又把抽屉里的200多元零花钱一并划拉出来。他觉得请这几个人，档次不能太高，也不能太低。

姜示范问蓝维誉哪个地方吃饭既便宜还有点档次，蓝维誉问："请谁啊？"

姜示范含混地说："几个好朋友。"

蓝维誉:“有好朋友，为什么不带上我?”

姜示范与她开玩笑:“都是美女，怕你去了把她们比下去，人家吃饭吃不下去。”

蓝维誉知道姜示范很少请人吃饭，他不愿意说，自己也不好再问什么，她让姜示范先撂下电话，过了一会儿又打了回来:“自家小厨303，包房我替你订好了。早晨你就带了500元，到那个地方你随便点，够了。”

姜示范带着蒋校长来到自家小厨刚坐下，大张就进来了，他的那几位朋友随后也陆续来了。

大张并没有向几位朋友表明此行的目的，这几位朋友是大张警校的同学，有徐胖、何静、肖卫国……基本上都在市、区户政管理部门工作。

刚开始，姜示范并没有成为酒桌上的主角，例行介绍以后，大张与朋友推杯换盏，喝了三圈，大张才把话头递给了姜示范:“这是我最好的朋友，今天找你们，就是要办一件私事。”

大张的话让气氛有点紧张，一说办事，任何人心里都没底。大家说笑的兴致大减，大家都知道，有些饭不是想吃就吃的，办事吃饭起码要靠谱，不靠谱的事儿，一般不会来吃饭。

姜示范感觉气氛有点紧张，赶紧端起酒杯:“你看大张说的，没那么严重，就是听说几位是大张的好朋友。我有件事儿要求在座诸位，符合规定的，你们帮着办，不符合规定，你们也别办，你们是大张的朋友，今后也是我的朋友，朋友能坑朋友吗?”

姜示范的话让大家松了一口气。

姜示范给几位警察介绍蒋校长:“这是咱们街道小学的蒋校

长，蒋校长是讲原则的人呢！学校有规定，没户口的孩子不能入学。咱们那里有个孩子叫有有，今年9岁，因为上不了户口，一直没上学。我想给蒋校长送礼，走后门，人家不收，这事儿可咋办呢？”

在座的警察都是与户籍有关的内勤，徐胖似乎知道有有家的情况，连连摇头：“这事儿我知道，他爸曾经带着孩子找过我们。孩子的妈妈，并没有跟他爸真正结婚，属于搭伙过的那种，一不小心就生了孩子，属于私生子……听说，他妈妈跟别人跑了，这事不符合户籍管理规定，难办呢！”

姜示范：“知道难办，才把大家请来。孩子9岁了，总不能不让他上学吧？即使孩子爸妈有错，那也不是孩子的错，没有理由剥夺他受教育的权利吧？”

何静抬眼望了姜示范一眼，刚进来时她还没正眼看过姜示范，此刻，她感觉到面前这个男人有强大的气场。

蒋校长被姜示范的话说得不好意思，她不喝酒，喝了一口水。姜示范曾经带着有有去过几次学校，蒋校长不敢开这个口子。蒋校长对姜示范说，我让他过来借读几天，不难。学校现在让有有上小学，以后上中学、上大学，甚至走上社会该怎么办？

姜示范见难以打开局面，一边喝着闷酒，一边在心里想，这顿饭钱可不能白花，即使有有的事儿办不成，这几个朋友还是要交的，户口的事儿在寻常人家可不是小事儿，例如棚户区改造，家里多一个人头，就多了一份安置费。姜示范从来不做赔本的买卖。

姜示范想到这里，把酒杯端了起来：“呵呵……你们几个朋友，我交定了。不管这事儿办成办不成，咱们不能淡了这份情谊。那个叫有有的孩子，大家都叫他‘黑孩’，他黑吗？不黑，人长得白白净净。想想这个孩子挺悲惨的，从娘胎里一落地儿，因为没有户口，硬不属于中国人，如果他长大以后，知道自己还不是中华人民共和国合法公民的时候，他该怎么想？他该怎么做？”

姜示范的一席话，让在座的人陷入了沉默。

“来，咱大家先干一杯！”姜示范打破沉默，也不管别人喝不喝，自己先干上一杯。然后，抓起酒瓶又倒满一杯。

大张举起酒杯迎合着：“来，喝！”

这杯酒难以下咽，几个人勉强喝上了一口。

姜示范继续说：“咱不说上学的事儿，等孩子长大了，出去打工总要带上身份证吧？现在，没身份证寸步难行，我们街道现在能给点临时救济，将来呢？他重病在床的老爸谁来养？”

姜示范很有酒量，或许有些激动，平时说话语气不轻不重，而喝到现在，舌头居然有些大，脸上的青筋激动地暴跳。

姜示范连干了三杯白酒，再要倒酒时酒没了，他站起来高声喊：“服务员！服务员！拿酒来……”

姜示范又启开一瓶白酒，不顾死活地又倒上一杯，拿起来又要喝，让徐胖、何静等人拦下了。

徐胖端起酒杯对姜示范说：“姜书记，我很多年没打心里真正敬重过一个人了，今天，认识了你，我喝了……”徐胖一饮而尽。

何静没吱声，也把酒干了。在座的所有人全把杯中的酒喝干了。酒喝上了气氛谁都拦不住，两瓶酒一会儿全喝光了。

徐胖搂着姜示范说：“那个孩子……不是你的孩子，不，不，是你的孩子，也是我的孩子，好人啊！姜书记，好人！这事儿，特事特办……”徐胖拍着胸脯打包票。

说到这儿，徐胖话锋一转，向姜示范提出了一个条件：“听说你们街道正在搞棚改，我小姨子结婚以后，把户口迁了出来，再想往回迁，你们区棚改指挥部按住不给办。说是户口全部冻结，你看这事儿咋办？”

听说要搞棚改，许多人通过社会关系，要把迁出的户口迁回棚户区，目的是得到安置费和扩大房屋面积。什么是关系？关系，就是你求人办事儿，回头再给别人办事儿。

姜示范反应异常迅速：“虽然这事儿不归我管，但区棚改指挥部那几位领导我全认识，你抽空过来，我帮你引荐引荐，争取把你小姨子的户口落过来。”这是姜示范以退为进的策略，作为交换条件，绝对不能说不办，而是要把其后的事情交给区棚改指挥部，然后再推给市棚改指挥部，即使办不成，也要让徐胖知道，自己尽力了。

市局做内勤的何静捅咕徐胖，指示他给姜示范敬酒，不失时机地夸奖姜示范：“姜书记，为了别人的事儿，你能这样，我们太感动了。徐胖说的是真心话，孩子户口的事儿，我们市区两级部门一定尽力去办，争取让他早日上学。”

姜示范这才一块石头落了地，姜示范叫来服务员买单，同时，想争取一下饭后的余兴节目。

徐胖他们看看天色晚了，说改日吧！

回到金凤街的临时住处，姜示范一经风，酒劲儿就上来了，蓝维誉刚把他扶进屋，他头晕脚软一头扎在卫生间呕吐起来，差一点把胃吐出来。

蓝维誉心疼地敲着他的后背嗔怪道:“没见过酒，不要命了。”

姜示范抹了一下嘴唇:“可不是，这精品海鲜和粮食都白瞎了……”

姜示范洗完澡，蓝维誉把他的头抱在怀里，当听说姜示范为了有有的事儿才喝成这个样子，骂了一句“傻子”，眼泪便吧嗒吧嗒地掉了下来，姜示范并没感觉到脸上的眼泪，呼呼地睡着了。

第三十八章

不几天，徐胖亲自开着车，把李肃刚家新户口本送了过来，上面赫然印着有有的名字。姜示范也真给徐胖办事儿，带着他区里、市里地跑，尽管没把徐胖小姨子的户口迁回来，还是让徐胖打内心里感谢。

姜示范无奈地说：“还是我官当得小，人家根本不把我一个小街道主任放在眼里。”

徐胖拍拍姜示范的肩膀：“姜哥，你这朋友我交定了，等咱兄弟熬出头，这事儿，还叫事儿吗？”

当姜示范拿着新户口本来到李肃刚家，卧病在床的李肃刚眼圈一下子红了。有有刚从外面回来，他似乎跑野了，对上学一点儿不感兴趣，同他爸爸一样，有有不善于表达，他把地炉子里的火捅旺，上面放上了咸鱼干和馒头片，就着火儿烤了起来。

莫地沟棚户区拆迁以后，紧接着锦阳棚户区也要拆迁，姜示范与李肃刚谈起了搬迁的事儿。李肃刚先是高兴，后来开始摇头：“好事是好事，没想到一个这么破的房子，还能换一个楼房。”

李肃刚这间破房没花几个钱，搬进来时地面便坑坑洼洼，有些地方裸露着泥土。李肃刚怜爱地望了有有一眼："傻人有傻福，本来买不起房子。姜书记你是我的贵人，自从那年大雨遇到你，总有好事来。我放心了，以后我死了，有有有一间像样的房子，找个媳妇不用愁。"

有有把烤好了的馒头片、咸鱼片递给姜示范，姜示范有点饿，就着咸鱼饼子吃了起来。

李肃刚的存折上只有三千多块钱，想跟周围的人借点，因为棚户区都要搬迁，每家都要交扩大面积款，再加上李肃刚身体不好，谁有钱也不敢借。

姜示范劝他不用着急，街道和区里正研究类似困难户的搬迁方法。

从李肃刚家出来，姜示范往公共汽车站的方向走，这一带的地势北高南低，地势高一点的地方是新开发的商业住宅区，楼盖得很气派，进进出出的都是高档汽车。地势低一点的地方是棚户区，入冬下了几场雪，稍一融化便冻成坚冰，光溜溜的道儿，一走一刺溜，几个棚户区的孩子，屁股底下垫一块硬纸壳，从坡上面滑下来，把姜示范撞了一个跟头。

姜示范也不生气，把孩子扶起来问："撞疼你了没有？"几个孩子也不回答，抓起纸壳继续往上跑。棚户区的孩子是快乐的，他们没有大人那么多压力，放学以后总能找到乐子。

姜示范刚拐过狭窄的巷子，在即将看到车站的时候，突然看到等车的人"轰"的一声炸了锅，有人大声高喊："杀人了！杀人了！"

人们像一只只灰色的老鼠，有边儿溜边儿，有道儿钻道儿，只一会儿，街上便没了人影。

在萧瑟的街道中间，有一人手拿利刃孤零零地站着，刀尖上的血滴在白雪之上，仿佛是绽开的梅花。

姜示范见此情景不敢怠慢，顺手从一户人家的柴火垛上抄起根木棒，慢慢靠近才看清持刀行凶的人面无表情，他脚下躺着一个穿着光鲜的男人，双手捂着脖子，犹如上了发条的玩偶，剧烈地抽搐。距离他不远，一个穿灰貂的小女孩，仰面朝天倒在雪堆上，身下的长裙下露出穿着丝袜的大腿，躺在那里一动不动。

在二人不远处，一辆崭新的宝马前门敞开，前车轮下面一辆车圈瓢了的自行车，在风中，发出嘎吱嘎吱的声响。

姜示范认识这个人，是锦阳社区的低保户李和春，他喊了一声："老李，你干什么？"

这一声喊惊醒了李和春，他环视周围一地惨况，神情变得异常慌乱，拿刀的手不住颤抖，李和春说："姜书记，我杀人了，我杀人了！"

姜示范为了减轻李和春的敌对情绪，把棒子丢在地上，用平和的语气说："和春，把刀放下，咱有话慢慢说，慢慢说……"

李和春慌乱的神情，突然被少有的冷静覆盖，他用手一指姜示范说："别过来，别过来！反正老子已经杀了两个人，你再往前一步，我把你一块儿收拾了！"

姜示范犹豫了一下，一边劝说，一边朝李和春身前移动。

"和春，你冷静冷静，没有过不去的坎儿。"

"站住！站住！再往前走一步，再走一步……"

看姜示范没有停下的意思，李和春仰天长啸了一声，眼睛像失去幼崽的猛兽，血红血红的，他扬起利刃，没刺向姜示范，而是活生生地把刀扎向了自己的肚子，一刀下去，他在肉里面扭儿下，然后抽出来再扎，刀抽出来时血溅了姜示范一脸。李和春先是一条腿跪下，接着又跪下一条腿，身体前倾一头倒在了姜示范怀里。

看着姜示范，李和春脸上掠过一丝苦笑，每说一句话，血便从胸口涌出来一些："姜书记，我扎谁，也不能扎你啊……"

姜示范头脑一片空白，他想不明白这场惨剧是如何发生的，更想不明白，以前要强、和善的李和春为何变得如此凶残？

而这其中的缘由，说来话长。

去年春天，下岗失业的李和春在洗煤厂找到一份临时工，洗煤时突然脑袋疼得厉害，李和春没当一回事儿，吃了几片止痛片，疼痛并没有缓解，早晨晚上时常呕吐，视力也大不如从前。李和春30多岁才娶上的媳妇，因此对女人格外看重。媳妇凤翠要到外面找事赚钱，他不让，说怕脸蛋晒黑了，人累瘦了。自从凤翠生了一个女儿以后，他更是把这一对母女当成了宝儿，含在嘴里怕化了，捧在手里怕冻着。平时总拍着胸脯对凤翠和女儿说："看我这大块头，有我在，还怕没好日子过吗？"

洗煤厂许多壮劳力都干不过李和春，他是厂子里数一数二的棒劳力，每个月干的活最多，领的工资最高。突然而至的头痛让他痛不欲生，挺不了，急眼了头往床头和墙上撞。

凤翠和女儿把他弄到矿务局医院检查，医生很肯定地说："脑袋上有个瘤子。"

一家人不信，又跑到沈阳医科大复查，结果还是脑瘤。医院检查的结果，让凤翠又惊又喜，惊的是脑子长瘤得到印证，喜的是李和春得的是良性脑膜瘤，医生说："还有治。"

在动手术之前，李和春前期治疗把全家所有的积蓄全花光了。凤翠为了筹集为李和春治病的钱，管娘家借了1万块钱，为此，还得罪了弟弟的媳妇。

弟媳说娘家人偏心向女儿，气得弟弟把口无遮拦的媳妇狠狠地捶了一顿。娘家顿时乱成一团，如果在平时，凤翠一定丢下钱平息这场风暴。这次她没有，因为手里攥的不是钱，而是李和春的命。

没有工作，没有医保，家里有一个人得病，全家都要跟着遭殃。人遇到难事儿，特别是得了大病、重病没法要强——凤翠哭着离开娘家。

李和春尽管脑袋疼，不是吃上几片止痛片，就是闷上二两烧酒到煤场干活儿，并不知道，凤翠为给自己治病遇到了难事儿。

那几天，凤翠在冬梅编织厂找了在家编织的活儿，姐妹们在一起，说说笑笑就把活儿干了，因此，凤翠这一阵子往娘家跑得特勤，总是三更半夜才回家。

每天傍晚，她照顾李和春和孩子吃完饭，便出去干活了。凤翠从家出来，并没有真正回娘家，而是一闪身，走进了大丽开的足疗店。

凤翠模样不错，凤眼、柳眉，生过孩子，一对翘翘的胸比以前还丰满。很是招人，大丽愿意让她过来，做一个足疗10元，大丽抽5元，凤翠得5元。刚开始，凤翠很认真，专门找来足疗、头疗、手疗图按照穴位练手法，看得大丽直笑："嗯，这个你好好钻研钻研，等考上级了，咱再办个足疗学校。"

其实，到大丽足疗店来做足疗的人，一般都是没有多少钱，还要找些乐子的穷人。其中，喝多了的酒蒙子最多，10块钱摁摁脚，与做足疗的妇女聊聊天，找机会在女人身上摸一摸，掐一掐，过过嘴瘾、手瘾。

先前，凤翠遇到手脚不老实的，躲得远远的，久了，挣不到钱，心想，掐一掐，摸一摸也不掉肉，为了给丈夫赚钱治病，她不仅忍了，脸上还要带着笑，与这些男人说些不咸不淡的情话……

一天下午，包工头永胜子喝过酒来做足疗，特别点了凤翠。酒壮怂人胆，凤翠正认真做着，永胜子把脚触到凤翠丰满的胸脯上，凤翠下意识地往后躲了躲。

大丽斜倚在另一张床上，看清楚了里面的端详，她边嗑着瓜子边圈拢永胜子："做一个全身按摩吧？"

永胜子坏笑道："按哪儿？啥叫全身按摩？"

大丽："你哪儿舒服按你哪儿，呵呵……"

永胜子斜眼看了一眼凤翠，不怀好意地笑了笑："行！我再加 20 元，来个全身按摩，落下一个地方，我不给钱。"

永胜子说完要脱上衣，大丽阻止他说："咱们这儿不兴这样的，天冷你穿上衬衣就行了。"

永胜子泄气了："那按着还有啥意思！不按了。"

大丽推了凤翠一把："去把他弄舒服了。"

凤翠低着头开始为永胜子按摩胳膊，永胜子欲火难耐，手开始不老实，他用手抓住凤翠的手说："这小手真白啊！像刚扒了皮儿的葱白，嫩嫩乎乎……"

永胜子想进一步上手，李和春一掀门帘走了进来。

李和春在工地干活的时候，听工友说媳妇在金凤街做足疗，开始不相信，当天经过大丽足疗时，就想看一个究竟，恰好看到了这一幕。

李和春哪受得了这个，平时一根指头都不舍得动的凤翠，此刻在他眼里成了无耻的荡妇。李和春一把抓住凤翠的头发，把她从屋里拖到了街上，大丽赶来拉架，李和春膀子一晃，大丽仰面倒在煤堆上。

凤翠一声不吭，面无表情，好像头发不是她的，任凭李和春打骂。

从街面上经过的左英红看到不干了，不问青红皂白，上来就给李和春两撇子：“大春，你干什么？松手，快松手。”

李和春松开手，凤翠的头发被他揪下一把。左英红把两口子领进街道妇联，问他们怎么一回事？凤翠“哇”的一声扑到左英红怀里哭了起来，哭着哭着，身体抽搐起来，吓得左英红狠掐人中，凤翠才算缓了过来。

凤翠哭完了，拿出一大把给李和春治病的收据对左英红说：“我也没办法。”

听清楚了事情的来龙去脉，左英红流下了眼泪，下岗失业的工人都没有医疗保险，一场大病不是击倒一个人，而是摧毁一个家庭。对于这类家庭，街道民政能给点补助，顶多千八百块钱，剩下的只能听天由命了。

左英红喊来姜示范，问他该怎么办？两人商量了一下，叫来民政助理做账，先提出来两千块钱交给李和春、凤翠两口子，其他动手术的钱街道办事处帮助想办法。

李和春来了要强劲儿，坚决推辞：“我这病别治了，就是花钱的病，治也不见得能治好。咱街道困难户多，留给他们用吧！”

姜示范：“你说啥呢？人这一辈子横竖都要遇上事儿，有事想办法，别说丧气话。”

姜示范与左英红商议，先给李和春家办上低保，然后，由街道工委出面，号召机关干部，各个社区党团员捐款，不限定捐款数，凭自己的心意。

各处捐款一共有八千多元，其中，左英红、姜示范个人每人捐了五百元，看看太少，姜示范又来到附近的中学、小学，教职员工加上学生又捐了六千多元。

在当街道主任之前，姜示范很不愿意与私人老板打交道，后来逐渐扭转这种看法，还是因为穷，街道办事处穷，当地老百姓穷，为了能从这些老板手里抠出钱来救济老百姓，姜示范没少给老板戴高帽——爱心人士、慈善家、社会公益活动家。

为了制造声势，姜示范找来报社和电视台的记者，把捐款的场面记录下来，拿到媒体刊发、播放。然后，他带着记者拿着报纸找到几个当老板的市区人大代表。老板到底是老板，这时候真是慷慨解囊，最多的拿出一万元，最少的捐出五千元，加上前面的捐款，一共筹集了四万多元。

姜示范把左英红和几位老板推到镜头前面，去给李和春家送钱，凤翠、李和春从来没见过这么多钱，扑通一下给众人跪下了。在医院动过手术，李和春总算在阎王爷那儿讨了一张免死牌。他是一个要强的人，不想伸手要救济。重活干不了，李和春就在锦西棚户区附近摆了个修车摊。生意虽然不太好，能自食其力总比啥也不干强，一天最少能赚 30 元钱。

之后的某一天，李和春刚把摊儿摆上，就有人推着轮胎放炮的自行车让他补胎。为了找到细细的针眼儿，李和春把内胎浸在冰冷的水里找气泡，双手通红如针扎的一般……正在这时，一辆宝马车从坡上疾驶而下，开车的人是跟了威子的小芹，最近，她托人刚考了一张驾驶执照，因为驾驶技术不熟练，见前面开来一辆大货车，往旁边一打轮儿，前车轮便把李和春维修的自行车碾压上了。

补好一个车胎，李和春只赚3元钱，而压坏一辆自行车，工钱赚不回来不说，还要搭上几百块钱。李和春拦下宝马，让小芹下车赔钱。小芹使劲摁车喇叭，李和春就是不让开，小芹生气了，从车上下来，没看到被压坏的自行车，而是看到了宝马车前脸上有一道划痕。

小芹杏眼圆睁回头骂了一声："臭老岛子，我还没让你赔车呢？知道这车叫啥不？宝马！车弄坏了，赔上你的命也赔不起。"

李和春并没有生气，他赔着笑脸说："姑娘，你大人不记小人过，这是我给别人修的自行车，连这个都赔不起，更不要说你的宝马了，再说，是你的车先压坏了我的车……"

小芹说了声"滚"便要离开，见小芹要走，李和春上前拉住小芹的胳膊，小芹回头给了李和春一脚："拿开你的脏手，这貂好几万，摸掉一根毛，剃掉你满脑袋头发，信不？"

李和春知道，小芹这一走，坏了的自行车要由自己来赔。本来想松开的手，抓得更紧了。

小芹一边用脚踹李和春，一边拿出手机给威子打电话："威哥，我在小区门口，有个臭老岛子找事，你快来啊……我踢死你，踢死你，放手，放手！"

威子当时正在睡觉，接了小芹的电话，穿上一件衣服便走。见到李和春他也不问缘由，拿起车摊上的打气筒就往李和春身上砸，李和春抱着头围着树乱转，大病初愈的人哪经得起威子毒打，一屁股便坐在了地上，小芹见来了帮手，在一边用高跟鞋往李和春脸上、身上踹。

李和春双手抱头不住求饶："车不用你们赔了，不用赔了……"

威子打累了，丢掉打气筒，抓住李和春的头发把他牵到宝马车前，指着划痕说："不用赔，你知道这车多少钱，这两个道子，你不赔我 2 万元，我砸碎你的骨头！"

李和春疼得没办法，被迫答应："我赔，我赔……"

小芹不依不饶："威哥，臭老乌子还占便宜，摸我！"

威子放开李和春，一边骂着，一边动开了拳脚，把修车摊子的工具全扬了，最后，他一脚把手推车整个踢翻到沟里。

在扬散的工具之中，一把割车胎皮子的水果刀在雪地里异常闪亮。此时，半跪在雪地上的李和春正承受着小芹一脚又一脚的踢打："你个臭老乌子，臭老乌子！"

屈辱和打骂让李和春彻底昏了头，他再也压抑不住心中的愤怒，一伸手抓起刀子，连头都没回，挥手便是一刀，这一刀快如闪电，小芹一声没吭仰面倒在地上。

李和春一手撑地，手执刀子站在威子面前。威子在江湖行走多年，经历了无数阵仗，当李和春威风凛凛地站在他面前时，恰好有一股寒风迎面袭来，不由得打了一个冷战。李和春并不多话，朝威子脖子下面快速地扎了两刀，这两刀非常致命，脖子下面的动脉立即被挑断了，血带着气流喷溅而出……

威子捂着脖子倒下的瞬间，好像真正明白了人间的一点事儿，平静地说了一句："做人，不能太装了！"

威子带着一丝遗憾重重地摔倒在地，飞扬起的雪雾弥漫开来，等雪尘落定，小芹、威子都死了。小芹虽然穿着貂皮大衣，但胸口是敞开的，李和春看似无意的一刀正扎中了她的心脏。

姜示范与赶来的众人，同110、120一起把三人送到医院，小芹、威子直接被送到了太平间，而李和春则被抢救了过来，不久，他的手上被警察戴上了手铐，在送到看守所之后，脚上砸上了重重的脚镣，这种镣子是死镣子。一刀两命，李和春知道自己必死无疑……

姜示范代表街道在市法律援助中心找到了最好的律师，为李和春免费做辩护。

李和春一审被判死刑，律师觉得他冤，准备再次提请上诉。

李和春从容地拒绝了："留条命又能干啥？我活着也是在大狱里待着，不能帮家人，还拖累大家。"

临刑前，姜示范、左英红带着凤翠与孩子一起与李和春做最后的告别。李和春笑着看着女儿，定定地看，眼睛一眨不眨，似乎要把孩子的模样永远记在心里。

李和春的女儿并不知道这是与父亲做最后的诀别，还问："爸爸，你啥时候回家？"

李和春笑了笑："快了！"

左英红看不下去，领着孩子先出去了。

李和春转身对凤翠说："我走以后，嫁人吧！离婚的要多加考虑。最好……最好找那些中年丧妻的男人，他们懂得疼人……"

凤翠不说话，泪吧嗒吧嗒地往下流。

李和春："别哭！我死了，别哭，女人哭的泪，都要倒进小鬼的油锅，你不要让我死后受苦。"凤翠听到这话，抽抽噎噎地真不哭，想挤出一点笑容，却比哭还难看。

李和春:“人迟早要走这一步，就当我上班了……再下班，咱们就老了。”

李和春一点悲伤的意思都没有，脸上一直洋溢着笑，他看到姜示范，想把手伸过来，因为有玻璃挡着，长满老茧的双手在玻璃上来回摩擦。

李和春:“姜书记，你们费了那么大劲，把我从阎王爷那里抢回来，我不争气，自己又要回去了！”

他看看凤翠，又看看姜示范:“姜书记，我这一走，放心！没有任何牵挂，有你们在，她们娘儿俩我放心，一万个放心……”

告别的时间到了，李和春背过身子，手里提溜着镣子，几只麻雀一溜烟地飞过高墙，李和春脸带笑容往门外走，阳光打在他微微扬起的脸上，异常温暖、灿烂……

第三十九章

姜示范并没有把李和春杀人之事看成一起孤立的刑事案件，贫富差距已经在人们的内心形成了鸿沟。这种肉眼难以看得见的鸿沟，撕裂的不仅是肉体，还有人的灵魂。

快过春节了，金凤街周边治安案件骤然增多，有拦路抢劫的，有合伙盗窃的。街道附近一个小区，一夜之间，下水道盖全部被人偷走了。

为了弥补鸿沟和找回信赖，市委组织部门号召全市各局、各城区机关干部，为了帮扶棚户区的贫困户结成帮扶对子，一名党员干部帮扶一个贫困户。除了规定捐款到位，还要关心到位。春节之前，金凤街上到处都能看到市区干部为贫困户送年礼的车辆。有米有面有油，还有成坨儿的带鱼、鸡翅……

面对如此浩大的送礼场面，金凤街上的人也有说怪话的："这是天翻地覆啊！我只听说老百姓给当官的送礼，现在倒个儿了，当官的给老百姓送礼了。没想到当贫困户也这么牛呀！"

春节之前的一个早上，乔亚丽给姜示范打电话过来，说她要到"一帮一"对象家访贫问苦，问姜示范能陪她去不？姜示范正在莫地沟与徐文婕、李响核对棚改的有关数据，他告诉乔亚丽直接来莫地沟。

一辆黑色本田停在小阁家门口，一个相貌俊朗的青年打开车门，乔亚丽穿着一件米色的羊绒大衣走了下来。自从被动迁户扎伤以后，乔亚丽在医院待了将近四个月。出院以后，一直待在家里不愿意见人，即使出门也是到沈阳与情人幽会，她想开了，人这一辈子就是那么一回事，钱是用来花的，不花全都是纸片片。

被扎伤的乔亚丽元气大伤，身体大不如从前。乔亚丽的脸色一直很不好，闲下来的时候，她会用围巾把头包裹起来，打开窗户看白雪覆盖的城市街景。走在雪中的人像黑色的蚂蚁，十分渺小，乔亚丽觉得自己就是一只蚂蚁，忙忙碌碌地往这里搬东西，往那里搬东西，搬来搬去，东西不知道放在什么地方才好。

乔亚丽回忆起刚参加工作的时候，自己是多么的单纯，组织指挥上千人一起合唱《伟大的祖国》，姜示范站在合唱队伍的最中间，大张着嘴巴唱得那么认真。

不知道怎么回事，乔亚丽躺在病床上总会想起姜示范，他们完全属于两类人。乔亚丽自己做事儿是有目标的，周旋在人际官场之间，当科长，当局长，最大的意图是获取利益；而姜示范好像没目标，无论做任何事儿，都是一丝不苟，哪怕是扫地，他也会把办公桌挪开，把死角的灰尘尽量扫掉。

平时，姜示范不愿意与上级领导多说一句话，当初，乔亚丽认为他死性，而现在乔亚丽感觉到，姜示范活得纯粹，活得更有目标。姜示范似乎一直没有目标，但他比任何人更容易接近目标。

时间是最公正的审判官，它判罚的尺度不会因人而异，想不择手段的人，或许当时能够通过手段得到，而在今后某个日子，一只看不见的大手，会通过人生的公式，加以计算并全部收走。

乔亚丽就经常有这样的感觉，灵魂早就被那看不见的手掏走了。

来到莫地沟，乔亚丽看到姜示范有一种冲动，她想扑过去抱一下姜示范。姜示范笑着把手伸过来，控制了彼此的距离，两人握手、寒暄。

姜示范向乔亚丽介绍迎出来的小阎，小阎刚杀过猪，头发有些脏乱，与乔亚丽握手虽然没有使劲，但乔亚丽能感受到这个野性男人身体中释放出的力量。

乔亚丽来之前，并不知道小阎是杀猪的，她买东西向来专拣大的、好的买，经过河东农贸市场她买了两袋上好的清原有机大米，整整半扇猪肉，开车的司机，为了把这些东西弄上车，费了半天劲。

打开后备厢，小阎看到猪肉笑着说："乔姐，我是杀猪的，这你拿回去吧！"

乔亚丽："我平时都在外面吃饭，家里不开伙。肉吃不了，你拿市场上卖吧！"

小阎也不客气，一个胳膊夹半扇猪肉，一只手抓一袋大米，像玩儿似的把这些东西搬进屋内。看着小阎坚实有力的背影，乔亚丽不禁怦然心动。

小阎家比以前干净了许多，大学生志愿者刚下到社区，还没有进入正式工作状态。李响觉得总坐在办公室里不好，她让徐文婕带领志愿者到社区熟悉情况，看到谁家困难、埋汰，大家就进去擦玻璃、收拾屋子。大学生志愿者的审美的确与棚户区的居民不一样，几张看似寻常的壁纸经他们搭配、布置，原先狭小的屋子立刻亮堂了。

小阁与这些大学生相处得不错，每当有混子贼眉鼠眼地跟女大学生搭讪，小阁就会埋汰人家：“哎！看啥？说你呢，以为看你家墙上画呢？不要钱啊！”

有些人虽然不好意思，但是临走还会给小阁来几句：“你家的，你家的，拿回家贴墙上去吧！”

小阁把大家让进家里，穿着光鲜的乔亚丽，受不了小阁爸爸身上散发出的气味儿，一直站在门口。

乔亚丽尊敬地说：“老人家，我是来看您的，要过年了，给您拜个早年。”

小阁爸爸早就听说姜示范要给自己家找个帮扶对子，他并不了解乔亚丽的底细，看是个女的，还送来这么一大堆东西，就叹息了一声：“你一个女的，送这么多东西，要花多少钱呢？”

姜示范：“这是乔局长，以后专门帮扶您老人家。”

小阁爸爸眼花，因为远，并不能看到乔亚丽眼角的皱纹。光看到她衣着光鲜，只当是个年轻女子：“年龄这么小，就当局长了。你看咱家小阁，都37岁了，还没找到对象，都怪咱家穷，被我拖累了。”

小阁：“爸！你说这个干啥。”

小阁爸爸训斥小阁：“看看，还不让说，一天到晚就知道喝大酒，说说还不行了。”

姜示范问小阁：“春节过后就要动迁了，找到搬家的地方了吗？”

小阁原先想把家搬到死去的姐姐家住一段时间，姐姐跳楼死后，外甥也出国谋生，还有两间空房。最近，小阁过去了一趟，看到姐夫又找了一个女的在一起过日子。

乔亚丽自从见到小阁以后就有些心不在焉，也不知道小阁这个穷小子触动了她哪根神经。

最后，乔亚丽扔下2000元钱要走，看到这么多钱，小阁坚持不要：“我有的是力气，不缺吃，不缺穿，给这么多钱干啥，我们不能要。”

小阁爸爸也说：“你的情我们领了，钱咱不能要。这几年，领导一来，就给钱，这怎么行！”

2000元钱在乔亚丽看来并不是大数目，而小阁一家的千恩万谢，让她找回了久违的尊严。

这几年，从乔亚丽手底下过去的现金有百万、千万，但那种交易式的金钱过往，只能满足她的占有欲，而不能满足她的成就感。

乔亚丽留给小阁一个电话号码说：“如果有难事，打电话找我。”

第四十章

小年之前，街道几乎看不到左英红的影子。左英红虽然身兼街道工委书记一职，但还要负责全区的民政救济工作。

左英红非常抱歉地对姜示范说：“示范，金凤街这边的事儿，你先顶着，等我忙完了区里的事儿，再帮你一把。”

作为全市下岗失业者和低保户人口数量最大的城区，左英红所在的民政局承担的民政救济工作异常繁重。全区 30 万人口，下岗失业者高达 10 多万人，其中绝大多数是 40 岁、50 岁左右的人，夫妻双双下岗的更是屡见不鲜。这一年龄段的人，上有老，下有小，用他们自己的话讲，这一辈子最不好的事儿全摊上了。

左英红不仅要关心常住人口的救助，还要关心不属于区内救济的无家可归的人。这些人来自全国各地，平时流散在城市街头、农贸市场。将他们送到救济站，送回原籍，用不了几天，他们又会跑回来，再次出现在闹市，出现在街头。

天气异常寒冷，为了让无家可归者过上一个好年，左英红带着民政人员，开着车在全区各个角落进行搜寻。左英红他们在街上见一个，拉一个。左英红心想，冬天太冷，在外面流浪很容易被冻死。有些问题，作为区民政根本解决不了，这些人只要度过漫长、寒冷的冬季，就算有救了！

无家可归者毕竟是少数，路上捡到的人，最多的是喝多了的酒蒙子。人在无助的时候，最廉价、最好麻痹的方式，也就是酒了。酒是喜庆水，酒是伤心液，高兴、伤心都离不开酒。

左英红对时常出现在区内的无家可归者太熟悉了，现在，还有两位找不到踪影，一位是头戴老式棉军帽的“老录”。没有人知道“老录”的姓名，“老录”全身上下都带有六七十年代的痕迹，平时喜欢用江浙味的口音背伟人语录，因此，市民都管他叫“老录”。

另一位是经常在南站地下通道拉二胡的“王胡琴”。“王胡琴”是盲人，二胡拉得弓弦驰骋，如泣如诉，其水平绝不在全国知名的二胡演奏家之下。“王胡琴”绝对是民间艺术的高人，旁边放一个掉了白漆的搪瓷缸，拉起二胡来心无旁骛，过路人给钱，不给钱，都不会影响他良好的音乐感觉，身边人流匆匆忙忙，熙熙攘攘，而他在孤独中置身世外。

陈靖西十分崇敬“王胡琴”，他与朋友玩够了，实在没地方去，就会在街头找到“王胡琴”听他拉琴。蹲在“王胡琴”面前，陈靖西仿佛是孔子3000弟子中的一个，毕恭毕敬地聆听着圣人的教诲。有次听到动情处，陈靖西禁不住泪流满面，骂了一句：“这狗 × 的音乐，把老子的心给切碎了！”

左英红是在暖气道中找到“老录”的，暖气道里很温暖，“老录”躺在里面异常舒服。陪伴“老录”的是一只三条腿的猫，猫腿大概被老鼠夹子夹伤过，一直躺在暖气道里“咪咪”地呻吟，“老录”像抢救战场负伤的战友一样，细心地给猫腿缠上绑带，然后，和猫躺在一起用睡眠暂时忘掉这个世界。

当左英红根据社区党员提供的线索，要把“老录”从雾气迷蒙的暖气道里拉出来时，“老录”仿佛进入了某种情景，严阵以待地加以拒绝，然后退守到暖气道深处，与救援者僵持。

一名男大学生志愿者也不怕脏，钻进地沟深处抓住老录的衣服往外拖。“老录”一把抱住这个男孩子，把脏兮兮的胡须触到他白皙的脸上，瞪着眼睛不说话。

左英红同情地对“老录”说：“你饿了吧？我给你找个地方吃饭。”

左英红等人把“老录”连拉带拽弄到了车上，“老录”怀里抱着猫，依然不老实，挣扎着乱动。左英红把“老录”弄到附近的救助站时已经筋疲力尽，刚要坐下，电话铃响了，另一路人马告诉她，“王胡琴”找到了！

“王胡琴”是令左英红最为担心的人之一，他在棚户区的家门锁已落上一层灰尘，好像许久没回家了。市内他经常拉胡琴的地方也看不到踪影，左英红曾经做过最坏的打算，是不是被人害了！

左英红知道“王胡琴”有一个女儿，别看他是个盲人，生出的女儿却禀赋异常，非常聪明，考上大学以后，不久就公费到美国留学。“王胡琴”一般很少向人炫耀自己有这么个女儿，而是像一位世外高人般，在闹市中以琴弦弹奏这个城市的沧桑过往。他所乞讨的钱，多了不喜，少了不忧，谋得一口饭食足矣。“王胡琴”眼睛看不清这个城市，但心里把这个世界看得非常明白，所以，拉起胡琴，几近天籁，如泣如诉，绝非凡响。

最近，“王胡琴”女儿留学归来，在沈阳浑南一家公司做动漫主管，并悄悄把父亲接了过去，所以街道上的人找不到他了。当街道的人把几个月的低保金送到“王胡琴”手里的时候，“王胡琴”拒绝了，他说，自己已经不需要这些了，以后也不需要。

左英红回到金凤街已经晚上 9 点多钟，想想要过年了，左英红准备把街道的事儿与姜示范商议一下。

走到姜示范与蓝维誉的临时住处，工作了一天的姜示范也刚回来。

蓝维誉父母都是江南人，所以她所做的饭菜有些清淡，茭白炒肉、凉拌莴笋、杭椒牛柳、排骨小白菜汤……

左英红是真饿了，没等二人相让，直接拿起饭碗盛饭。

蓝维誉看左英红把碗边的米粒儿抿到嘴里笑着说：“英姐，你坐下吃，没人跟你抢。”

左英红商量春节值班的事情，她要把整个假期的值班任务全包过来。

姜示范摇摇头：“过节事儿太多，特别是要棚改了，天南地北的人都回来了！对我们做棚改、签协议是难得的机会，但家庭也容易闹纠纷。”

左英红：“你从来街道，就没见你回过老家。再不回去看老人，说不过去了。”

姜示范心里真想父亲，想到即将开始的棚改，更没时间回家了。就问左英红：“我回家两天，大年初二回来行不？”

左英红：“那么短时间，清原路远，过完初五再回来吧！”

姜示范：“我还是初二下午回来。”

姜示范正想着过年的事儿，没想到自家却出了大事儿。

第四十一章

节前，几个壮汉披麻戴孝，抬着一口紫黑色的棺材撂到姜示范家门口，为首的人叫穆玉河，他手里提溜着一杆打猎的老洋炮，一下子顶在姜示范父亲姜济祥的太阳穴上，大吼道:“姓姜的，你怎么总跟我过不去，我生孩子，你不让生。我爹死了，你又不让埋，你给我一句痛快话，你敢说个不字，我崩了你！”

橡子沟最受敬仰的人被穆玉河用枪逼住，与其说是穆玉河因为葬父与村里有过节，还不如说是二人多年积怨的爆发。

橡子沟是个大村子，有5个自然村，2000多户人。5个村子中穆姓、关姓、李姓三大户占了总人口的一大半。农村讲究屯子亲，亲戚套亲戚，关系错综复杂，只要大户姓定下的事儿，即使再有理，也很难更改。东北村庄的势力形成，不是一朝一夕，而是经过几百年的折腾、碰撞沿袭下来的。

姜济祥的出现，打破了大姓主宰村庄的势力格局。姜家不但是小姓，而且还是外来户。姜示范的祖辈千里迢迢，经过闯关东落户在橡子沟村。姜示范的爷爷奶奶死得早，他的父亲姜济祥9岁便成了孤儿，一间稻草压就的土坯房四处漏风，很少能看到姜济祥的身影。姜济祥从小吃的是百家饭，穿的是百衲衣。

姜济祥吃谁家的饭都不白吃，劈柴、打水、扫院子、种地、打场、收庄稼，是农村难得的棒劳力，因此，村里人对姜济祥特别好，他成了全村各家各户的儿子。

姜济祥到了青壮年，浑身好像有使不完的精力。平时，姜济祥漫山遍野地奔跑，一如山林中的豹子行踪难定，进入阴森森的老林子，七八天待在山里不下来。村里上了年纪的山把头说，姜济祥是野生的，他应该是山神托付给凡间的儿子。方圆百里的老林子没有他没去过的地方。什么地方有野菜，什么地方有蘑菇，什么地方有草药，他闭上眼睛都能摸到——他不是凡人。

姜济祥之所以能得到大户姓的认可，并长期在宗族势力复杂的乡村担任村党总支书记，其实经过了非常传奇、曲折的过程。

在人民公社的时候，姜济祥因为是九年毕业，最后落在第三小队当会计，那一段时间，几家大户你整我，我整你，亲属邻里反目成仇的比比皆是。椽子沟是周围村屯最穷的村子，并欠了许多外债。

人们见识到姜济祥的本事是在一年夏天。秋天的粮食没打下来，去年的粮食又吃完了，大队欠社员许多工分没有兑现，饿急眼了的男女老少围着大队干部要粮，话不投机，群情激愤，把几个干部好一顿捶，饿极了的人们，为了命谁也不怕！

“老少爷们儿！大家不要再闹了，过几天就会有粮食了。”姜济祥此时说话了，他的声音不大，闹起来的社员根本不相信小队会计的话。

姜济祥见说话不好使，身形一动跳到场院的磨盘顶上，大声地说:“我有粮食！我有粮食！”

黑压压的群众都站在周围看他，以为他患了神经病。

望着一双双怀疑的眼睛，一张张饥饿的嘴巴，姜济祥伸出三个指头："三天，宽容我三天，我一定让大家的工分变成粮食。"

"祥子，你现在肚子饿得连放屁都不响了，你上哪儿弄粮食？"同姜济祥在一起玩的小伙子觉得姜济祥是饿昏了头，才说出如此不着边际的话。

姜济祥："我说的是真话，如果弄不来粮食，我从此不进椽子沟！"

姜济祥为了完成自己白天许下的诺言，当天晚上，身穿雨衣，腰里别着镰刀，打上绑腿就上了路。夜幕低垂，电闪雷鸣，大雨滂沱，长白山的余脉在闪电雨雾之中，像一条若隐若现的龙，把他孤独的身影蜷曲在山岭之中。

姜济祥之所以要黑夜里冒雨进山，是因为 3 天的时间并不多。姜济祥在布袋里塞进 5 个死面饼子、4 根大葱，他一会儿走在山脊，一会儿走进谷底，一会儿穿林子，一会儿爬砬子……走到快天亮的时候，他看到了一条湍急的河流。

正逢雨季，河水暴涨，雨停以后，朝霞映照在河水中，像一条刚从熔炉里锻造成的钢条，血一样赤红。平时，这条河因为水流湍急，刮下了沿岸土壤中的红土，河水呈红色，所以人们称为红河谷。

姜济祥在河边岩石上坐着吃下两个大饼子，闭上眼睛迷糊了一会儿，然后涉水过河。为了抢夺时间，姜济祥先是探着河水的深浅往前走，等水没到脖子，一头扎进水里向河北岸游去。

待精疲力竭的时候，姜济祥抬起头，河岸依然遥远，手脚的力气却没了，他顺着水流、漩涡向下游而去。大约冲出二里多地，姜济祥终于抓到岸边的树棵子，赤身爬到河滩上。

这一带人迹罕至，再往北穿越半天的老林子，在一块背阴坡上藏着姜济祥十多年来的秘密，他要挖掘出这个宝藏，来偿还应允给乡亲们的稻米。第三天傍晚，一辆军车拉着满满一车大米驶进了椽子沟村的场院。姜济祥坐在大米袋子上，与大队会计一起给全村人分大米。

炊烟袅袅升起，人们想知道大米是怎么来的，但姜济祥不愿意说，谁也没有办法。再过几天，县里来人把姜济祥抓走了，抓他的人，用鞋带把他两只手一前一后斜着从肩头到后背绑了起来。一个星期以后，姜济祥被剃光了头，胸前挂着一面大牌子，用一辆绿色的嘎斯车拉回村里，他的旁边一个是强奸犯，另一个是抢军帽犯，而他的罪名是投机倒把。

原来，姜济祥10多岁的时候，曾在红河谷附近的老林子里发现了三棵六品叶的老山参，六品叶的山参最低年头在30年以上，如果是在过去，那就是发大财了。姜济祥把三棵人参拴上红绳儿，刚要用挖山参的棍子掘进土壤，突然不知名的一群大鸟呼啦啦地覆盖了整个林子，发出的怪叫异常刺耳。突然而至的鸟儿让他放弃了挖参的想法，他想等自己年龄大了再来。放山的人都知道，六品叶的山参都有灵性，是你的就是你的，不是你的强挖，容易带来灾祸。

那天，为了全村人能吃上饭，姜济祥精心挖出三棵老山参，连夜跋山涉水乘上去沈阳的火车，收药的人不敢确定，找来一位胡须皆白的老中医细看，老中医当时平静地问："你要多少钱？"

姜济祥："我不要钱，我要粮食。"

那时候，粮食实行供应，有钱也难以买到。老中医用摇把电话打了一个电话，不一会儿药店门前停下一辆吉普车，车上下来一位气质不凡，年龄在50岁左右的人，两人耳语了一会儿，那人问："你想要多少大米？"

姜济祥知道这个人参的价值，他在心里估摸了一下村里的人口，说出了令人惊讶的数字，8000斤大米。

那人连眼睛都没眨，一句话："行！"

两棵老山参救了全村人的命，而姜济祥用人参换大米被定为投机倒把，当他被从公社放回来的时候，一根大拇指残了——姜济祥用人参救了全村人的命，自此以后在村里树立了前所未有的威信。

全村人感念姜济祥，几大姓停止了鸡争狗斗，转年把他选举成村大队干部，后来成为村党总支部书记。

姜济祥将这一辈子都献给了村里，从他当上村干部以后，每次到公社、县里、市里开会，都是自己掏腰包乘公交车去。最近的车站距离村里还有10里山路，几十年走来走去，从来没有改变过。上面因公事来了客人，不管是多大的官儿，都在自家做饭，不占村里一分钱便宜。

包产到户以后，有人嚷嚷分村集体的财产，其中叫唤最厉害的是穆玉河几个富裕户。姜济祥那几年带领全村人办起来油坊、酒厂、砖厂、地板厂……不仅还清了村里欠下的10多万元外债，还攒下了50多万元的家底。

穆玉河总想承包村里的企业，有姜济祥拦着，一直没有承包成，这次看到了机会，组织一伙人说通其他村干部，说死也要把村集体分了。

穆玉河总想要一个儿子，连生了两个丫头还不罢休，又给老婆肚子里种上自己的种。知道穆玉河老婆怀孕，姜济祥与乡里和村里的妇联主任，一天到晚坐在穆家不走，终于迫使穆玉河老婆拿掉孩子，做了结扎手术。

全村人都佩服姜济祥，而穆玉河头几年因为养林蛙、养猪成为村里的首富以后，对姜济祥不感冒。老婆做手术以后，穆玉河点儿开始背。山里发大水，点炮般冲毁了蛙塘，猪场闹猪瘟死了一大半猪，穆玉河元气大伤。

为此，穆玉河觉得都是姜济祥冲了他的运气，恶狠狠地说："老祥子，你就是我的丧门星，你让我断子绝孙，我也不会让你有好日子过。"

每年村委会、村民代表大会，穆玉河都要带人来搅闹一番，他认为只有干掉姜济祥这只拦路虎，自己才有东山再起的希望。

"村里的地可以分，村集体的财产一点儿也不能分。有劳力的行，那些没劳力的困难户怎么办？还有那些残疾人、精神病、傻子，谁来管？谁想分，除非先把我五马分尸！"在这个问题上，姜济祥的态度一直很强硬。

穆玉河在发财致富上到底是聪明人，去年终于找了一个机会翻身了。他的一个拜把子兄弟，在附近开铁矿，准备把拉铁矿石的活儿包给他。穆玉河的媳妇那天巧从娘家借了十多万，连赊带借弄了两台车，因此穆玉河养车拉矿石，最近两年赚了不少钱。

人有了钱，说话办事总会与以前不一样。穆玉河在街上一看到姜济祥便翻眼珠子，那意思似乎在说，你没有想到我有今天吧？

节前，穆玉河的父亲死了！一个风水先生给他看好了坟地，说那地方"一山夹两杠，辈辈出皇上"，如果他老父亲埋在那个地方，穆家以后的人丁香火会大旺，女子嫁达官显贵，男子最次也是出将入相。

老人要在良辰吉日全尸下葬。

椽子沟地处于大山深处，推行火葬一直很困难。几年前，姜济祥为了执行政策推行火葬，想了许多办法。每当村里有人去世，村集体都要拿出钱来帮丧户料理后事，送花圈、雇喇叭，火化的钱也由村集体统一出。经过多年的工作，椽子沟全尸土葬几乎绝迹。

听说穆玉河为了料理老父亲的后事，大搞排场执意土葬，姜济祥带领村干部代表全村献上一对花圈，然后，来到灵棚“咚咚”给老人叩了9个响头。起来，姜济祥问穆玉河，还有什么需要帮忙的，老人火化的车由村里出，村干部全都去送葬。穆玉河根本不买账，他装作没听见，支应了一声到一边忙去了。

第二天天没亮，穆玉河就唤上众人抬上棺材往墓地送，刚到村口就被姜济祥派去看守的村治保主任等人拦下来。治保主任赔着笑脸，不软不硬地说：“玉河大哥，我也是受村里指派，没办法。”

穆玉河见出不了村，对送葬的人说：“走！抬到老姜家去。”

经过家门，穆玉河先回到家中，从仓房横梁上取出一支藏了许多年的猎枪，装上散发弹，见到姜济祥二话不说便把枪顶到他头上：“姓姜的，你怎么总跟我过不去，我生孩子，你不让生。我爹死了，你又不让埋，你给我一句痛快话，你敢说个不字，我崩了你！”

穆玉河太阳穴旁边的青筋暴跳，即将扣动扳机的手指有些颤抖，豆大的汗珠一粒一粒地往下掉，只要姜济祥稍有反抗，这一枪下去足以置姜济祥于死地。

姜济祥因糖尿病而变得混浊的眼球瞪得大大的，他临出来时，嘴上还叼着旱烟。姜济祥没有立刻说话，而是很平静地抽了一口旱烟，一股又一股青烟吐出来，缭绕在斑白的头顶上，等烟抽饱了才说："玉河！我们真有这么大的仇？一枪崩了我，我闹个烈士。你呢？家里的老婆孩子呢？"

闻听此言，穆玉河手有些怯了，但嘴上还很强硬："我成全你，干死你，就是要干死你……"

姜济祥的头往上挺了一挺，口气比顶在头上的枪管还要硬："玉河，我的脾气你也知道，其他事儿好说，违反政策的事儿，不行！打死我，也不行！"

正当穆玉河骑虎难下的时候，在他周围不知道什么时候出现了许多奇怪的面孔。这些人都是姜济祥收留的残疾人，早晨上工正好目睹这一幕。在这些人心中，姜济祥就是他们的再生父母。别看他们有的人只有一条胳膊、一只眼睛，还有的满脸疤痕，但眼神充斥的愤怒一起聚集在穆玉河身上，让穆玉河浑身有被烧灼的感觉，他们手里的镰刀、铁锹、棍棒，让气势很盛的穆玉河不寒而栗。

这些人是"爱心养殖场"的养殖工人，他们因为身体残疾、精神残疾，被认为是家庭里的负担。以前，这些人经常破衣烂衫在村里晃荡，村里为照顾他们，每月给发放低保，那些钱，不是被他们一顿给吃了、喝了，就是被坏小子给骗了，发多少，没多少。一个月 30 天，有 20 多天要饭吃。几年前，有个弱智的人不小心掉在河里淹死了，这极大地刺激了姜济祥，那段时间，姜济祥吃完晚饭就往山里走，这是他几十年的习惯，有了难事儿便上老林子里转上一转。

不久，村里投资10多万元，在靠近公路的地方建立了育肥牛饲养场，并划出几十亩地种玉米。姜济祥亲自抓了几十头架子牛，让这些人种地、喂牛，并找来两个年岁大的妇女，给他们做饭、洗衣服，照顾他们的日常生活。到了年底，村里一算账，去掉吃喝费用，这些被称为废物的人还赚了5万多元，姜济祥又把这些钱全投进了养殖场。

姜济祥平时不苟言笑，不怒自威。他对这些人总是和颜悦色，做饭的女人稍微给傻子们脸色，他二话不说："辞了！"养殖场的残疾工人嘴上不会表达，但心里早就把姜济祥当成人恩人。

现在，看到穆玉河用枪顶着姜济祥，便蜂拥而上。如果穆玉河敢开枪，这些人一定会冲上来把穆玉河撕成碎片。

穆玉河忍不住打了一个寒战，棺材上白色的招魂幡，在寒风中瑟瑟抖动……三方的对峙，有一方不冷静，都能造成难以预料的后果。

"穆玉河，你不是人……"一声尖厉的女人声音打破了僵持的局面。穆玉河回头一看，是自己的老婆邢天巧，邢天巧最近几天忙于丧事，烧火、做饭、洗菜、烧九包，脸都没来得及洗一把，披头散发的便赶了过来，尤其是她长长的指甲里面，全都是刚刚烧过的纸灰，挠在穆玉河脸上直冒烟儿。

穆玉河没反应过来，等他推开邢天巧，脸上灰一道、白一道，变成了花花脸。邢天巧的突然袭击让穆玉河不知所措，平时，邢天巧非常温顺，见谁说话都低眉顺眼，如此破马张飞还真是头一次。

从枪口下逃出的姜济祥拉开邢天巧："弟妹，不要这样，大家都在气头上。"

邢天巧说了一声："姜大叔，咱老穆家对不起你啊！"

穆玉河倒霉那几年，蛙塘毁了，猪场开不下去了，听说矿山需要运输车辆，明知道是挣钱的买卖，可没有本钱干不来。钱借遍了，没人敢借。过去穆玉河那么大的买卖，说折了就折了。农村都是小门小户的，借出一大笔钱来谁也不敢。

有一天早上，邢天巧正在河边侍弄菜地，看见眼神不好的姜济祥拄着拐杖走过来。她想躲开，姜济祥站下来，试探地问："前面是玉河家里的吧？"

穆玉河老婆应了一声。两家的过节也只是因为计划生育，其他的事儿没有。

邢天巧问姜济祥："姜书记，你去哪儿啊？"

姜济祥说着："我找你！"

说话间，姜济祥被地垄沟绊了一跤，便拍拍屁股顺势坐在地头上。待邢天巧走到近前，姜济祥问："玉河是不是要买车啊？"

先前穆家是村里的富户，从不在钱上向人低头，邢天巧小声地说："是！"

"我听说了借钱买车的事儿，为啥不找村里？"姜济祥眼睛看不到，脸便朝向有阳光的地方，辨别与自己对话人的方向。

邢天巧心里咯噔一下，其实，她也想过朝村集体借钱，一是碍于面子，二是怕姜济祥不答应卷了面子，走到村委会门口好几次，又都折了回来。农民只有卖了秋粮才能看到现钱，平时，要发展点致富项目，要向信用社去贷款，贷出来的钱并不多。因为借款、还款颇费周折，大家有了急用，都是靠亲属邻里彼此筹措。乡间也有暗地里放高利贷的，不逼上绝路，谁都不会走那一步。

这几年椽子沟村集体，在姜济祥的带领下，攒下了二百多万元现金存款，姜济祥与村民代表商量，拿出一部分钱给村民发展致富项目，一万、两万当年借，当年还不收任何利息。在借钱上，姜济祥对村里人一点儿都不抠门儿，谁有好的致富项目，村委会经过考察，不至于赔钱，第二天就能拿到。姜济祥对家人借村里钱却异常抠门儿，姜示范有个妹妹，中学毕业想进村办企业上班，姜济祥不给开这个门儿，姓姜的亲属一个也不准进。后来姜示范的妹妹自费到市里学美发，想借钱开理发店，姜济祥也不吐口。

姜济祥："买车拉矿石只赚不赔，玉河是有头脑的人，他干一定行！"

穆玉河老婆："那么说，村里能借我们钱？"

"借，一定借，村里谁能挣钱，我们借谁。我先找村委商量一下，你明天就到村委会办手续吧！这事儿，先不要对玉河说，弟妹。玉河是要面子的人，向村里借钱他肯定不干。"姜济祥说完，拄着拐杖慢慢消失在绿油油的田地中间。

椽子沟村借出了建村以来最大的一笔借款8万元。穆玉河用这笔钱重新走上了致富的道路。听妻子讲完事情的来龙去脉，穆玉河不敢正眼看姜济祥几近失明的眼睛，他感觉有什么要从眼睛里流出，他扬起脸看到村头老杨树上的老鸹窝，几只黑影子向天空飞去，他感觉像自己黑了的心。穆玉河举起枪"咣"地放出了一枪。

之后，穆玉河把猎枪架在大青石上用脚猛踹，踹不坏，又举起场院上的碾子，把枪砸成了几节。在姜济祥等村干部的操办下，穆玉河给老父亲实行了火葬，整个丧事办得非常圆满，二人的关系，从这件事以后，发生了巨大的变化。

第四十二章

大年三十的下午，蓝维誉开着车和姜示范一起回到了橡子沟村。拐过村头的石砬子，最显眼的是每家每户门前的灯杆，灯杆立起来比房子还高，顶上装饰有绿油油的松树头，大红灯笼悬挂在上面，随着白毛山风摆来摆去……

家中的摆设从姜示范离家以后一直没变，靠房山墙的是一个老式的炕勤柜，春夏秋冬四季玻璃条屏，一块玻璃已经破碎，用一张画纸糊上，柜上摞着一层层被褥，紧挨炕勤柜有两个掉了漆的木头箱子，箱子上是一台十四英寸的黑白电视机。西面墙悬挂几个玻璃相框，里面镶嵌着姜示范从小到大的照片，以及他在学校所获得的荣誉奖状。

刚刚实行包产到户的时候，姜家是方圆三十里首屈一指的富裕户。姜济祥是最早栽植园参的大户，后来，他从山上移植野生龙胆草加以驯化，让姜济祥成为名副其实的药材大王，其间赚了不少钱。

姜济祥之后，橡子沟接连更换了几届干部，经过十多年折腾，把村集体的家底全折腾光了，仅欠外债就有二十多万元。在乡领导和乡亲们的劝说下，生活无忧的姜济祥重新出山，为了一心踏实地干好工作，姜济祥把人参园子、龙胆草药地全兑了出去。加上那几年姜示范上中学、上大学，自己和家人有病，前几年挣下的钱全花完了。

去年春节，蓝维誉、姜示范孝敬了姜济祥一张卡，二人每月按时往卡里面打进500元钱，主要是为姜济祥治病。

“现在不愁吃，不愁穿，我们要钱干吗？”姜济祥不要。

蓝维誉推辞不过，临走时把密码和银行卡交给了婆婆。

糖尿病很难治愈，还伴有高血压、冠心病等并发症，姜济祥怕影响姜示范的工作，不让老伴和女儿告诉儿子。在乡里开出租车的女婿，每个月用车拉着姜济祥到县医院做一次血液透析，一次透析要花掉几百元，因为这个病，让姜家成为全村最穷的人家。

有一段时间，姜济祥想从村党总支书记上退下来，乡亲们不干：“你就是坐在家啥都不干，我们就有了主心骨，村里没你不行！”

年轻的村委会主任看不下去，召开村民代表大会，想用村里的钱为姜济祥治病。

姜济祥说：“你们是把我往死路上逼，谁都知道，这病，多少钱都治不好。谁敢动村里一分钱，我就到后山用绳子把自己吊死。”

村民没办法，只能含泪看着姜济祥一次次离开村庄，又一次次回到村庄。

许多人总是担心，他走了再也不会回来。

快过节了，姜济祥感到浑身无力，斜倚在炕头上耷拉着头似睡非睡。似乎有心灵感应，他猛地惊醒，对正在用苏子叶包黏豆包的老伴说："示范……示范回来了。"

老伴出去看了看，空旷的雪野一片白茫茫，看不到一个人的影子。回到屋中便数落姜济祥："你想示范想疯了！"

老伴的话音刚落，姜示范、蓝维誉抬着一台彩电走进家门。姜济祥老伴边用笤帚掸去二人身上的雪花，边回头对姜济祥说："这个老东西，心灵着呢！"

姜济祥也不说话，半躺在被子里侧耳辨听儿子的声音，脸上露出了掩饰不住的微笑。看到父亲，姜示范像小时候一样，脱下鞋把脚伸到被子里："这炕烧得真热乎。"

姜济祥把姜示范的脚往被子深处拉了拉："热，热，你妈刚往灶下添的劈柴。"

父子两人坐在炕头说话，蓝维誉与婆婆、小姑一起包黏豆包、切肉、包饺子，姜家立刻热闹了起来。看到父亲满腮的胡须，姜示范要开车带着父亲到乡里的澡堂洗澡。妹妹不让，怕洗澡感冒。

姜示范在大锅里烧好开水，端着一盆热水半蹲着要给父亲洗脚，姜济祥用脚找了几次脚盆的位置找不准，姜示范用手在父亲眼前晃动了一下，感觉父亲没有视觉，惊讶地问："爸，你的眼睛？"

姜济祥："老喽！眼睛看不到了……这病就这样。"

在给父亲洗脚时，姜示范看到父亲粗糙的脚因为糖尿病，裂了许多口子无法愈合，眼圈一红，眼泪吧嗒吧嗒掉在水盆里……

姜济祥似有察觉，笑着说："姜家的种，啥时候都不能被泪屈着！世上的事儿，就是那么一回事，生下来就奔死去的，没啥大不了的。要不咋叫生啊活啊！生活，生活……"

姜示范想尽量忍住眼泪，但越忍眼泪越多。

姜济祥向儿子谈起村里的事儿："别看我眼睛看不到了，但心里越来越亮堂了。这几年的政策，全都面向咱们农村。每年过完元旦，我就爱抱着戏匣子听新闻，政策好了，咱农民就有奔头了！示范啊！我这二十多年做得最对的一件事儿，就是保全了村里的林子，最重要的是，我带领大家栽植了一万多亩人工林，按照上面给的采伐指标，可以实现循环采伐，就这一块给全村增收一百来万元。就要林改了，村里有户口的每人能分10多亩林子，这便是取之不尽用之不竭的'绿色银行'，如果再种林下参、大榛子，人均增收一千多元没问题……"

姜济祥平时不愿意把这些话对村里任何一个人说，说这些好像是在表扬自己，儿子回来了，他便有了说不完的话。阳光透进窗子，照射在姜济祥脸上，姜济祥眼前到处都是姜示范小时候的影子，姜示范小时候精瘦，裸露着上身，赤着脚在铺满叶子的森林里奔跑，笑声在破碎的阳光里显得异常清亮。

大年初一的鞭炮响过，姜家吃过饺子，在桌上摆放上苹果、瓜子、香烟、糖果……按照北方的习俗，各家各户开始串门拜年。

先进来的是常淑珍，她带着丈夫和年幼的女儿来给姜济祥拜年。三年前，常淑珍丈夫因病去世，姜济祥指点她野猪家养，野猪病少好饲养，加上猪肉价值高，常淑珍靠村里的两万元借款，不仅还清了外债，每年最少有三万多元的收入。

有钱了，好男人也上门了，外村一个大龄小伙子宁愿倒插门来到常淑珍家。为了感谢姜济祥，常淑珍带着一串红蘑与丈夫孩子一起赶来给姜济祥拜年。

平时，姜济祥定过规矩，逢年过节不收任何礼物。或许，为了给这一对新婚恋人面子，姜济祥破天荒地说："收下，收下……"

临走，让姜示范给常淑珍的孩子一百块做压岁钱。

来拜年的一拨又一拨，等穆玉河两口子进来拜年，这位满族汉子用满族最尊贵的礼节，单腿给姜济祥跪下："姜书记你是我当世恩人，我穆玉河再犯浑，就不是人了！"

快到中午的时候，一个身穿空军棉军服，佩戴大校军衔的军人走进姜家，一进屋，便给姜济祥行了一个标准的军礼："姜叔，世国给您老拜年了！"

姜示范一把抱住来人惊呼："盛世国，我的老同学，可想死我了！维誉，快过来，来看看你崇拜的英雄！"

盛世国家住在附近，林场的林业除了归农村所有，还有几个林场早年为煤矿供应坑木，部分山林归矿业集团所有。随着矿山资源枯竭，这些林场已经变成了旅游区，三块石国家森林公园、猴石森林公园等都是从这些林场转变而来。盛世国父母所在的林场叫兴宾甸子林场，林场子弟与附近农村孩子在一起上学。其中，姜示范、盛世国、王丽茂三个同学最为要好。

林场属于城镇户口，吃供应粮，每个月只有三两豆油，几斤细粮。不够吃，姜示范、盛世国、王丽茂三人放学以后，经过生产队香瓜地偷香瓜。看青的人是个鳏夫，朝鲜族人，脑门子上长个粉瘤，外号叫"崔包子"。平时"崔包子"扛着一杆老洋炮，在地里转来转去，见到哪有风吹草动，端起老洋炮"咣"地放一枪。

"崔包子"爱喝酒，为了弄到下酒菜，他半夜打着手电筒到稻田里抓蛤蟆，蛤蟆见到光亮，一动不动，"崔包子"手里拿着钢丝蛤蟆针，一扎一个准儿，等面袋子里装满呱呱乱叫的蛤蟆，“崔包子”借着月光用刀剁下蛤蟆的腿儿，扔在滚沸的水锅里煮，白花花的蛤蟆腿在水面漂着，他拿出一块蘸一下酱油放在嘴里大嚼，然后喝一口滴流瓶子里的散白酒，吃喝够了把自己扒个精光，赤条条地躺在三角窝棚里呼呼睡大觉。三角窝棚里经常传来雷鸣般的呼噜声。

橡子沟村的瓜地和菜地相连，盛世国从小就鬼精灵，指挥姜示范、王丽茂顺着垄沟往里面爬，他负责观风。姜示范得手以后，手里拿着两个香瓜先撤了出来，而王丽茂有些贪，觉得只摘香瓜不够，又跑到旁边的西红柿地，也不管青的、红的，把跨栏背心往裤子里面一掖，摘下西红柿便往背心里面装。蹲在地头树棵子里的姜示范、盛世国只顾吃香瓜，忘记了放哨，王丽茂就此落入了“崔包子”之手。

几个人从小都在场院上看过露天电影，革命者的大义凛然还是有的，姜示范、盛世国与肚子鼓鼓囊囊的王丽茂站在了一起，想一起英勇就义。“崔包子”一脸坏笑，像一个汉奸，手里抱着老洋炮晃来晃去，问：“三条道让你们选，一是送学校，二是送家里，三是听我的……”

头两条都难免被惩罚，听“崔包子”的即使受点皮肉之苦，面子还能过得去。三人异口同声地说：“听崔大爷的！”

“崔包子”拿过来一大洗脸盆西红柿，把王丽茂背心里面的西红柿也一股脑儿地倒进盆里：“你们不是爱吃吗？我让你们吃个够，如果剩一个，我就把你们送到学校，交给你们的老师和爹妈。”

吃下满满一盆西红柿，姜示范、王丽茂走到半路，就开始上吐下泻，而盛世国啥事没有。

盛世国身体素质太强悍了，他吃得最快，吃得最多，几泡尿下去就没事儿了……自从那一次以后，三个人就断了偷香瓜和西红柿的念头。三人上大学之后，就此各奔东西。

中午，姜示范、盛世国、王丽茂这几个打小一起长大的朋友聚在了一起。虽然前后脚上大学，前后脚毕业，但三人之中，属姜示范蛰伏得最久，要论级别也最低。盛世国是大校，王丽茂是副县，而姜示范则刚刚被提拔到街道办事处主任的位置。

王丽茂在县里负责旅游和林业，几年前他受姜济祥舍命渡红河谷的启发，与县里的几个干部，从红河谷上游往下漂流，考察两岸的旅游项目，一路上因为不熟悉水性，还翻船掉进了河里。最终由王丽茂等人起草的“关于开发红河谷漂流旅游项目的方案”受到了县委的肯定。

说到这一块，王丽茂像小时候在瓜地偷到香瓜一样扬扬得意：“漂流弄好了，一年能增收个几千万。”

姜济祥顶瞧不起爱吹牛的干部：“啥，就划划船，玩玩水，就能弄个几千万？你吹气呢？”

姜示范听两个好友说得兴高采烈，心中不免落寞，一个是军中骄子，一个是官场得意。而即将开始的棚户区改造，毕竟是未知数，还有许多难以打开的疙瘩等待他去解。

小小的街道，在偌大一个中国里真没有啥好吹的，人们一说起街道、社区，就会想起一群老头和老太太……所以，姜示范真没什么好说的，只能低头喝闷酒。

屋里说得热闹，有点儿喝大了的王丽茂嘴便没有把门儿的了：“示范，我的孩子都快上中学了，你咋还不要孩子啊！”

见过世面的盛世国用脚蹬了王丽茂一脚，这些话对姜示范说没什么，而当着姜济祥的面来说，无疑是在戳老人的心窝子。

蓝维誉听到这话，假装没有听见，借故到厨房热鸡汤去了。而姜示范则非常不满地朝儿时好友瞪了一眼：“喝你的吧！就你话多。”

初二的早晨，姜示范的妹妹和妹夫回到娘家，吃过午饭，姜示范、蓝维誉收拾好东西要回城里。平时，都是妹妹和妹夫照顾父母，姜示范没有说客套话，让蓝维誉拿出1000块钱给妹妹，贴补家用。

临行前，姜示范看父亲胡须太长，用热水发起肥皂沫涂抹在父亲脸上帮他刮脸，姜济祥借儿子的手，摸自己的脸：“这地方再刮一下，对，还有这儿……”

不善于表达感情的姜济祥是用这种方式，想再与儿子亲近一下。

“爸，我走了。”

“走，走，没事儿，别回来。”

“嗯！要棚改了，我可能很长时间回不来，你的病要赶紧治，别太操心了。”

“治，我抓紧治，没事儿别总打电话啊！”

刮过脸的姜济祥显得年轻了许多，姜示范回头又看了父亲一眼，心口不知为何，有一股热流往嗓子上涌，心痛得震颤，这种感觉从来没有过。

蓝维誉开着车驶出白雪覆盖的椽子沟村，情绪一直很低沉，姜示范逗她她也不理。关于春节生孩子的玩笑，还萦绕在她心头，这是一个结，很深的结。

蓝维誉与陈靖西处对象的时候，陈靖西经常送一些漂亮孩子的挂历，其中出现频率最高的话题，就是孩子。

陈靖西爱开玩笑：“你这么漂亮，加上我这智慧的基因，生下的孩子不优秀我们直接就否定达尔文的《进化论》，南丁格尔老太太也不会乐意，有多少天使在等待这美妙时刻的到来啊……”

陈靖西的玩笑或许是无意的，但的确给蓝维誉内心造成了阴影。蓝维誉有一个姐姐，在蓝维誉上中学的时候，姐姐生了一个漂亮的女儿。姐姐住在老城区，房子很破旧，是两户合厨的那种。那女孩真漂亮，眼睛毛嘟嘟的，小嘴红得像樱桃，睡醒了便在床上爬来爬去。一天，姐姐要上街买菜，打电话让蓝维誉帮助她看孩子。姐姐看孩子在睡觉，蓝维誉没进家门便出门了，两分钟以后，刚刚睡醒的孩子，见身边没有了妈妈，顺着床爬上没有护栏的窗台，一头从三楼摔了下去……

刚刚走到楼下的蓝维誉亲眼看到了这一幕，立刻昏倒在车来车往的道路中间。

为了这件事，姐姐、姐夫打成了一团，虽然姐夫没有过分埋怨姐姐，但姐姐受不了如此强烈的刺激，每当自己在房间里独处，便用刀子割自己的身体，带着鲜血的指印涂满了墙。她要离婚，离开过去的一切，一个幸福的家庭就此毁掉了。

姐姐离婚后再婚，经过十多年的心理折磨，生了一个男孩以后才逐渐摆脱了过去。蓝维誉与姜示范好上以后，蓝维誉除了说不要孩子以外，再没有提出额外的条件。

姜示范曾经试图帮助蓝维誉打开这个心结，但不行，蓝维誉说：“我无法让孩子面对这个不可预知的世界，咱这一辈子，就不要孩子吧！”

第四十三章

左英红春节值班这几天，几乎没有消停过。棚户区再穷，到了春节，流落在天南地北的孩子们也要回来看看父母。人多嘴杂，事儿也就多，哥们儿之间、妯娌之间、婆媳之间……一言不合，就会杠起来。左英红春节这几天与值班的社区书记、主任四处去当和事佬。

姜示范、蓝维誉回蓝维誉家给她父母拜年以后，赶紧回到了金凤街道办事处。他们从清原带回了现成的吃食，冰镇肘子、油炸丸子、黏豆包、烤鱼……蓝维誉准备下厨炒菜，留左英红一起吃过饭再让她走。

正说着，左英红爱人和上大学的女儿来了，邀请姜示范两口子到他们家过年。话音未落，一拨又一拨请客的人陆续到来，区委书记李书记、徐文婕两口子、民政小姚……前后脚都来了。

蓝维誉说："既然大家都来了，谁也别走了，都在这里过年吧！"

两人赶紧张罗做饭，住在附近的左英红、徐文婕也从家搬来了酒菜，大家把两个办公桌拼在一起，还在院子里放起了焰火，一度落寞的金凤街道，也有了过年的气氛。

李书记先举起酒杯：“我先提议干一杯。要棚改了，这杯酒我敬在座的每一位。如此大规模的棚改，我们还从来没有经历过，莫地沟、锦阳棚户区过完正月十五开始搬家，这是对我们全体社区干部和街道干部的考验。这酒，是过年酒，也是壮行酒，来，干一个！”

喝完第一杯酒，李书记问了一句：“棚户区签协议的有多少家了？”

左英红：“96% 都签了，比我们想象的要顺利，这都是文婕他们这些基层党员工作做得扎实。”

姜示范：“剩下的 4%，基本都是没有能力交扩大面积款，棚改房要比他们原来的面积大，多少都要交点。我和左姐正在想办法。”

左英红：“莫地沟李德水、蔡温义，锦阳棚户区隋明怡家似乎有点麻烦，他们几家人口多，棚子套棚子，在前期摸底调查中了解，这些棚子都有三十多年的历史。”

李书记：“不能让这几户拖棚改的后腿，先讲明政策，做工作让他们搬出去。市棚改指挥部也发现了这个问题，正在研究切实可行的办法。”

姜示范：“如果他们坚持不搬呢？”

李书记：“不搬？只好采取强制措施，那些棚子本来就是非法建筑，一开春，大批施工人马就要进驻施工。市里已经下了死命令，当年搬迁，当年施工，当年把新房的钥匙交给老百姓。总不能让这几户人耽误几千户的大事吧！”

左英红：“虽然说那些棚子属于非法建筑，没房照，没地契，但归根结底也住了几十年了，就这样把他们轰出去，给谁都不干，肯定会引起对抗，闹不好容易出大事。”

李书记：“是啊！我听说金凤街这边有人正在请施工队套棚子，准备趁棚改大捞一把。”

姜示范：“我们已经做了准备，在对莫地沟、锦阳棚改的时候，已经着手对整个街道棚户区情况进行了普查。非法建筑与非法建筑不一样，这是一个历史问题，我希望上级能拿出一个切实可行的办法来区别对待。”

李书记挠挠头：“这事儿，如果开了一个口子，好事兴许变成了坏事儿。有些事儿，不是区里能解决的。”

李书记说的是实话，由于莫地沟动作快，搬家协议大部分都签了，而随后开始二期棚改，金凤街道那帮想占便宜的棍儿，就是难啃的骨头。负责搬迁和回迁工作的姜示范已经感觉到将有一场恶仗要打。

姜示范、左英红从初三开始到莫地沟、锦阳两个棚户区拜年。拜年是一方面，更主要的是，他们要通过拜年，让另外没有签协议的4%动迁户把协议签下来。

不签协议的人主要分为两类，一是没钱动迁的贫困户，二是因历史遗留问题，非法扩大棚户建筑的人家。其中，有几家老人还行，而他们的子女却非常不客气。刚进去拜年，说话还客客气气的，当听说立即签协议，其中居民李德水的两个儿子当场就发火道：“你们说非法，就非法了？我们在这破棚子里住了三十多年，你们谁管了，谁说非法了？现在，搞棚改就说我们非法了，你们当官的嘴，还叫嘴不？”

姜示范连连点头：“市里、区里正为你们的事儿，想办法。”

“啥办法？以为我们不知道，你们想骗我们把协议签了，然后，把我们全撵大街上去。我告诉你们，来这一套不好使。”

“你们先发扬风格，把协议签了，好让棚改顺利进行……”

“没门儿！等动迁那一天，我把老婆孩子都弄房顶上去。谁敢扒我们的房子，就把我们一堆儿埋了！”

……

与旧棚子共存亡，似乎成为李德水、蔡温义等几个“钉子户”的共同决心，姜示范他们是乘兴而来败兴而归。街道办事处预见到大规模动迁将带动全区房租提价，提前给几十户人家租下临时住处，首先解决了困难户搬家的问题。另外，左英红、姜示范等几个街道干部，从自己家里拿出积蓄，暂时垫付了几家困难户的扩大面积款，使没有动迁户的比例从4%，立刻下降到2%。

有病在床的李肃刚，听说是街道干部拿钱帮自己垫付了扩大面积款，抱住姜示范放声大哭：“兄弟哎！兄弟哎……”

棚改工程并不是老百姓自己建一个房子那么简单，几十亿元的棚改投资涉及市政、工程、混凝土、水泥、供暖及配套零件等众多项目。不用多，如果拿下一个小小的水龙头和开关，就能赚上一笔。

在有些人看来，棚改其实是一块肥肉。

春节前后，来自全国、省内外几百个大小老板，把市内仅有的几个上档次宾馆几乎全住满了。这些老板真有神通，一些要害部门的主任、局长、处长，只要参加朋友、同学聚会，他们就会突然在不同场合冒出来。八仙过海，各显神通，一场声势浩大的节日公关拉开了序幕。

在海南岛度假的陈靖西没有逃掉这场声势浩大的公关行动。陈靖西过节从家逃出来，纯粹是为了避开毫无节制的年节应酬。

他正在海南龙滚海边沙滩与儿子踢椰子壳，陈靖西的儿子一年年长大，他把许多时间都放在了儿子和老婆身上，其中，节日度假是必不可少的节目。

陈靖西与儿子玩在兴头上，突然接到了一个陌生人的电话：“喂！陈靖西，陈靖西……我是山东淄博的赵兴旺，对，对！做陶瓷卫生洁具的，你在哪儿？”

“我在海南温泉，泡妞呢！”陈靖西一如既往地说瞎话。

赵兴旺：“你不是躲哥们儿呢吧！”

陈靖西：“躲你？过年了，你还不给老子送礼啊！要不我现在搭‘飞的’回去？”

赵兴旺：“听说你们要搞棚改，各种工程项目挺多的，看找谁，帮哥们儿搭搭桥。”

陈靖西一听这句话就浑身没劲儿，他想了想，给赵兴旺指出一条明路：“你找市房产局局长，棚改指挥部办公室设在他那里。市长是棚改指挥部大头，剩下说话好使的，也就是他了。”

赵兴旺：“那你帮我联系联系，这好处嘛……”

陈靖西：“我一听房产局局长的公鸭嗓子就起腻，那是个‘芋根头’，老艮了，反正明路给你指了，你自己想办法吧！”

赵兴旺：“喂喂……”

陈靖西二话没说把电话撂下了，像类似的电话，陈靖西最近接了不下10个，心里烦得很，一急眼把手机关了。

棚改，陈靖西不想掺和，那是一个由政府主导的项目，工程没开始，市委、市政府就把纪委和检察院给架上了，连招标的缝儿都很小，市招标投标工程造价管理办公室第一个就被市领导给掐住了脖子，根本不相信本地的人，所有评标专家都是从省评标专家库随机抽取的外埠专家，多少底价不知道，是谁评标不知道。

陈靖西是小买卖，又不是慈善家，知道里面没多少油水，想想也就没心思蹚这个浑水了。即使这样，在第一批工程招标中还是出现了问题，几百个大小老板，个个都是人精，在市场上厮混了多年，如果没有些手段，能平白无故地赚到钱吗?

春节期间，姜示范所在区接到市棚改指挥部的电话，让他组织10名棚户区居民代表，负责监督由市政府举办的棚改工程项目招投标大会。

兵马未动，粮草先行。市房产局作为全市棚改的牵头单位，局长也就是市棚改指挥部主任，整个春节期间一直处于紧张的状态之中。投入棚改单位的资格审查，各项工程的项目招标……一件事儿紧接着一件事儿，房产局局长是急性子，经常为了落实不下去的事儿与工作人员大呼小叫。棚改还没正式开始，这位房产局局长大哥的神经就有些绷不住了。

一些莫名其妙的大小老板，为了吃到棚改这块肉，在陈靖西等人的指引下，通过各种方式对其进行了高密度、多层次的围攻。老板还好对付，一些老领导的引见、条子，让他难以拒绝。春节那一段时间，他不敢回家，连团圆饭都省了，说情、送礼的人“组团”堵在家门口。市房产局局长给老婆打电话指示:“把门关紧，一个也不要放进来，千百双眼睛盯着我呢!”

局长心里明白，自己还有两年便要退休了，如果在棚改上有闪失，一世英名就算是毁了。此时，办公桌的电话铃声已经响了许久，他紧盯着蹦蹦跳跳的电话就是不敢接。

手机响了，局长一看是市政府的小号，赶紧接通了电话。电话那端传来市长的声音:“你在哪儿?”

“我在办公室。”

“办公室?在办公室,为啥不接电话?”

房产局局长哪敢透露他被老板们“追杀”的事儿,应付了一句:“我刚才上厕所……”

市长:“你赶紧拿棚户区改造的工程招标方案过来。”

如此紧密的市长召见,在市房产局还从来没有过。最近半个月,市棚改指挥部成了市长另一个办公室,有紧要事情,市长不通过局长,直接把有关处长叫过去研究问题。前几次有一个处长回答问题比较含糊,市长一句话:“换人!”那个处长就此靠边站,从建委那边调来几个硬手顶了老处长的缺儿。

棚改实施方案几易其稿,市长还是不满意,他用笔在草案上直接涂改:“这种方案不是给干部看的,用词不用文绉绉,我们都看不明白,老百姓能懂?”

最后,修改了二十多稿的棚改实施方案正式定稿之后,市长专门召开了由各个区棚改指挥部工作人员参加的扩大会议,继续征求大家的意见。

棚改方案是由市棚改指挥部起草,市委书记、市长亲自审阅,各区棚改指挥部提出修改意见,经过几拍儿研讨出来了。所以,最后的定稿大部分人比较满意。前期的拆迁、补偿方案,经过充实也比较完满了。

市长点名要姜示范发言,姜示范有些走神儿,因为他早上临来前,去跟小阁商量搬家的事情时,发现小阁家大门紧闭,院子、屋子空空如也。小阁和爸爸上哪儿去了呢?如此不声不响地搬家,不属于小阁的风格。

姜示范回过神来：“这个方案很好，很好……”他在迅速调整思路以后，再次回到棚改方案上来。

市长：“你们区是最先动作的，也是最先接触实际情况的，谈谈你们的看法。”

姜示范：“前期，我们遇到了许多实际问题，在政策的大框架范围内，能解决的尽量解决了。‘双无’和‘三无’的住户依然是动迁的难点。”

或许棚改实施方案得到了大家的认可，市长的神态松弛了许多：“棚改是一件利国利民的大好事，其目的就是让困难的群众都拥有住房。这一部分，我们要考虑实际的历史情况，人家毕竟在那地方住了那么多年，不能人家什么都没有，就都撵大街上去。这部分人，是拆迁的重点和难点，具体情况，具体对待。你们下面要切实掌握政策的尺度，不能松，也不能紧。可以适当提高房屋每平方米的价格，比棚改房高，但也不能比商品房价格高。这些户建立特别档案，各种资料要详细，如果有人想在这方面以权谋私，提供虚假材料，不管涉及谁立即拿下。”

姜示范松了一口气，如果按照市长的新说法，莫地沟另外的2%问题有望得到彻底解决。

市长补充了一句：“再有，一定要让每一户群众都懂得棚改政策。群众不明白政策，不是群众的问题，是我们干部的问题。一句话，绝不让老百姓因不懂政策而吃亏。”

让居民代表参加市里举行的招投标大会，起初姜示范也不明白，他想，上面是为了走过场，或许是应景之作。为了把这个景儿应好，街道从部分素质较高的居民中推举出了十多名代表。

莫地沟、锦阳棚户区的居民第一次参加这种招标、投标大会，在路上便议论纷纷，有人说："棚改工程招标、投标大会，跟我们老百姓有什么关系？"

"有屁关系，没有事儿皆大欢喜，出了事儿，往咱老百姓身上一推。"

"对！就是陪绑的！呵呵……"

虽然姜示范自己的顾虑没有解开，但还是努力向大家解释："谁家盖房子，都要请人当大工、小工，备砖瓦、木料等建筑材料吧？选材料，都要选质量好、价格便宜的，这次棚改国家、政府、居民个人都有份子钱，请人盖房，买材料，花钱要花个明白。"

"咱去了有啥用？去了还不是摆设。"

姜示范也不好说什么："就是一个摆设，咱们也该看看是怎么回事儿吧？"

左英红、姜示范、李响带着十几位居民，乘坐 18 路公交车从棚户区赶往市内。棚改工程招投标大会现场设在"老市政府"后面的西楼。市政府搬迁到河东以后，前面的楼卖给了一家银行，后面东西厢房楼还保留着，东楼是劳动力就业市场，西楼是房产交易市场，分属劳动就业局、房产局两个局管理。

刚一进院子，十几辆豪华气派的高档车驶了进来，先后停靠在房产交易市场门前。徐文婕躲闪不及，刚刚换上的新连衣裙被溅了一身泥水，她刚要上前说理，从车上下来的几个老板模样的人，连正眼也没有瞧他们一眼，还"好心"地帮他们指路："你们要当保姆、找零工去东楼……"

姜示范脸色阴沉，没有搭理他们，把一干居民代表依次请上楼梯。这是全市棚改第一次招投标大会，来参加招投标的各路老板有二百多人，几位成名的建筑商走在最前面，气势很盛，志在必得。

大老板见到几个小老板还开玩笑："哎哟！你们几个人来了，看来我们要靠边站了。"

几个小老板也很知趣，躲在一边，让开道路："哪里哪里，我们是来看热闹的。"

招投标大会即将开始的时候，一辆奥迪停在房产局门前，许多干部都认出这是市长的车。市长与房产局局长带头进入会议大厅，跟随在后面的人也都大有来头，他们是监察局、检察院、公证处的干部和工作人员。

有几个老板小声嘀咕："不会吧！整得这么严肃。"

"开个标，连市长都来了。"

"爱谁来谁来，咱标底上见。"

"那几个大老板早就把鱼喂熟了，就等着提竿上鱼了。咱们没戏……"

有些人成竹在胸，而有些人发毛了，开始用手机给不知名的人物打电话。

招标投标大会现场，分南北两方面座席，南面是参与棚改的政府机关人员，北面是来自全国各地的大小老板。

在巨大电子显示屏后面的办公室里，一些从外地请来的专家正在核对各种标书，在没有正式开标之前，现场气氛紧张压抑。

等到所有人都坐下了，市长站起来讲话："来自全国各地的企业家们你们好，热烈欢迎你们参与棚改……"说到这里，他仿佛想起了什么，大声问："棚户区的居民代表来了没有？"

姜示范从最后面站起来，举手说："来了，来了！全来了！"

市长开玩笑道："未来的房主来了，怎么躲在后面？呵呵……

现在真正的大老板都很低调啊！请棚户区的代表到前面来。”

姜示范带领十多个高矮胖瘦不一的居民代表，从老板与干部中间过道往前走，先前坐在前面的各局委办的主任、局长赶紧让开了座位，南边的会场一阵喧闹。

在耀眼的灯光下，姜示范小声对旁边的居民说：“昂起头，挺起胸来。”

从来没有经过这种阵势的居民，在众人的注视下，显然不适应，走在前面的几个人面部僵硬，有一个人走路胳膊腿儿居然顺拐。

大家落座以后，市长待会场安静下来继续讲话：“这次棚改不同以往的建设项目，资金量、工程量、材料采购量都十分巨大。为了筹集棚户区改造的资金，中央、省市政府及棚户区老百姓都出了钱，每一分钱都来之不易。为保证这一民心工程不出任何差错，市委、市政府决定，棚户区改造所有工程全部实行统一招标，一是要保证来自全国的建筑企业平等竞争，二是要把钱用在刀刃上。今天，我们要对涉及棚改的重要原材料进行统一招标，就是要最大限度地减少中间环节，一方面遏制腐败，另一方面控制工程成本，节约原材料采购资金。其目的只有一个，就是让老百姓住上最便宜的房子。现在，首先开始棚改工程施工、设计、监理开标……”

最先开始的建筑施工单位开标，随着唱标人抑扬顿挫的报标声，电子显示屏上依次出现了施工单位的名字和每平方米的施工价格：

金铭建筑公司

东北成顺建设公司

启明城建集团有限公司

东方建设有限公司

……

这些建筑企业大有来头，随着标底揭开，一串奇怪的数字出现了，除了第一家以600元/平方米造价投标以外，依次顺延的几家都是按照598元/平方米投标。

棚户区改造每平方米造价600元，是政府部门经过建筑专家多次研判的成本价格，而几家联手推出几乎统一的价格，有非常明显的串通痕迹。建筑商在巨大的利益面前，不惜结成建筑价格上的统一战线，而这种场面，事前谁都没有预料到。

坐在最前面的居民代表，显然看不明白建筑商设置的迷局，他们只是看到598元/平方米的投标价格，在直觉上感到很便宜，有人甚至鼓起掌来："一平方米不到600块钱，好，太好了！"

姜示范坐在一边，注意到市长的脸色很难看，大屏幕上的红色映在他脸上，其中有掩饰不住的不满……

如此诡异的价格投标排列，也引起了外埠评标专家组的怀疑，建筑价格开标以后，由外地专家组成的专家组判定，投标的几家建筑施工企业涉嫌联手串标。招标办、甲方代表、评委、监督小组、复核审查小组经过紧急磋商、研究，宣布此轮开标结果作废，决定择日重新招标。

此举，在招投标会场引起强烈轰动。特别是几位建筑企业的大老板，找到招标办的负责人连声说："冤枉！冤枉！"

在现场维持秩序的政府工作人员，用手势暗示他们保持克制、冷静。

几位老板还不肯善罢甘休，要冲进专家评审组去理论，在市建委和市房产局工作的工作人员毫不客气地指出："你们都是成名的人物，闹什么闹，刚才这种把戏，太小儿科了，连8岁的孩子都能看出来。"

陈靖西不知道从什么地方窜出来，见到几个垂头丧气的老板开玩笑说："以前你们仗着有几个钱玩别人，现在掉链子了吧！我早跟你们说过，棚改不好玩儿！消火，消火……"

在开标现场打压共同串标，让更多凭借实力来投标的老板感到兴奋，因为，人们已经不相信后面有什么大的猫腻了，安静下来的人们开始全神贯注地注视电子屏幕上接下来的开标结果。

在随后进行的自来水表开标过程中，出现了令人惊奇的一幕。

自来水表的市场价格一般是148元，参加竞标的有十几个企业，电子显示屏上显示的投标价格一路开始跳水，140元、135元、110元、95元、80元、60元……

如此大幅度的价格跌落，让竞标的企业心惊肉跳。姜示范在心里想，没想到一块小小的水表，就像一块海绵，竟然能挤出如此大的水分。可想而知，一项大的建筑工程的利润有多大。

水表价格还在继续往下跳，59元、52元、48元、40元……最后，水表的价格定格在31元，从148元到31元，如此巨大的落差让看到竞标的所有人精神高度紧张，一块正规水表价格，经过紧张激烈的竞标整整节省了117元。

小水表揭开建筑企业的冰山一角，只此一项招标，就为即将开始的棚改工程节约资金近千万元。

中标企业的老板掩饰不住内心的激动，"嗷"的一声蹦了起来，与合作伙伴们紧紧拥抱在一起。

一向稳重的市长好像打了一次胜仗，他与姜示范狠狠地击掌欢庆，他说：“棚改是一场大仗，这只是一场小小的胜利，只有积小胜才能最后成大胜。省下如此一大笔资金，我们还可以给老百姓建几座像样的楼房。”

市长在竞标间歇期间，对在座的所有老板说：“价格是一方面，更重要的是质量，如果发现棚改过程中，有的产品质量不过关，有关企业不仅要被罚分，情节严重的更会被取消参与棚改资格。如果有的企业能够干出高效优质的工程，我们将在以后的评标中设立奖励分。特别是那些投入高、工程快、质量好的优秀企业，我们将优先考虑把以后的棚改工程给他们。”

……

从评标现场走出来，姜示范深深地呼吸了一口新鲜空气，他见到嬉皮笑脸的陈靖西便说：“赶饭点上了，这是你的地头，总不能让我空肚子吧！”

陈靖西：“多大点事儿啊！”说完陈靖西就有点后悔，这不是多大点事儿能解决的，在姜示范后面，跟着十几个居民代表正在听他们对话。

“好嘞！我请大家吃自助餐，管够吃。”陈靖西说完带着大家登上商海大厦最顶端的旋转餐厅，这里的自助餐每位不到30元。

站在旋转餐厅的环形玻璃窗前，整个城市都在脚下，能看到城市日新月异的崛起。

第四十四章

过了正月就到了二月二，最先感知春天信息的是浑河冰面上的黄鸭。黄鸭等常年居留在浑河左岸的野鸟，小心翼翼地在冰面、河滩上觅食，骤然的冰裂，吓得鸟儿扑棱棱飞起。坚硬的冰层裂出许多条纹，在“嘎嘣，嘎嘣”的声响中伸向远方。

蓝得要命的天，看不到一丝云彩，一行见过世面的大雁，带着远行者的坚定，一批又一批地飞过天空。

最有灵气的还是风。春风摇动了树的枝干，冻土下面敏感的根须有些紧张，泥土松一下，它就握一下，等树根握紧、握实，那来自季节深处的悸动，通过树干、树枝、树梢，把一抹鹅黄晕染上枝条。先前还僵硬的枝条，开始变得柔软，开始变得婆娑，犹如二八女孩曼妙的身姿，怀春的神态让所有沉寂的生命动情。

北方的春天，一天一个样子。人们还没有来得及剥掉身上的冬衣，散发清香的草芽，便从土地里张开一张张稚嫩的小嘴开始呼唤春天。

经过一个冬天，大学生志愿者从面容到心态都发生了变化。李响白皙的脸面有些暗红，她每天跟随姜示范、左英红等人来往于棚户区。为了拉近与棚户区居民的感情，在中小学生放假的时候，李响与几名志愿者一起深入莫地沟、锦阳棚户区帮助困难学生补习功课。经过李响等人的努力，有有的课业有了巨大长进。有有的确聪明，找到了学习的门路，落下的一年级语文、数学课程基本补习完成，他所掌握的知识点十分准确。李响有一个新想法，准备让有有直接跳级到二年级，这样能追上先于他上学的同龄人。

大学生志愿者的介入，给棚户区改造增添了新鲜的血液。年轻人的想法的确很多，棚户区有些人家同样望子成龙，但由于环境因素他们已经放弃了更高的追求，许多人都是混日子，平时打麻将、喝小酒，孩子如果学习不认真就用生硬的方法解决，开口就骂，抬腿就踢，举手就打，根本不讲究教育方法。久而久之，孩子打皮了，也不当成一回事儿了。

有一次李响和志愿者到棚户区工作，正遇到一个醉酒的家长用巴掌扇孩子。孩子的哭声似乎没有打动屋中的人们，一帮人在烟雾笼罩的小屋子里专心致志地打麻将，旁边的打骂式教育好像与他们没一点儿关系。

“给钱，给钱，素和，还是一个夹挂……”

“你眼睛瞎了，这有一个混儿，这是素和吗？抱着跑，还砸人？诈和！包庄！”

……

“你这是干什么？怎么这样打孩子！”李响冲进屋子用身体护住孩子，她问孩子的父亲：“哪有这样管孩子的，你有能耐把这道题做一做？”

那是一道二年级数学题，打孩子的父亲根本不会，他理直气壮地说：“就因为我不会，才想让他学好。这个瘪犊子，再不能像我一样了。× 的，龙生龙凤生凤，咱棚户区的孩子，就是属耗子的，生下来就是他 × 的打洞。学不学都一个样……”

孩子的父亲回到麻将桌之前踢了孩子一脚：“我告诉你，老师再打电话找我，我他 × 的捶死你。”

在浓重的烟雾里，一张张灰白的面孔伴随着噼噼啪啪的麻将声，充满了掩饰不住的激动和兴奋，立刻掩盖住了孩子的哭泣声。

李响针对棚户区孩子学习成绩普遍差的情况向姜示范提出，在棚户区建立一个贫困生帮扶基金，由大家“一对一，二对一”地帮助贫困生。根据棚户区学生家庭环境普遍不好，家长家教不当的情况，大学生志愿者在街道开辟第二教学课堂，由志愿者免费重点帮教贫困生。这个想法一经提出，立即得到了左英红、姜示范的支持。

姜示范其实想得很多，他认为棚户区改造不仅是居住环境的重新构建，更重要的是要对群众进行精神上的构建。棚改需要一种精神，没有精神的棚改不会有任何意义。

闻听消息的市区人大代表和市政协委员纷纷慷慨解囊，3 万元帮教助困基金在一个星期内便有了着落。

最近，陈靖西不知道犯了什么病，总找借口到棚户区来凑热闹。小阁搬走以后，并没有主动与陈靖西联系，陈靖西听别人说，小阁在市内一家公司就职，具体做什么工作也不知道。陈靖西人很尿性，人家不愿意告诉的事情，他从来不主动打听，陈靖西感觉小阁越来越神秘了。

陈靖西自从在棚户区第一眼看到李响，眼珠子就像扒拉上去的两颗算盘珠子，定定地呆在那里不动了。他听说李响等大学生志愿者想帮扶学生却没有场地和师资时，眼睛瞬间亮了起来，他推了一把姜示范：“帮我介绍一下，咱也是热心助学人士呢？”

姜示范瞪了陈靖西一眼，见陈靖西眼神中满是诚恳，便对李响介绍说：“这位陈靖西是青年企业家，你叫他陈靖西就行了。”

李响大方地与陈靖西亲切握手，陈靖西一反常态，一本正经地握着李响的手说：“你们的做法，让我们本地的企业家非常感动。如果有需要我们会全力支持。”

陈靖西说完，当着李响的面用手机到处联系：“喂，我，我……你西哥。啊！ 320 平方米，行，还有更大的吗？不用，够了，呵呵……桌椅板凳，你一起弄来就更行了。”

“啊！我陈靖西求你，不是给你面子吗？你作为教育专家没你不行啊！赶紧过来，我在金凤街道……”

“想你了，真想你了。美艳，我要不想你，能给你打电话吗！骗你是孙子，你的电话号码，我从后面往前背，能连到圆周率后面 100 个数儿……”

不一会儿，教奥数的齐美艳等人开着车来到金凤街道，这些人都是本地中小学的业务骨干。齐美艳以前在一所中学当数学老师。早年，因为区里财政困难，拖欠学校老师工资，她私下里出去教奥数，因为屡教不改，让学校给了一个记过处分。

齐美艳到校长室就把门给踹开了：“记过处分，你怎么不枪毙我呢？区教育局好几个月没给我开工资，我出去练摊赚打酱油的钱，还不行？”

校长也很不客气：“你的所作所为在社会造成了极其恶劣的影响，如果不是照顾你是教学骨干，学校应该开除你。”

齐美艳把早就写好的辞职报告丢在校长脸上：“开除我，我还不伺候你这份月子了。”或许是因为经常与陈靖西这等人物厮混，齐美艳突然的情绪爆发同陈靖西一样盛气凌人。

齐美艳离开了学校，自己办了一所课外辅导学校，网罗一大批市内的教学骨干，教奥数、英语、作文……由于名气大，教出来的尖子生多，每年收入在80多万元。齐美艳所办的辅导班，别看不属于教育系统的正规学校，但由于在辅导教学上的确可以点石成金，因此，说出的话也很牛气："棚户区准备参加中考的贫困生交给我，我分文不收，太多了不行，我只收20名。"

同齐美艳前后脚来的，还有一位陈靖西的死党，某高中教学副校长张德军，听陈靖西介绍完基本情况，连说这是一件好事："我们的教学质量在市内高中，如果说二流，没人敢说一流。我要把这里的情况向学校汇报。争取把棚户区当成老师和学生参加社会实践的基地，定期选派最优秀的教师和学生参与辅导贫困生。"

贫困学生课外活动场所也定好了，陈靖西一个朋友在金凤街附近，有一处库房恰好闲置，稍微加以修缮就可以使用。平时，陈靖西等一干人在一起混吃海喝，看似不正经，但办起正经事儿来效率极高。陈靖西只几个电话就把事情搞定了。姜示范正要高调表扬陈靖西等人的义举，却见陈靖西凑到李响身边向她要电话号码。

陈靖西："以后，为了棚户区的孩子，我们要紧密联系。你负责组织，我这边负责联络、协调，有啥事儿，打个电话就行了。"

在没人的地方，姜示范立即揭穿陈靖西的伎俩："陈靖西，那还是个孩子，我警告你，她是大学生志愿者，出了啥事儿，可别怪我翻脸。”

陈靖西拍拍姜示范的肩膀：“俗气，太俗气了。我是啥人你不知道？啥时候用下三烂的手段制造事端了。我是柏拉图和王尔德的忠实信徒，精神和唯美是最终的追求。不过，有女的主动进攻，我还是挺软弱的，一般都是举手投降。”

陈靖西开车回来的路上，用手机翻开李响的手机号码，135开头的。陈靖西把其中的数字用简谱的方式哼唱出来：多米索……0、8、9也让他别出心裁地改为了高八度和低八度，居然哼唱出了一曲动人的情歌旋律。陈靖西调整了一会儿，曲调抑扬顿挫，低回婉转，朗朗上口。不由得在心里赞佩自己：“多明戈、胡里奥是狗屁的情歌王子，我陈靖西才是！”

第四十五章

最近半年，市委书记、市长、市纪委书记的公务车经常往返于阜顺与沈阳之间，透过车窗，可以看到两座城市的道路与城市外貌有很大区别：阜顺这一边，污染的空气，坑坑洼洼的道路，城市面貌几十年未变。而一进入沈阳境内，道路宽了平了，道路两边开满了鲜花，一座座高楼拔地而起……两座城市形成了鲜明的对比。

沈阳市和平南大街45号是市领导经常出入的地方，棚改进入关键期，省委书记留下一句话："涉及这件事，遇到任何困难，都可以直接找我。特别是棚改，你们作为全省的试点，要有速度，要有质量，更要有经验。阜顺离沈阳不远，我不一定什么时候就过去……"

听过来自阜顺方面的汇报，省委书记站在窗前若有所思。东北老工业基地从兴盛到衰落已经接近20年，这艘巨舰搁浅以后已经锈蚀斑斑，想重新起锚太难了。在全省范围内他也遇到了相似的问题，要用合适的手段处理好这些问题，不仅需要魄力更需要艺术。

不知不觉中，窗外的树木已经绿了，灰暗的树木、楼房，在春天的熏陶下，已经有了掩饰不住的生机，一群麻雀在院子里蹦蹦跳跳地觅食。

省委书记转身对阜顺方面的干部说："不管有什么千头万绪，万事民为先，棚改这件事还要作为头等大事来抓。你们市要把棚改作为1号工程，省里以后的棚改也要作为1号工程。我们想问题、办事情、做决策，都要以人民群众高兴不高兴、满意不满意、赞成不赞成、拥护不拥护作为出发点和落脚点。政府要拿出群众认可的政绩，首先要树立正确的政绩观，宁可不要GDP，也要为老百姓干出看得见、摸得着的实事来，千万不要图虚名。"

莫地沟、锦阳棚户区开始大规模搬家了。如此壮观的搬家场面，从来没有过。上千户人家、几万人一起搬家，大卡车、半截皮卡、三轮、马车、手推车……充斥在大街小巷，一时间道路拥堵，汽车喇叭的鸣叫异常刺耳。

棚户区的老百姓在棚户区过惯了穷日子，什么东西都舍不得丢掉。煤棚里没烧完的煤坯，菜窖里的萝卜、土豆，木头箱子、炕勤柜都装上了车子。

姜示范看到老田一家人，打趣道："你们回来这里就是楼房了，这些炕勤柜、木头箱子舍得往新房里面放？"

老田怀里抱着黑白电视机："破家值万贯啊！辛辛苦苦积攒起来不容易，房子没盖起来，谁知道啥样？丢掉怪可惜的。"

一些年轻人更痛快，把收废品的请到家来，旧电视机、缝纫机、箱子、柜子、劈柴、煤球、酸菜缸……一样样清点，估堆儿算钱，然后一家人什么都不带，叫了一辆出租车，对那些年龄大的人说："大叔、大婶，这些东西回来一样都不能要，全换新的。"

“败家子！败家子！”老人们看不得如此铺张，对扬长而去的年轻人大骂。

左英红、姜示范等人带着街道工作人员、大学生志愿者一边维持秩序，一边帮家庭困难的人搬家。由于棚户区改造盘子太大，区里又把各个机关的干部充实到棚改第一线。

姜示范专门负责莫地沟的棚改，而锦阳棚户区棚改则交给了区下派干部张韬负责。虽然张韬是区委新派来的，但论级别张韬要比姜示范高半格，因此，姜示范对张韬还是心怀敬重的。

姜示范在左英红、徐文婕的配合下，莫地沟的搬家、拆迁按部就班，但锦阳棚户区张韬那一边，却遇到了重重阻力。

张韬人非常精明，工作也非常有办法，在区里上下论工作能力和为人处事，都得到了领导和群众的认可，要不区里也不能把他派到棚改第一线。姜示范很喜欢张韬在工作上的态度，觉得他是不可多得的人才，在许多方面，张韬所提出的意见，对开展棚改工作很有针对性，因此，姜示范对张韬刮目相看。

张韬对姜示范说：“锦阳棚户区搬迁虽然有许多困难，但我相信，只要我们党员干部尽心努力，群众一定会满意的。”

有张韬在，锦阳棚户区的搬迁、改造任务，姜示范很放心。这使他有更多的精力，投身于莫地沟搬迁改造之中。让莫地沟、锦阳棚户区困难户顺利搬家是街道工作的重点，在此之前，左英红、姜示范为了节省搬家成本，针对金凤街道困难户搬家的问题，已经提早下了手，为全街道 10 多户贫苦户租好了价格相对便宜的房子。

当姜示范背着李肃刚带着有有搬出棚户区的那一天，李肃刚抓住姜示范的肩膀说：“示范，等我一下，让我看看这个旧房子。”

姜示范停下来，李肃刚用手擦了一下眼睛，不相信地问：“我回来后，这里真的是新楼房吗？”

姜示范肯定地点点头：“嗯！”

姜示范为李肃刚在金凤街道所租的房子每个月一百元，街道为每户先垫付了一年多的租金，一千二百元，只过了一个多月，这里的房租，因为搬家的人太多，每月已经涨到四百多元。

租来的房子比李肃刚以前租的房子要宽敞很多，仅此一项，街道就为李肃刚等贫困户节省租金三千多元。

李肃刚有点坐不住，他想凭自己修鞋的手艺，自食其力地做点什么。姜示范拍拍李肃刚的肩膀安慰说：“老哥哥，慢慢来。”

每天早晨，姜示范与蓝维誉都早早起来，到金凤街后面的千台山上散步，回来经过工农小学的时候，总要看会儿学校的升旗仪式，隔着栅栏和树木见到国旗从棚户区冉冉升起，操场上，一些棚户区的孩子面对五星红旗高唱国歌敬礼。在队伍中他们看到了新入学的有有，有有年纪要比同班级学生大 3 岁，因此个头要比同学高出一大截。看着有有认真敬礼的样子，姜示范心头有些酸楚，他抱住蓝维誉的肩膀说：“我们的孩子，也许会比他们更幸福。”

说者无心，听者有意，蓝维誉的面色显得凝重。姜示范没有注意到蓝维誉情绪的变化，此时，姜示范的手机响了，是张韬打来的，他说锦阳棚户区有一拆迁户把煤气罐搬到房顶上，要在房顶上与全家老幼引爆煤气罐和房子共存亡。

姜示范马上在街道上拦住一辆的士，直奔锦阳棚户区而去。

来到现场，只见在一堆瓦砾上，矗立着一所孤零零的房子，一个满身文着龙纹的壮汉站在房顶上，身边是一个披头散发的女子，还有一个7岁左右的孩子。他们身边放置着5个煤气罐，那个壮汉手里拿着一个个啤酒瓶，看到有靠近的人们便把啤酒瓶里的汽油点燃，向房子周围投掷，一团团烈火，在房子周围燃烧……

事情还得从头说起。

张韬在区里工作时间长，上下关系及活动范围都比姜示范广，工作起来雷厉风行，深得领导器重，要不李书记也不会把张韬放到如此重要的工作岗位上来。

张韬做事儿不隔夜，他所带去的那一批以区城管为骨干的队员，都擅长打硬仗，那边协议刚刚签好，这边房子铲车、钩机一起上，搬走一家，扒掉一家。因此，锦阳棚户区的搬迁速度要比莫地沟快。

棚改前期的工作，张韬从心里并不服姜示范，加上两个棚户区同时搬迁，他在心里就与姜示范较上了劲。张韬带领区里的几名干部，带上一帮城管队员，把铺盖搬进一家先拆迁搬走的住户家中，早晨方便面，中午咸菜馒头，晚上哥儿几个弄上两个鸡骨架、一瓶白酒、几个罐头，一边以酒助兴，一边研究工作。喝到高兴的地方，大家一起“嗷嗷”大叫，心气异常的高。

正当莫地沟四平八稳地做群众工作，有条不紊地进行搬迁的时候，张韬所带领的拆迁工作队已经完成了锦阳棚户区拆迁工作的一大半，建筑垃圾、残土被及时开进的大型运输车运送出去。

看着几十公顷的土地被净了出来，张韬高兴地对手下人说：“大家再加一把劲儿，我们一定要走在莫地沟的前面。”

锦阳棚户区是姜示范前期的工作重点，经过他与张韬的先后工作，大部分人家都已经搬走了，而唯有居民崔成本一家迟迟没有签下协议。

崔成本因为打架斗殴致人重伤，两年前从劳教所放了出来。崔成本本事不大，气魄不小，一年的劳教生活没有挫掉他身上的锐气，反倒增添了不少毛病，说话办事儿都走社会人的道儿，总怕被人瞧不起，时常打肿脸充胖子，虽然兜比脸干净，但朋友有了红白喜事，场场必到。走礼别人给 200，他要给 300，别人给 800，他给 1000。

崔成本与老婆都没有工作，过日子没了钱就向父母和朋友借，拆了东墙再补西墙地过日子。媳妇埋怨他，崔成本还振振有词："你别看咱现在难点，我那么多朋友，都不是一般人物，现在搭点，以后咱有了事儿，人家一句话就帮忙解决了。朋友是什么，朋友就是路。"

崔成本对未来充满了信心，听说锦阳棚户区要棚改，几个在社会上混的朋友给他出主意，他叫人连夜在家附近盖了一间豆腐坊，还雇用了两个临时工，豆腐做得实在不好吃，每天两板豆腐卖出去半板就不错了，剩下的落满了灰尘，连本钱都赚不回来。他要的就是这个范儿，家门口大门上彩色喷涂的广告牌子非常气派，上面写着：煤都大成豆制品加工厂。

当张韬带领棚改工作组让其签搬迁协议时，崔成本不干了："我这是正儿八经的经营门市，一天收入好几千块呢！"

张韬在区城市执法局工作过，说话从来都硬气，他说："区里前期普查的时候，已经明确记载你这里没有豆腐坊。你这个豆腐坊刚办起来没有任何手续，属于黑作坊，政府明令取缔，这不应该是你不签署搬迁协议的借口！"

崔成本见张韬来硬的，话说得也很死，要求棚改小组重新对目前的房产进行评估，一是增加新楼房的面积，另一个是增加搬迁补偿款，如果不答应上述两个条件，他不会签署搬迁协议。

即使这样张韬也没有灰心，一天天黑吃过饭，张韬见崔成本家亮着灯，便上去敲门，里面的灯立即熄灭了。

张韬带人刚走进院子，往常拴着的德国黑背狼狗，从狗窝里一下子蹿出来。本来张韬若只是站住不动，那只狗便只是叫唤，但张韬胆小，回头便跑，人哪有狗跑得快，狼狗追上张韬一口咬住了他后腿。要不是同来的几个人用棍子把狗赶走，张韬一定会被大狼狗给撕烂了。

张韬惊魂未定，站在大门外大声喊着崔成本的名字："崔成本！崔成本！你家狗咬人了……"而崔家家门紧闭，没有一点儿声音。

几个人怕张韬得了狂犬病，赶紧搭车到市里卫生防疫站，花了几百元注射了狂犬疫苗。打疫苗一个疗程将近两个多月，张韬隔几天就要从棚改工地往卫生防疫站去一次。

白天去找崔成本，崔成本装傻："俺家狗咬了你，谁看到了，我家狗每天都拴着。我告诉你，给我来阴的没用，想用讹人的方法逼我签协议没门儿！"

张韬拿崔成本一点儿办法都没有，区城管局的一位工作人员说："对恶人就要用恶的方法，我找几个人收拾他一顿得了。"

张韬摇摇头："不行，区委李书记要是知道，我就完蛋了。"

后来大家商议，既然崔成本不同意，就用逼迁的方法，反正周围的房子都已经扒了，把电和水给掐了，看他们怎么办。张韬无可奈何地点点头，也只能这样了。

水没了，电掐了，并没让崔成本屈服，他用车拉来一桶汽油和几个煤气罐，指着张韬的鼻子骂：“我 × 你老妈，跟老子玩这一套，你们敢动我房子一根手指头，我与你们同归于尽。”

眼见着该搬走的都搬走了，只有崔成本一家像钉子一样矗立在棚改工地，张韬心里一着急，就感觉狗咬的伤口疼。正当无计可施的时候，区城管局李祥福带着五六个男人走了进来。张韬抬头一看，为首的人他认识，是在市内开韩国料理店的于成。

于成人很瘦，走路稍微踮脚，左手总是斜插在裤子口袋里。眼睛不大，见人总是笑，眼睛似乎对人的焦距有点问题，本来是看人的脸，但眼神似乎停留在人身体的中间部分。被注视对象经常很尴尬，不由自主地低头看看自己下面的拉链是否拉上了。

张韬只是认识于成，但对他的根底并不了解。只知道于成是社会人，后来循规蹈矩做上了餐饮生意，为人处世也不嚣张，挺受人尊敬的。于成过去的历史，就写在他插在兜里的手上以及一走一踮的脚上。

在这个城市里最能使人暴富的行业有两个，一个是房地产，另一个是开矿。于成前几年在这两个行业呼风唤雨，如鱼得水，就是因为他替老板摆平事儿，尽量不伤人，而是伤自己。

于成揣在兜里的左手已经少了三根手指，一根手指是一个创业故事，三根丢掉的指头便是于成成长的历史。于成在社会上平事儿，能谈的则谈，谈不拢的便使出“撒手锏”，为了表示把这件事儿干成的决心，于成会当着事主儿的面，把自己的手放在桌面上，先像弹钢琴一样在桌子上欢快地弹奏一曲，等手指停止了跳舞，他便一刀切下自己手指，然后笑着用纸耐心地包好，作为礼物送给对方。

最近几年，于成似乎淡出江湖，如果没有太大的事儿，根本不出面。于成对手下人说：“不是钱不钱的问题，而是做人要适可而止，我这么多年用自残的方式，混下了一片江山，以后，要好好对待自己的身体。”

张韬当然不知道于成过去的“光荣”历史。

于成因为门前停车场的事儿，请区里的城管吃饭，席间，听说棚改拆迁因为崔成本要赖，工作难以进展的时候，随口说了一句：“崔成本？我知道啊！他啥时候出来的？”

区城管的李祥福有些惊喜：“你认识他？我们正为这事儿犯愁呢，凭成哥的名气出面劝一劝，兴许这件事就成了呢！”

于成不假思索地应了一声：“棚改是好事啊！崔成本怎么这么不懂好赖，我试一试吧！”

于成见到张韬并没有把话说满：“我就是试一试，办成办不成两说着呢！”

张韬：“那就谢谢你了，劝劝就行了，千万不要惹事儿。”

“谁现在放着好日子不过，还惹事儿，和谐社会彼此谦让一点儿，这个世界就美好了。”于成年轻时经历过腥风血雨，现在心里真是这么想的，平时，他总要看看报纸了解政治和社会动态。

第一次去崔成本家人没见到，于成就被狗撵了出来。于成对手下说：“这么麻烦，一定是狗饿了，你们给它弄点吃的东西。”

手下按照他的吩咐弄了一块五香牛肉，见到狗追，就扔了过去。“德国黑背”完成了追击任务，属实有些饿了，一口便把肉吞到嘴里，不一会儿，一声没吭地死掉了。肉里面藏着几枚钓鱼的底钩，狗吃下肉吞不下，吐不出，死得悄无声息。这些活儿是于成小时候干过的事儿，轻车熟路。

第二天一早，崔成本抱着死狗带着全家老小找到张韬破口大骂，张韬也不知道什么事儿，丈二和尚摸不到头脑，彼此的对立立即升级。狗被除掉，于成替张韬出了一口恶气，但也为以后与崔成本商谈设置下了更严重的障碍。

张韬怀疑是于成等人干的，于成不承认："这种下三烂的手段怎么会是我？"

张韬不想让于成等人介入这件事儿，为了加快拆迁速度，他先是给崔成本租了一间像样的楼房，然后带队强行让崔成本搬家，然后再做崔成本的工作。

张韬一早带着众人来给崔成本强行搬家，崔成本见人多势众，急忙关上大门，然后带着老婆孩子爬上房顶，把煤气罐、燃烧瓶、砖头堆在房顶，拉开架势准备大干一场。与崔成本要好的几个社会朋友，手里拿着铁锹、镐把站在崔家周围"嗷嗷"地站脚助威。

这时，于成带着人马也来了。于成做事向来有始有终的，久未在江湖上逞强的于成最看重的是面子，不明不白地在政府干部面前丢面子，以后还怎么在生意场和社会上混？

于成瘸着腿在很远便向站在房顶的崔成本招呼："成本，大哥来看你来了！"

崔成本见是于成，暂时按下火气，颇为尊敬地说："成哥，你来了。你给我评评理，政府没有这么欺负人的，让我搬家，还弄死了我的狗……"

于成不好当着众人的面说狗是自己弄死的，他转移话题："成本，回来怎么不跟哥说一声。有啥事过不去啊！棚改是政府为人民办的好事儿，你这样折腾，像有啥深仇大恨似的，你要不下来，就是不给哥这个面子。”

崔成本扑通一声跪在房顶上：“成哥，平时你说一句话，我崔成本不敢说一个不字。他们太欺负人了，张韬，你昨天弄死了我家的狗，今天你有能耐过来把我一家人都弄死，你不过来，你不是人养的！”

崔成本把矛头直接指向张韬和政府工作人员。张韬再有涵养也受不了这个，告诉拆迁工作人员过去把崔成本弄下来，有清醒的工作人员告诉张韬：“现在大家情绪都不冷静，容易出事儿。”

张韬正犹豫的时候，于成那边脸上早就挂不住了，因为狗是他派人弄死的，感觉崔成本是在骂他，他向为崔成本站脚助威的社会朋友大喝了一声说：“你们都给我滚！”

那几个人都知道于成的厉害，闻听于成这一声断喝，早就吓掉了魂儿，丢下铁锹、镐把，一溜烟地散了。于成把手轻轻一扬，几个弄死狗的手下，早就按捺不住心中的愤怒，从房子几个方向朝崔成本家扑去，一些不明白真相的拆迁工作人员，也被带着往前涌去。

几个开铲车的司机发动车子，冒出大团大团黑烟，等把崔成本一家人弄下来，就准备把车开上去，铲平崔成本的房子。崔成本几个社会朋友经常说为朋友两肋插刀，到了紧急关头却都跑了，他的心已经凉了半截。眼见许多人潮水般涌来，崔成本眼睛都红了，他扒光上衣，先是用砖头砸，见没有什么效果，突然点燃手里的自制燃烧瓶抛向四面八方，熊熊的烈焰立时在房子周围燃烧起来……

强制拆迁一转眼变成了战场，等姜示范来到现场的时候，双方的对峙已呈白热化，姜示范看许多棚改的工作人员也在往前冲，他双手张开拦住他们的去路，大声喊道：“你们干什么？回去，回去……”

区里来的工作人员基本都是张韬带过来的，虽然认识姜示范，但由于分属两个棚改工作组，姜示范的话他们根本听不进去，于成带来的人更不用说，以为姜示范是崔成本的帮手，不仅没听，几个横惯了的人开始出手围殴姜示范。

姜示范被打得退到崔成本家门口，身上、头上已经挨了几砖头。

在房顶上，崔成本虽然看不清来人是谁，但在他孤立无援的境况下，有人手持木棒出手相助，他自己心里想，这个人一定是自己在社会上混过的朋友。火焰燃烧以后弥漫的黑烟遮挡住崔成本的视线，他从房顶下来，准备硬碰硬地与强拆的人大干一场。

姜示范在剧烈的打斗中摔倒、爬起，站起来又被打倒，经过激烈的对抗，姜示范感觉身体有些虚脱，腿发软支撑不住，险些一个趔趄栽倒。他用木棒强撑住身体，大口大口地喘着粗气，努力平息呼吸，汗水遮住了眼睛，他用手擦了一下，脸面弄得更脏。

姜示范用手指着张韬，第一次对张韬不客气：“张韬，让你的人给我退下去！”

张韬被崔成本一顿亲娘、祖宗地问候，火气还没有消：“示范，你管得太宽了，锦阳棚户区由我负责。”

“你负责，你负得起这种责吗？我还是金凤街道办事处主任，我不允许你们用无理、粗暴的方式，对待街道上任何一位居民。如果你们不退，我就立即向区委、区政府汇报。”姜示范经过一阵激烈打斗，感觉手臂有些疼痛，低头看左面手腕被于成手下打开了一个7厘米长的口子，血正顺着手指一滴一滴地往下淌。

张韬挥手让所有工作人员撤下来，铲车、人群向后撤去，紧张的气氛顿时松了下来，与姜示范面对面的是于成和他的手下。

于成睁着一对小眼睛上下打量姜示范，他并不认识姜示范，当知道姜示范只是个小小的街道办事处主任后，更没把他放在眼里。他一只手插在兜里，另一只手指向房顶的崔成本一家人："你让开，这是我们与成本的私事。"

姜示范早就知道于成这个人，压抑住心里的愤怒说："棚改是政府主导的事情，何时变成了你与他之间的私事？"

于成被姜示范堵得语塞，强词夺理地说："崔成本这小子骂我，我必须要教训他。"

"他骂你？他何时去你家骂你？你也算是社会成名的人物，带着一帮人堵在人家门口，硬往人家里闯，这叫私闯民宅！"

于成觉得自己很行事儿，遇到全市那些各行各业的老板、企业家，都跟自己说话客客气气，而现在被一个名不见经传的街道办事处主任当面数落，觉得面子有些过不去，立即激起了隐藏在心灵深处的痞气。他往前走了几步，脚踮得更厉害："给你脸，不要脸。不要说一个小破街道，就是区里、市里还没有人敢跟我这样讲话。其他的事儿不说，今天，我这几个兄弟被你打伤了，带我们到医院看看吧！"

姜示范火气上撞，一向说话温文尔雅、有理有据的他，说出的话充满了火药味："棚改是政府主导，为老百姓谋福利的工程，绝对不允许你们这帮社会渣滓，在这里面横行霸道。"

于成笑了笑："好，好，今天我就把你干成渣滓。"

他向后面一挥手，几个早已经按捺不住的手下，手里操持各种家什把姜示范围了起来。

“咣当”一声大门开了，崔成本手里提着一把铁锹冲了出来，与姜示范背靠背要与这伙人进行血拼。

这时，道路上一路烟尘，四辆黑色广州本田从道路斜刺下来，非常嚣张地停在了众人周围，十多个穿着黑色西装的人走了下来，为首的人正是西装革履，戴着墨镜的小阁。于成手下的人基本都认识用刀追杀金老五的小阁，一起点头向小阁打招呼。小阁把眼镜摘下来，细细地打量于成，又回头看看姜示范，他问于成：“成哥，你怎么与姜书记动上手了！”

于成摸不透小阁的底细，心里想，我在社会上混了这么多年，也没弄上如此大的排场，他知道小阁吃软不吃硬，便说：“小阁老弟，我也是路见不平拔刀相助，政府棚改是好事，你看崔成本见钱眼开，做好人也不容易啊！”

小阁走到于成面前：“成哥，呵呵……重出江湖了。你还是好好开你的饭店吧！姜书记对我家有恩，今天算了，如果觉得这口气没有出来，咱们日后再摆一摆？”

于成久经江湖，见小阁身后那帮人脑袋大、头发短，脸上不是粉刺就是横肉，打眼就能看出来个个是难惹的主儿，再加上打架不要命的小阁，他的内心已经犯怵。于成毕竟是社会上的人，隐约知道小阁在房地产公司老板陈家瑛手下做事，虽然心有不甘，嘴上却识得软硬。他顺势给自己找了一个台阶下：“好，小阁，这个面子我给你了。哪天到哥饭店吃饭，哥请客！”

说完，恨恨地瞪了姜示范一眼，带着一群人上车走了。

小阁用这种派头替姜示范解围，姜示范心里感觉不舒服：

“小阁，你一天神神秘秘的，你把你爸弄哪儿去了？我现在忙，你有时间到街道来一趟。”

姜示范似有察觉，小阁的消失或许与乔亚丽有关。凭过去对乔亚丽性情的了解，姜示范不免为小阁担心。

第四十六章

小阎打了一声呼哨，众人一起上了车。小阎神秘消失，是因为乔亚丽的出现。那一天小阎父亲病重，正在一筹莫展的时候，乔亚丽恰巧带人来探望，不由分说就把小阎父亲送进了市中心医院，托人找了最好的医生，并为小阎在医院附近找了一间房子。

那间房子是一处河景房，紧靠浑河边上，大而宽敞的落地窗，有 90 多平方米。进了屋子，乔亚丽没有过多的表示，将一把钥匙交给小阎说:“你先在这里住下。”

小阎不愿平白无故地接受别人的施舍，没答应。乔亚丽似乎看透了小阎的心思，把钥匙往小阎手里一塞:“不是白住的。你要交房租。我在一家公司帮你找了一份工作，他们很需要你这样的人，工资收入也不错。”

小阎去的公司叫华雄房地产开发公司，老板陈家瑛听说小阎是乔亚丽介绍来的，立即给小阎安排了工作。陈家瑛在沈阳和地产界大有名头，别看乔亚丽只是一位科级干部，但因为她在土地开发上权限太大，陈家瑛并不敢得罪，考虑到平时的关系，有关乔亚丽的事情有求必应。

小阎刚到公司工作，平时没有什么事儿，作为甲方代表让小阁到各处工地转一转。一个月工资有3000多元。这钱像是白捡来的一样，小阁有点坐不住，请求陈家瑛给自己找一份体力活。

陈家瑛先前因为乔亚丽的关系，还对小阁有所提防，通过了解，陈家瑛很看好小阁身上的朴素和义气，他对小阁说："王侯将相，宁有种乎？并不是付出体力，就能产生价值，我们公司的工作就是这样。"

小阁除工作之外，平时到医院伺候爸爸。他心里非常感谢乔亚丽，准备在第一个月发工资的时候，拉陈靖西等人出面请乔亚丽吃一顿饭。想给陈靖西打一个电话，想想又算了。总感觉自己的工作是凭女人的照顾得来的，让朋友瞧不起。

乔亚丽一直很忙，连小阁也见不到她的面。这次他带人在于成面前要威风，纯粹是巧遇，看到姜示范对待自己态度不冷不热，小阁心情很沉重。小阁这次带人回来，一是到区棚改办公室交涉、补签棚户区搬迁协议；二是到区民政局要求取消父亲的低保金，这事儿他很看重，之所以带着一帮兄弟耀武扬威地回来，在某种程度上带有炫耀的意思，他想告诉棚户区的人，自己现在已经行事儿了。

姜示范走进崔成本家，崔成本媳妇赶紧找出绷带为姜示范受伤的手包扎。崔成本进去的那几年，姜示范代表街道没少帮扶崔家，因此，崔成本的媳妇非要留下姜示范吃晚饭。水、电都掐了，要水没有水，要电没有电，屋里乱得不成样子。

姜示范本来不想留下吃饭，考虑到崔成本的棚改协议还没有签，也想明确地知道崔成本心里到底在想什么，就应了下来。他给民政的小姚打了一个电话，让小姚送两桶矿泉水、一盏汽灯、一箱方便面过来，随后，又要了一瓶八旗牌“千台春”白酒及一些下酒菜。

小姚不一会儿就开着车送来了东西。汽灯点亮，屋子一下子亮堂了许多，崔成本媳妇在厨房炒菜。姜示范与崔成本先就着狗宝咸菜、明太辣鱼、五香花生米喝了起来。

两口酒下肚，姜示范把崔成本的孩子拉到怀里提起话头：“成本，今天你带老婆孩子上房放火这件事，做得不爷们儿！”

崔成本也不会说话：“我也是没办法，张韬那瘪犊子太阴了，掐电、掐水不说，还弄死了我的大狼狗。”

这时候，崔成本媳妇炒好了肉丝蕨菜、笨蛋刺嫩芽儿，也盘腿上炕：“他就是个彪子，上来虎劲谁都不怕，看把孩子吓的。”

崔成本也不说话只是闷头喝酒，姜示范又说：“张韬工作方法肯定有问题，但他还不至于弄死你的狗。你没看到于成这种人都出来了吗？好好想想，有些事儿不是你想象的那么简单。”

“反正我被欺负了！我崔成本不吃那一套。谁来都一样，想欺负我，我跟他玩命！”崔成本脑袋是一根筋，总是不开窍。

姜示范看看身边的孩子，又指指崔成本的媳妇：“玩命？你不看自己，还要看孩子老婆吧！你一天到晚和社会上的人仗义，我跟你讲，你不是那条道上跑的车，这几年的教训还不够？上次，你两肋插刀帮人打架，玩命，用他们娘俩几年的苦，换来了你一次所谓的仗义，他们吃不上饭的时候，你那些哥们儿，谁来管过。”

崔成本想起刚才那几个哥们儿见到于成就跑掉的事情，便不想说话，心服了嘴上不服软：“我交朋友眼光是有问题。”

“再有，锦阳棚户区每家每户的情况是我来调查的，多大面积，做什么用我当时与你对得清清楚楚，你做上几板豆腐，摞上几块砖头就成了豆腐加工厂了？张韬性子是急，但他跟你签协议都是按照棚改政策走的，如果是他明目张胆地欺负你，你可以找街道，找我，我领你去区里、市里……你啊！我今天不是来做你工作的，你啥时候想通了，啥时候签协议。我告诉你，国家和市里筹集到棚改那点儿钱不容易，每一块钱，都是拿钳子拽指甲盖儿，十指连心。给你开一个小口子，就会有人咬你，再咬政府，这个工程还能干下去吗？你耽误一天，棚改的进程就要往后拖，搞建设好几千人，吃穿住行，一天要多花多少钱？耽误回迁，街坊邻居不当面骂你，也会在心里咒你……”姜示范说的有些激愤，端起酒杯，一仰脖把满满一口杯酒干了。

姜示范并没有期望这一顿酒便说通崔成本，酒喝得有些急，一仰头倒在炕上。崔成本以为姜示范喝多了，用手摇了摇他的身体：“姜主任，姜主任！”

姜示范侧了一下身子：“我没喝多，告诉你崔成本，我今天，压根儿没打算走。我住在你家里，看谁还敢来欺负你……”

姜示范嘴上说没喝多，头确实晕乎了，眼睛便闭上了。

崔成本两口子相视对望，他媳妇小声对崔成本说：“你就爱听狐朋狗友圈拢，人家装枪你就放，一点心眼儿都没有。你看看左邻右舍谁像你，整得惊天动地，咱们早点搬回娘家，趁着天好，出去挣点钱，等年底回迁，也好置办点东西。”

刚才姜示范的一番话已经让崔成本心动了，媳妇的话完全打消了他继续不搬家的念头，他一仰脖也把酒喝了下去，并排与姜示范躺在炕上。收拾完东西，崔成本媳妇熄了灯，黑暗的屋子里，传来一高一低的鼾声，气壮如牛的是崔成本，润物细无声的是姜示范。

天亮了，姜示范醒得早，蹑手蹑脚地走到院子外面。锦阳棚户区除了崔成本孤零零的房子，所有的房屋都变成了平地。

在淡黄的晨曦曙色中，暗蓝的山岚缭绕在千台山与矿坑之间，并向苏醒的大地蔓延、铺展，几只姿态优美的白鹇，掠过姜示范的头顶向东飞去，那个方向是萨尔浒，是青山，是浑河发源的地方，是姜示范的家乡……红日像一粒弹丸，蹦跳着在地平线上滚动，大地突然被染上了赤红，那些游动、蔓延的山岚像激情澎湃流动的血液。

崔成本披着衣裳不知道什么时候站在姜示范身后，崔成本说："吃过早饭再走。"

姜示范摇摇头，拍拍崔成本的肩膀说："不了，街道有许多事，晚上，我还找你喝酒。"

崔成本："喝酒？"

姜示范："喝，我每天都找你喝酒，喝到什么时候，你说了算。"

崔成本显然理解了姜示范喝酒的意图："我倒是想每天与你喝酒，姜主任，那份搬迁协议，我今天就到街道找你签了。"

姜示范使劲儿攥了一下崔成本的手："那也要喝，等你搬家回来，我过来燎锅底儿。"

要走的时候，姜示范给崔成本提供了一个重要信息，白家店那边有一家大型养殖屠宰厂要开工，需要许多人手，工资待遇也不错，你们夫妻二人可以把家搬到那边去，一来那边房租便宜，二来到那边找一份工作没问题。

莫地沟棚改拆迁尽管工作做得扎实，但在速度上还是落在了锦阳棚户区后面。全市这一年棚改一共是17片，姜示范所在的区一共是6片。

张韬所率领的棚改工作队，在速度上不仅在全区领先心中宿敌姜示范，还走在了全市棚改的前列。因此，张韬受到市里、区里的表扬。电视台还专门录制有关张韬在棚改中的事迹报道，不仅为区里争得了荣誉，还赢得了全市棚改的头彩。姜示范因为后续拆迁速度缓慢，受到区里不点名的批评。

左英红知道张韬因为拆迁，与崔成本发生冲突，险些酿成大祸的事儿，想写一篇书面说明向区委汇报："示范，这个黑锅你不能来背。崔成本和锦阳棚户区的工作你做了很多，而现在张韬坐享其成，这事儿对你不公。"

姜示范阻止左英红："平心而论，张韬工作是有办法。再说，都是金凤街道的棚户区还分什么你的我的。谁干得好，我们就向谁学习。"

平心而论，姜示范并不懂得利用舆论左右、烘托自己的政绩，在他心中只是想，不出事儿，干好事儿，干成事儿，其他跟自己没多大关系。

左英红摇摇头，叹息了一声说："示范，你这样善良，今后要吃大亏的。"

第四十七章

兜了一大圈，过了望花大街，陈靖西把车一拐，就开到了“浪淘沙桑拿浴”，晃晃悠悠地走了进去。他想泡一会儿找个手劲儿好的按摩师，给疲惫的身体放松放松。

脱光了，进入滚烫的池子，见池子那一边正有人望着自己，陈靖西眼神不好使，感觉有些面熟，但在这种场合遇到熟人，总归不好意思，他低下头装着没看见。突然水池水浪劈头盖脸地向陈靖西袭来，陈靖西立刻就蒙了……

等陈靖西赤身裸体地蹦出来，定睛细看，向他泼水的是两个男人，一个是小阁，另一个感觉很面熟，竟然一下子想不起来是谁了。

受了惊的陈靖西骂小阁：“你个孙子，老子找不到你，上这儿花天酒地来了？”

三个人穿上沙滩装，见与小阁一起的那个人一口一个地叫着西哥，很熟络的样子，只是嗯嗯啊啊地应着，努力在大脑中搜索着这个人的影像，努力地对着号，或许是喝酒喝得太多了，陈靖西搜肠刮肚，还是想不起来这个人是谁。

三人来到二楼休息大厅，小阁叫了一壶毛尖，陈靖西与小阁一起的朋友打台球，打了两盘斯诺克，陈靖西完败。陈靖西平时打台球挺自负的，一直以准职业台球选手自居。只听那个人，嘴上说着 Cannon、Kiss，不仅扎杆、低杆、高杆技术过硬，还能打出难度系数较高的香蕉球。陈靖西心凉了半截，心想：看这小子的身手绝非等闲之辈，跟他打球自己就是个架子。

玩了一会儿，小阁准备在桑拿浴吃自助餐，陈靖西说："这里的自助餐难吃得很，咱还是换个地方吧！"

"哪儿？"小阁问？

"红满楼。"

"他家不是给崩黄了吗？"

陈靖西斜了一下眼睛："那是哪年的老皇历了，换地方了，重开了一家。"

小阁所说的红满楼曾经发生过液化气爆炸，二人没事儿吃饭总上红满楼，那次爆炸他们正好赶上了，陈靖西一下子被震到地上，以为发生了地震，差一点从二楼蹦下去。来到新开业的红满楼，包房比过去大了一点，点菜脱衣服的时候，与小阁一起来的朋友，无意间露出的南方口音，让陈靖西一下子想起了那人是谁，脱口而出："张正贤。"

张正贤应了一声："西哥，你有事儿？"

陈靖西掩饰住惊讶，放松语气："啊！这顿饭我请客，你付钱得了。这样才显得公平一点儿。"

"行，呵呵……我早就想找西哥吃饭了，就怕高攀不上。"

三个人坐下，陈靖西也不好意思当着小阁的面捅破最后一层窗户纸，所谈的内容都是无关紧要的事儿。陈靖西斜眼看张正贤，人同早年一样长得很帅，剑眉、鱼眼、嘴唇红润，该说的话说，不该说的话从来不多说一句。

小阁与张正贤卷在一起，让陈靖西有些担心，他们怎么弄到一起了呢?

陈靖西对这个城市势力构成非常清楚，无论是官场的政治、家族势力，还是商道的经济、家族势力，他都能从一个蔓儿摸到根儿。

张正贤并不是本地人，他来自湖南益阳。最早只是饭店端盘子的，因为相貌英俊办事有章法，深得老板赏识，不久便做了大堂经理。这个饭店的幕后老板是当地的成名人物穆德才，他手下都是一群打打杀杀的愣头青，而张正贤不是，为人循规蹈矩，站在饭店大堂仪表堂堂外表像影星黎明，很有女人缘，有些回头客吃饭都是慕名看他一眼。

让穆德才刮目相看的是张正贤的为人处事。一次，几个人不了解饭店底细，为了吃白食，吃完了把几个苍蝇扔在盘子里，然后嚷嚷:“老板，这素菜里面，怎么放了这么多肉!”

一般情况下，饭店的主管会理论一番，顶多换一盘菜，或托出穆德才的大名吓跑来人。再不然，隐忍一些，这一桌饭菜不要钱。

张正贤不是这样，走过去端起盘子，用筷子扒拉一下问:“哪有肉?”

那几个人指着盘子里的苍蝇说:“你眼睛睁大一点，看看这是什么?”

张正贤夹起苍蝇一个个放到嘴里，有滋有味地大嚼:“嘿!这厨师太粗心，炒菜把葱花炒煳了。”

那几个人目瞪口呆，没想到，一个文质彬彬、相貌英俊的青年，竟然用吃掉苍蝇的方法，轻易化解了即将开始的讹诈，小声说了一句：“你狠！”

张正贤彬彬有礼，把几个人送上出租车，付过车费说：“今天你们来吃饭，选了一个好日子，我穆德才大哥心情好，让我帮着打车送你们一下。以后，你们再要素菜，本店不但不给加肉，兴许还要上血肠呢！”

几个人都出了一身冷汗。第二天，拿来1000元钱付了饭钱。

穆德才知道此事后对张正贤大加赞赏，立即把三家饭店全部交给他来管理，正当事业蒸蒸日上的时候，穆德才出了大事，他介入了一起因拆迁引起的血拼，亲手开枪打死了人。

穆德才临上刑场之前对妻子和张正贤说：“我这一辈子，走到这一步是迟早的事情。死了，也就死了，你以后就听正贤的。”

然后给张正贤跪下：“正贤，我看好你，家里和那一帮兄弟就交给你了！”

按照穆德才老婆的意思，要把穆德才的手下全部遣散，然后把自己漂亮的女儿嫁给张正贤，过平平安安的日子。

张正贤把这两件事都否了，别看他平日像一个文弱书生，但作为湖南人，从小就有“惟楚有材，于斯为盛”的抱负，他说：“谢谢大嫂，大哥新亡，我不能为了自己的好日子娶大哥的女儿，别人会以为我霸占了大哥的财产，这是不义！那些兄弟跟随大哥几十年，如果放到社会上打打杀杀，祸害别人，也不会有好下场。既然大哥把他们托付给我，任他们各自漂流，我也是不义！”

原先穆德才几个马仔还准备给穆德才报仇，张正贤先是给穆德才遗像叩了三个响头，然后眼露凶光地对这些人说：“我大哥临走时说了，这事儿以命抵命已经完了，谁再提这事儿，立即给我滚！留下来的人，要记住大哥还有骨血头，咱们都不能背信弃义。”

张正贤宣布，走的人每人给两万元，不走的每人给五千元。拿两万的今后与穆家一刀两断。最后，没有一个人离开张正贤，穆家比起原先势力不但没弱反而增强了。

其实，张正贤绝非池中之物，因为他看到了在政府、开发商、动迁户之间有一个空白地带，在法与不法之间游离徘徊，政府一直在土地开发中扮演尴尬的角色，想介入加速地区经济开发，因为涉及开发商与动迁户这一对尖锐的矛盾体，把开发商招来有了事儿还不能不管，怕惹出事端。在动迁户中 85% 以上按照一般正常政策都能顺利动迁，另外难以动迁的是困难户、经营个体户、企业，这需要政府部门、开发商一起协调才能完成，剩下的 5% 难以动迁的是有权，有势，甚至涉黑的人从中作梗。

张正贤正是看到这方面的商机，成立了动迁公司，用“所谓文明的手段”为开发商拔钉子户。

开发商早就希望有这样的单位，把专门清除钉子户的任务，委托给这样的公司，这样，即使出了事儿，开发商也不会有大的责任。

张正贤凭借穆家过去的势力及自己过人的智慧成立了这样一家公司，没想到生意出奇的好，他所在的公司这几年帮助开发商清除一些地块，不仅没有出什么大事儿，而且在各方面都有良好的口碑。

小阁所在的地产公司与张正贤的公司有很紧密的业务来往。陈靖西当然知道张正贤的发迹史，很少与这样的人物来往，更怕小阁长此下去种出祸端，他端起酒杯敬了张正贤一杯：“小阁是我过命的兄弟，对社会的事儿还不太明白，正贤你要多指点他。”

张正贤是何等精明的人物，应了一声：“我与小阁也才认识，早就想把他挖到我们公司，可他不干。呵呵……”

陈靖西：“人各有志，我这兄弟气盛，家里还有一个重病的老父亲。我也知道你有了清水，不会给他浑水喝。”

张正贤已经听明白了陈靖西话里的话：“好！西哥，今天有你这句话，我知道该怎么做。”

陈靖西话里含着威胁：“我一直以为自己能量很大，看来我要甘拜下风了，来，喝……”

陈靖西这几天挺百无聊赖的，因为这段时间接了几单较大的装修生意，一直在河东的几个楼盘忙碌，一闲下来就犯了旧病，特别想找女人说话，推销几个刚刚听到的黄色笑话。所以，第一个把电话打给作家宋晓楠。不管怎么说，宋晓楠具有艺术素养，想象力丰富，到了笑点可以应时地笑出来。

宋晓楠一看是陈靖西的电话，干脆不接，这让陈靖西挺受伤的。

为了抚平女人给自己造成的内心创伤，陈靖西必须以毒攻毒，女人的问题，必须找女人解决。

原先，陈靖西周围女人多得推都推不开，一个电话过去，能叫来一大帮女人，而现在想找一个能推心置腹的女人还真难。

陈靖西先给女作家淑懿打电话，电话那端传来慵懒的声音：“你还能想起我？我以为你死了。”

“啊！刚活过来。我死里逃生以后，第一个想起的人就是你。”

“我？呸！老娘身体不舒服，大姨妈好长时间才来，我估计要绝经了……改日吧！”

陈靖西放下电话想了想，自己跟淑懿除了性，还是性，除此之外，还真难找到比这更高尚的理由。

再给韩燕打电话，韩燕还真鬼鬼祟祟地来了。

在迪欧咖啡碰头还没说上两句话，一个电话便打过来，韩燕先示意陈靖西不要出声，然后是没有内容的“唉，呀，嗯，行”，最后说：“好，我10分钟以后到。”

陈靖西疑惑地问：“怎么你要走？”

韩燕有些惆怅地说：“是，我最近处了一个男朋友，银行的。还有一个月就结婚了，以后，给我打电话尽量小心点儿。”

“你都要结婚了，我给你打屁电话啊！说真的，你还没经过我正式培训，就上岗，我替你担心。”

“给了你那么多机会，你也不用，现在才想起来对我培训。”韩燕狠狠踢了陈靖西一脚。

陈靖西在心里骂道：“这个疯丫头，都要结婚了，还跟我来这一套。”如果不是韩燕还有10分钟要走，陈靖西真想把“绿帽子”戴给银行那个人。

陈靖西曾幻想过韩燕做瑜伽与做爱的样子，但韩燕太物质了，总是想拐弯抹角地要陈靖西的钱。陈靖西不是没有钱，也不会亏待任何一个与自己好的女性，但物质化的女人他的确不喜欢，这就是他与韩燕的关系难以深入的根本原因。

陈靖西从来不想参与太复杂的感情游戏，韩燕明目张胆的暗示，已经让他彻底地没了兴致，他催促韩燕早点儿走。韩燕打了陈靖西一下，不情愿地走了。

在舒缓的萨克斯音乐中，对面的友谊宾馆霓虹闪烁，孤寂感弥漫在陈靖西周围。陈靖西一个人开着路虎漫无目的地在街道上飞驰，想上歌厅里找公主唱一唱歌儿，但嗓子有些上火，再说，一个男人自己上歌厅，不是大傻，是特傻。

白宫、云顶、夜猫子、西马、金太阳从面前掠过，陈靖西连看都不看，一点儿心思都没有。陈靖西的心中空落落的，他想起蓝维誉，七位电话号码已经按了六位了，最后一个号码，还是没有决心按下去。

陈靖西一下把手机扔在车座位上，把车停在一个十字路口，头趴在方向盘上叹息了一声："人活着，还有什么意思啊！"

陈靖西毕竟是陈靖西，他回到家里睡了一觉，立刻又找到了比较高尚的理由。

随着莫地沟、锦阳棚户区动迁，施工建设队伍进入，一向冷清的金凤街道立刻热闹了起来。陈靖西厮混到大学生志愿者行列之中，感觉自己年轻多了。

李响不愧是音乐学院的高才生，除了课余时间帮助困难孩子补课，还利用音乐特长成立了舞蹈队、合唱队、秧歌队……陈靖西像一个跟班，缺钢琴借一台，缺演出服装开车从演出公司借来几十套，屁颠屁颠地跑来跑去，乐此不疲，感觉充实多了。

当李响十指纤纤，在钢琴上弹出《小河流水》，陈靖西立马晕了……陈靖西别看每天花天酒地，但在艺术鉴赏能力上，还是有相当的见解。

在辽大他参加过戏剧社，当然知道真正的艺术是怎么一回事儿，甭管真的假的，老舍、曹禺、莎士比亚……熏陶过他，起码知道什么是真艺术，什么是流行的艺术，什么是饭盒式的快餐文化。

陈靖西对主流文化，有过自己的见解，一个城市要看它是否有品位，一个是看电视，另一个是看报纸。陈靖西说："你看报纸和电视台，那些哥儿，那些姐儿，一点儿层次都没有，要模样没模样，要素质没素质，如果我当老板全 pass 了。这些人朝下联系不到百姓，没地气，朝上连假模假式的样子都学不来，让全市人民脑袋一团糨糊。咱们的李响，应该算是文化界一颗新星。"

陈靖西自从见到李响以后，真有点儿走火入魔的症状，纠缠李响虽然有分寸，但也是夙兴夜寐的样子。李响不是看不出眉目，看陈靖西跑前跑后，也不好意思扫他面子，对陈靖西总是彬彬有礼。

姜示范已经看出苗头，埋汰起陈靖西来可不留面子："你就是眼高手低，我们这里如果都是大艺术家……那不就是首都北京了？"

陈靖西连说："是是，稍微有点素质的都挖门子盗洞走了，留在本地的所谓文化人，连提裤子的力气都没有了，也就是起哄，能混出个人模狗样的基本拿不出台面。"

第四十八章

姜示范对李响的印象越来越好了，“六一儿童节”棚户区少儿表演队参加全市会演，一举夺得第一名。陈靖西掏出两万多元赞助服装和乐器，让棚户区的孩子从丑小鸭变成了白天鹅，一曲《阿里郎》让纯正的朝鲜族人看不出破绽。

为了积聚人气，姜示范让李响等大学生组织街道的党员唱红歌，这些艺术门口出来的大学生，唱红歌味道不纯，陈靖西毕竟赶上了那个时代的尾巴，站在党员中间用力量十足的高音领唱。红歌隐藏着许多历史记忆，立即在党员和群众中产生了共鸣。

革命人永远是年轻
他好比大松树冬夏常青
他不怕风吹雨打
他不怕天寒地冻
他不摇也不动
永远挺立在山巅

革命人永远是年轻

他好比大松树冬夏常青
他不怕风吹雨打
他不怕天寒地冻
他不摇也不动
永远挺立在山巅

人不怕吃不上饭，就怕少了精气神，街道、社区的党员高的、矮的、胖的、瘦的，像一群散兵游勇，经这首歌曲一凝聚，立马来了精气神，金凤街道在歌声中充满了生气。

李响身穿白色的纱裙在最前面指挥，手势有力，身形挺拔，隐隐能看到娇媚的身姿。

陈靖西那一双色眯眯的眼睛先前还只是注视李响，当歌声如松涛般震撼地响起，心地似乎也干净了起来，他是从那个时代经历过来的人，更容易产生共鸣，陈靖西抻长了脖子大声高唱："他不怕风吹雨打，他不怕天寒地冻，他不摇也不动，永远挺立在山巅……"一向花天酒地在商场上厮混的陈靖西，突然想起，这十多年过来，居然忘记了自己还是名共产党员。

陈靖西是在辽宁大学上学时入的党，蓝维誉与他是同一批。那时候他在政治上要求上进，如果按照党龄，要比姜示范早两年。因此，陈靖西总以老革命自居，教训姜示范："我们的政治启蒙比你早，觉悟显然也比你高。"

大学毕业开始工作的一段时间，陈靖西相当要求进步，如果不是不服管的毛病，陈靖西最小也能混一个局级干部。当上老板以后，由于一天到晚与商界这帮人厮混，也没见谁再跟他提过党组织上的事情，金钱、名利几乎把他最初的理想淹没了，陈靖西竟然逐渐忘记自己曾经是名共产党员了。

陈靖西晃荡晃荡大脑袋，看着舞台上的李响浮想联翩：我曾经也是共产主义战士啊！什么时候堕落成现在这个样子了？陈靖西不要说弄不懂这个世界，就连自己是什么都弄不懂了！

恍惚间，一只温柔的手放到他的肩上。

陈靖西心头一颤，没回头已感受到熟悉的压力，他收回心神，讨好地叫了一声："我朝思暮想的人，你终于主动地让我有了些许安慰。"

蓝维誉戏谑陈靖西："我是让你悬崖勒马，怕你难以自拔。"

陈靖西没来由地脸红，蓝维誉看看天色："天晚了，我请你吃饭。"

"真的啊？我不管是鸿门宴还是美人计，全受了！呵呵……"陈靖西大喜过望。

"给你创造机会，今天我和示范请你和李响。"蓝维誉说。

陈靖西："还是你了解我，知道用什么弥补你对我心灵造成的创伤。"

蓝维誉踢了陈靖西一脚："嗯！你伤得还不重，需要我们补几刀，结果了你！"

傍晚，蓝维誉开车与陈靖西、姜示范、李响等人奔河东而来，在金刚山朝鲜族饭店停下，几个人刚进门，几个穿着朝鲜族民族服装的小姑娘，用纯正的朝鲜族歌曲把他们迎了进去。这些姑娘个个容貌清纯、美丽，或许营养不良，除了胸部发育跟不上年龄以外，全都是水灵灵的挑不出任何毛病。

陈靖西知道，这些姑娘都是从朝鲜到中国打工的外国人，一句汉语都不会，陈靖西一进来，眼睛就不够用了。

四个人要了一间包房，蓝维誉让陈靖西、姜示范坐在上首，自己与李响坐在靠门的位置，从棚改开始到现在，姜示范与蓝维誉还真没有时间坐在一起，正式吃过一次像样的饭。蓝维誉点了六样菜，一瓶原浆泥窖。

刚一坐稳，陈靖西先前还与姜示范近近地说话，没过5分钟，凳子已经挪到李响的身边，这让蓝维誉似乎又看到早年陈靖西的风采。

第四十九章

从棚改开始以后，姜示范全身心投入棚户区改造之中，一天天从早忙到晚，很少顾及身边的人、身边的事儿。金凤街道临时的住处，仿佛是一家匆忙歇息的旅店，偶尔回家只是为了睡觉。

望着身边大张嘴巴香甜酣睡的姜示范，那棱角分明的面庞明显消瘦，眼角上出现的皱纹愈加明显。蓝维誉不知道两人的情感什么时候才能恢复到棚改以前的状态。

蓝维誉非常理智，作为棚改的局外人，她能清醒地认识到姜示范在官场中的政治位置和形势。张韬在棚改中的异军突起，几乎掩盖了姜示范在棚改初期的光芒，这让蓝维誉意识到了对姜示范的某种威胁。

姜示范在官场中的进退失据，在于他过于朴实的工作作风。能干事儿的人嘴巴功夫一般很笨，而会干事儿的人每当做出了一些事儿，基于政治层面的考虑，往往头脑清醒，不仅嘴上功夫了得，还会利用各种手段放大自己的优点。姜示范属于前者，只会做不会说；张韬恰恰属于后者，会做更会说。张韬借助棚改在公众视野中异常耀眼，报纸、电视台经常能看到他的名字和身影。

张韬只知道工作上的竞争对手是姜示范，但他却忽略了躲在姜示范身后的蓝维誉。蓝维誉这个身材娇小的江南女子，一直在暗中窥视着张韬的一举一动。别看蓝维誉工作在开发区，但通过各种关系对张韬大致有所了解，并掌握了张韬在棚改中的破绽。蓝维誉之所以请李响等人吃饭，一方面是要打消陈靖西在这个女孩子身上的非分之想，另一方面她要间接地完成一次卓有成效的布局。陈靖西、李响名义上是饭局的主角，实质上只是一个陪衬，另外两个即将到场的人，才是蓝维誉请客吃饭的真正目的。

不明就里的陈靖西见饭菜迟迟没有上来，笑着对蓝维誉说：“怎么还不见上菜，都饿死了。”

“你还能饿死？色狼还能少了肉吃？”蓝维誉一句话噎得陈靖西接不上话头，坐在一边的李响脸上飘过一丝红晕。

陈靖西直接攻击蓝维誉的薄弱处，他拍拍胸脯恬不知耻地说：“维誉，即使示范在场也难以掩饰我对你的忠诚与思念，示范，你说是不是啊？”

有些疲倦的姜示范没想到陈靖西把话头挑到自己这里，憨厚地笑了笑：“狗皮褥子没有里外，你怎么瞎咬，我管不了。是不是最近没打狂犬疫苗？”

蓝维誉用筷子指着陈靖西对李响说：“他不是好东西，你小心点儿，这个人一门心思全用在女人身上。许多女人因此成了烈士，活下来的，基本都是伤痕累累。”

陈靖西见没有刺激到姜示范，得寸进尺地靠近蓝维誉：“难道你就是消失在我记忆深处的幸存者？我以为你当初是全身而退呢，原来是身负重伤啊！”

蓝维誉讲不过陈靖西，开始转移话题：“我正式警告你，不要打李响的主意，你儿子都快上大学了，如果论辈分叫李响是姐。你该收收心了，还是把正经心思放家里吧！”

“我的心一直都在家里啊！一年给老婆5万零花钱，3个月假期欧洲、东南亚、海南全程陪同，雷打不动，哪个女人能说我这样的男人不好呢？”陈靖西说的是实话，妻子三颍之所以平时对陈靖西放任，是因为她掌握了陈靖西的脾气秉性。如果她真跟陈靖西较劲，那日子一天都过不下去。陈靖西玩是玩，对老婆真好在朋友圈是出了名的。

两个人正在斗嘴，蓝维誉邀请的两个人推门进来了。蓝维誉起身向姜示范、陈靖西等人介绍：“这是我的中学同学黄成栋、阚乐。这是我爱人姜示范和朋友陈靖西、李响。”

陈靖西真诚地握手，并意味深长地接上话头：“……曾经的男朋友，现在也是，呵呵……”陈靖西是个人精，觉得蓝维誉平白无故把自己与同学请到一起吃饭显然有些不搭界，其中一定有什么奥妙。

宾主落座，陈靖西借机换到距离李响更近的位置。

黄成栋在市纪委任副处长，阚乐在市委督查室做督察员，平时有人请吃饭挺忌讳，而与中学好友蓝维誉一起吃饭，倒是没有那么多想法。黄成栋与阚乐能走到一起，多亏有蓝维誉从中搭桥。从中学到大学蓝维誉收到过许多男性崇拜者的情书，都有谁给她写过差不多都忘了，但第一封情书清清楚楚记得是黄成栋写给自己的。

那封信至今夹在蓝维誉中学的日记本中，情书的字迹上留天、下有地，一笔一画一丝不苟。

蓝维誉对人生第一封情书格外珍视，为了不伤害黄成栋，她郑重其事地找到黄成栋谈话：“成栋你字写得真漂亮，我留下当硬笔书法字帖了。爱情是讲究缘分的，你不属于我心目中的爱人类型。但我真心希望与你成为朋友。”

那一天，他们谈了许多，蓝维誉从来没有跟一个男生单独说过那么多的话。这种直截了当的拒绝，让黄成栋十分感激。大学毕业前夕，蓝维誉把形象端庄，家庭背景非常好的朋友阚乐介绍给黄成栋。

二人性格很搭，都是循规蹈矩的人，事业上波澜不起，家庭里和睦幸福，这让黄成栋对蓝维誉的感激又增加了一层。

蓝维誉端起酒杯站起来对黄成栋夫妻说：“如果我没记错，今天是你二人的结婚纪念日，你们的婚姻让我们这些同学非常羡慕，借此非常羡慕地祝贺你们。”

黄成栋手里的酒差一点儿没洒掉，激动地站起来说：“感谢你这个大媒人，没有你，哪有我们的今天。”

黄成栋说的是大实话，黄成栋虽然人不错，但家境一般，父母是破产企业的失业者，加上兄弟姊妹众多，如果不是与阚乐结成姻缘以及阚乐在政府部门工作的父母在后面支持，即使黄成栋再优秀也很难进入市委机关。

一桩好的婚姻关系就是一条高速公路，人生的道路不仅平坦而且还会大幅度提高速度。

阚乐、黄成栋的儿子已经考入市重点高中，学习成绩在学校名列前茅，阚乐拿出家庭合影照让蓝维誉看，二人不时咬着耳朵说悄悄话。

黄成栋与姜示范所谈的话题基本与棚户区改造有关。黄成栋对基层的工作并不熟悉，说了没有几句，黄成栋便把话题扯到了纪委工作与棚户区改造上去了。

黄成栋："最近，棚户区改造最突出的问题，是有些干部暗地里收购棚户区老百姓的房子，我们接到的匿名举报信有 30 多封，其中你们区所占的比例最大。"

姜示范心头一惊，市纪委这么快便知道这个问题了。姜示范在棚改中已经了解到一些情况，碍于工作职责和范围，他并没有将有关情况向区委反映。

一向眼里容不下一粒沙子的左英红却压不住火气，她曾经多次气愤地对姜示范说："我们的棚户区改造，会让一些占小便宜的干部给毁了！"

姜示范之所以不想在里面搅和，一是这类问题并不属于他所负责的棚户区，由于措施得当及党员干部的集中帮扶，莫地沟棚户区在搬迁之前很少有人交易。二是其他棚户区收购房屋的行为大多是某些干部的亲戚、家属，因为是双方自愿的交易行为，如果把矛头断然指向某位比自己级别高的干部，这需要证据与这种交易行为的界定。如果贸然举报、反映显然有整人的嫌疑——在背后整人不是姜示范的风格。

当左英红提出向上级领导反映情况的时候，姜示范劝她要慎重。左英红是个急性子，觉得姜示范是前怕狼，后怕虎，临走时留下一句话："反正这事儿与你没有直接关系，但那些人所收购的房子户主，都是民政局下面救济的低保户、困难户，我绝对不能看着不管！我会实名举报，我不怕他们回头整我！区里不管，我上市里，市里不管我上省里！"

"左姐！你不要冲动，咱们想一想有好的办法没有……"没等姜示范把话说完，左英红砰的一声把门关上走了。因为这件事儿，左英红现在对姜示范也不像以前那样热情了。

姜示范为此很苦恼，其实他有好几次看到区委李书记时都想讲明这种情况，但刚要说又被理智强压了回去。他不是不想管，而是那些事儿真不属于自己所管的范畴，没有证据贸然向上级反映，那是向上告状，弄不好，上面领导还会看低自己的人品，甚至会产生打击报复自己竞争对手的想法。

蓝维誉这边与阚乐聊天，当听到黄成栋讲到棚户区干部家属收房的时候，找了一个恰当的时机把话插了过来："嗯！这件事儿，我们开发区那边的干部也有议论，影响太恶劣了。示范，你现在赶紧向纪委领导坦白，自己有没有做这种事儿？"

蓝维誉虽然是句玩笑话，但姜示范却颇为奇怪，因为蓝维誉很少参与自己工作上的事情。蓝维誉问黄成栋："说真的，有没有示范的事儿？如果有，你在纪委千万不要碍于情面，让他犯错误。小错误还来得及改，如果犯了大错，攒在一起，想改还来不及了。别看他现在正正经经，保不住收间房，许给二奶住还说不准呢！"

阚乐在一旁添油加醋："现在的男的真让人不放心，真说不准，以前有相好的还躲躲闪闪，看看现在，出去吃饭、玩，男的与女的很少原装。打情骂俏，开房洗澡，一点儿不害臊。有一个情人，已经成为半公开的荣耀。"

好久插不上话的陈靖西，中间插上一句："不要污蔑党干部！感觉你们怎么在说我啊！车经常在路上跑，有跑长途的，有倒短的，长途是老婆，倒短的是情人，跑时间久了，零配件不保养不更换，特别是你们这种看似婚姻感情比较稳固的，不出问题还好，要出问题准出大问题。维誉，还是那句话，示范出问题你赶紧想辙，我接着……"

姜示范闷头喝酒，不想参与到是非之中，蓝维誉不依不饶："别装了！有没有这种事情？"

"我违反组织纪律说一句，示范不但没有，而且在棚改工作上，市领导对他的评价很高。"黄成栋赶紧给姜示范打圆场。

蓝维誉："如果有了这种事儿，市委该如何处理？"

黄成栋挠挠头："我们也犯愁，这是一个新问题，说到根子上，这只是一种经济往来。干部暗地里收房、买房，顶多批评教育。以后提拔干部上，组织兴许会否上一票，还真没有其他好办法。按理说，示范他们区棚改不错，市里想树立几个典型，因为出现了这种事，只能压了下来。"

蓝维誉少有地说出了主张："棚改是党和政府为百姓谋福利的工程，棚改的钱是国家、政府、老百姓一起出的钱，谁敢在这方面占便宜，其实是占国家、政府、老百姓的便宜。假设咱家示范做出这种事，不仅是道德问题、经济问题，而且是党性有问题。这种人不配待在领导岗位上！"

陈靖西热烈地给蓝维誉鼓掌："对！支持你大义灭亲，首先要在肉体上与其划清界限，然后跟他离婚，在精神上与这种不仁不义的人划清界限……"

蓝维誉在桌下面用高跟鞋后跟狠狠地刨了陈靖西一脚，疼得陈靖西一声惨叫，把一瓶啤酒带到了地上摔得粉碎。

姜示范有些精神恍惚，感觉面前义正词严的蓝维誉不是以前那个小鸟依人的蓝维誉了。他想不明白，蓝维誉今天是怎么了？蓝维誉的话点醒了黄成栋，他正在起草一个关于处理棚改过程中，党员干部违纪、违规的试行草案，一直不知道如何下手，蓝维誉一句话点醒了梦中人。

正是蓝维誉一顿看似平常的饭局，让她在似有似无中扫清了姜示范仕途上的一个重要障碍。张韬在棚改初期志得意满，之后风光不再，就是因为有了左英红、蓝维誉两个女人明里、暗里的助阵，逐渐让其失去了光彩。

左英红终于抓到了张韬在棚改中的辫子。根据她的了解，锦阳棚户区外来购房的三处房产都与张韬的亲属有关系：购房人一个是张韬小舅子，另一个是张韬妹妹，还有一个是张韬的同学……许多迹象表明，张韬事先掌握了贫困户搬家拿不出动迁扩大面积款的信息，并从中搭桥、牵线做成了购买动迁号的合同。有人分析三处动迁号背后的实际主人其实就是张韬，但很难查到证据。

左英红找到出让动迁号的贫困户，仔细了解出让房产的情况。三户承认都是主动转让，并没有遭受任何胁迫，其中有一人还表扬张韬是好人，正是因为有他帮助，主动购买房号的人给了比一般市场价还高的钱。另外两户人家，后来懂得了棚改政策很是后悔，但也没有说张韬一句坏话。

说张韬好的人是锦阳棚户区的贫困户何启芳，他们一家全部是残疾人。何启芳从小患小儿麻痹症，走路一条腿瘸，一条腿短。何启芳丈夫下矿挖煤被坑木砸坏了，佝偻着腰不能干重活，夫妻二人唯一的儿子是脑瘫患者。左英红与他妈妈谈话的时候，他嘴里往外流口水，歪着脖子看着贴满报纸的棚顶发笑。

左英红对何启芳说：“你们傻啊！党和政府给了这么好的政策，你们不享受，怎么着急给卖了呢？”

何启芳无奈地叹息：“你看这一家人，傻的傻，残的残，即使有了新楼也住不起。住楼房水、电、煤气……花销肯定增加，凭那点低保金哪够啊！以前吃水吃井水、电少用，捡点煤做饭够生活了。我们就是穷命！还真亏着区里的干部帮了大忙，我原先打算这个动迁号卖8000就不错了，经过他们讲情，给我整整加了一万多元，没想到这个破房子，能值20000元。”

左英红警惕地问：“谁？谁帮你讲情？”

何启芳说：“张韬，张局长。”

张韬在区里城建部门当副局长，所以，何启芳称张韬为张局长。

左英红连连拍打何启芳肩膀：“傻啊！真傻啊！一座新的棚改房建成后最少值五六万呢！你等两年卖不是更值钱啊！”

何启芳：“等不起了！孩子和他爸吃药看病需要钱，如果不是棚改，咱的破房子3000元都卖不到，这我就感谢党和政府了。为了感谢张局长说情，那天，我给张局长跪下了。他真是个大好人，不让我跪，临走还从自己腰包拿出500块！”

话说到这里，左英红也不好说什么，问他们以后怎么办？何启芳告诉她，准备在城边租一处有井有菜园子的土坯房，并打算请人写封感谢信送到区政府去。

第二天一早，左英红与姜示范刚到区里，就在大门口的走廊里看到一封用大红纸写的感谢信。围观的机关干部纷纷议论张韬，都夸他是替群众着想的好干部。

左英红气得浑身颤抖，一口气跑到三楼冲进了李书记的办公室。李书记对张韬在棚改中的工作表现极为赞赏，上班时已经看到了那封感谢信。李书记刚刚通知区委办秘书起草一份信息，向全区通报表扬张韬在棚改中的事迹。

正因为有这个前提，李书记根本听不进去左英红反映的情况，他告诫左英红在棚改中要注意团结，不要听一些小道消息捕风捉影。疾恶如仇的左英红血往头上涌，气得连连拍桌子声言向上级反映。

姜示范在走廊上都能听到左英红的大声说话声，本来不想进去，怕左英红情急之下做出更加出格的事儿，便推门进来了。李书记一看到姜示范脸立刻黑了下来……或许姜示范还不知道，李书记早前在窗前看到左英红、姜示范一起走进办公楼，李书记与左英红争吵的怒气还没平息，见姜示范随后进来，认为二人是共同商量好逼宫张韬。

棚改搬迁工作前期，张韬曾经反映左英红、姜示范已然形成了个人小集团，为了在市里和群众中树立个人形象，隔着锅台上炕，直接跨越区里与市有关部门汇报棚改工作，甚至与市委、市政府主要领导接触，一点儿规矩也不懂。

李书记十分讲原则，当然不会在这种事上计较，他教育张韬要以大局为重，不要在芝麻大的小事上计较，只要有利于棚改，有利于群众的利益，都要全力支持和配合市里指导的棚改工作，下好街道、区里、市里这一盘棋。张韬是多么灵光的人，立即向李书记表示，无条件支持和配合金凤街道的棚改工作。

话虽然是这样说，李书记心中的确有一个心结，年前，省委书记带领市领导顶着风雪到莫地沟视察了解情况，是姜示范最先出面介绍的，由于事发突然，连他这个当地的“一把手”都不知道。其后，市委书记到金凤街道调研基层党组织建设工作，负责接待的还是姜示范……这些事儿虽然小，但藏在心中终归不舒服。

今天，当左英红当面跟自己拍桌子，姜示范随后进来助阵，勾起了李书记心中的怒火，他没好气地问姜示范：“找我有什么事儿？”

本来姜示范进来是要劝说左英红的，经李书记冷冰冰地一问，姜示范不知如何是好。

李书记随后又问：“你也是来说张韬的事儿吗？”

这句话立即把姜示范与左英红推到一个阵营，并与李书记形成对立面。

第五十章

姜示范原本不想蹚这种浑水，其实，连左英红、蓝维誉都不知道，做事儿仔细的姜示范早就察觉张韬在棚户区搬迁、购房时的蛛丝马迹，没有贸然向上级反映，是因为还没有掌握可靠的证据。

作为同事，姜示范并不想张韬因此犯错，曾经好意地提醒："韬子，涉及群众利益的工作一定要做好，做扎实，咱们都是一线棚改的干部，凡事要以身作则，千万不能让人抓到把柄，在群众中产生不好的影响啊！"

不知道是张韬听不明白，还是姜示范话语过于平和，让张韬产生了错觉。二人各守一摊，无论行政级别还是领导能力，张韬自我感觉都比姜示范高出一块，他有些不快："知道了，找时间，一定向你好好学习！"

姜示范毕竟不是左英红，他深知在此时进一步触怒李书记，将会使领导下不来台，他笑了笑说："不是，我汇报一下棚改搬迁工作。张韬？张韬什么事儿啊！"

说完这句话后，姜示范给满脸通红的左英红搬了一把椅子，等她情绪安定下来，姜示范接着说："对，还有你，我们困难群众的后勤部长，莫地沟迁出的困难户低保金快一个半月了，怎么还没发下来啊？”

左英红没好气地说：“上面账目出了一点儿问题，正在抓紧核对，这事儿，我比你还急。”

姜示范开始一板一眼地向李书记汇报棚改工作，紧张的气氛在他缓慢的语速中渐渐平静了下来。李书记听到紧要处，给姜示范递上一根烟，汇报即将完成的时候，姜示范话锋一转，便说起到棚户区买卖房号的事情来：“有人传言我在棚改中倒卖棚户区房号，希望区委、纪委重视这个情况。为了使这次棚改更加有利于群众，不让群众吃亏，区委应该对所有参加棚改的干部进行一次自查，重新审核那些卖房户的情况，我真不想背这种不明不白的黑锅。”

李书记表示支持：“很有必要，最近几个月，有多少群众卖了房号，为什么要卖，谁买的，是不是我们的棚改政策宣传不到位？一个个查清、查实，如果双方真是出于自愿，必须审核、签字、画押，房屋转让手续原件要存档备案。”

李书记鲜明的态度，让姜示范的神经立即松弛了下来。

姜示范与李双成的交往只局限于棚改，在其他方面的交流很少，李双成做事儿总在一种状态下，看不出冷，看不出热，每天一如既往地抱着老旧的算盘，劈劈啪啪地清算棚改账目。李双成与张韬有亲属关系，张韬的父亲是李双成的亲姑父。二人从小在一起长大，因为张韬父亲在区里当干部的缘故，兄弟二人先后在区里工作，并被转为国家正式干部，这种亲上加亲的感情一直没变过。

棚改以后，张韬没事儿总找加班的李双成喝酒、吃饭，每次都抢着付钱，真有当大哥哥的样儿。两人是全区棚改的骨干，一次李双成感冒了，把点滴瓶子挂在衣服架子上算账。张韬见到这一幕十分生气，李双成小时候得过哮喘病，张韬太了解这个弟弟了，干起活儿来不要命，连推带搡地把李双成赶回家。晚间，张韬从棚改工地回来，见李双成跑回来一个人在对账，他冲进屋骂李双成："三子，你不要命了！"

李双成说："哥！棚改太急了，明天市棚改指挥部就要汇总报表，账算错了，咱可担当不起。"

李双成是棚改财政的中枢神经，各种拆迁补偿，往来账目都要经过他的手，张韬没有办法，只好陪他算账，一直忙到天亮，才把账目算完。

姜示范非常清楚李双成与张韬的关系，更清楚近期所有买卖房号，都要通过李双成审核这一关。

姜示范参加了莫地沟、锦阳等棚户区前期普查，基本了解大多数棚改户的情况。后来几个月，街道把普查结果移交给区里，第二次、第三次普查情况姜示范并不了解。当他提出查看本街道棚改户变动情况时，引起了李双成的极大警觉。

李双成："情况还没有汇总，等汇总完了再看吧！"

姜示范早知道李双成有这份名单，作为区棚改指挥部主要成员，李双成没必要向姜示范掩饰什么。人的眼，心在根，姜示范从李双成的眼神中，意识到其中必有蹊跷。他没有马上离开，李双成的算盘也不响了，屋子里出现了少有的沉寂。

姜示范心里明白，李双成与张韬如此铁的关系，想让他立即拿出那份名单简直是天方夜谭。姜示范在找烟灰缸时，无意中在废纸篓的废纸中，发现了一行熟悉的笔迹，黑蓝的字迹让姜示范心头一震。

姜示范刚读书时很死，很犟，看书靠背，然后大段地默写，久而久之记忆力特别强，一页书只要扫上一眼，一个句子、一个标点，可以过目不忘。那一行蓝黑字迹立刻让他想起了，前几日黄成栋让他看了一份市纪委内部简报的复印件。

黄成栋告诉姜示范，一定要重视棚户区改造干部利用职权损害群众利益这个问题，千万不要在这上面栽跟头。因为市委、市纪委极其重视这方面的问题，如果发现这方面问题“杀无赦”。内部简报掐头去尾影印了一份群众关于某些干部倒卖棚户区房号的举报信。

姜示范心头一震，竟然琢磨不透李双成到底是怎么想的。如果匿名信真是出自李双成之手，他这么做的目的是什么？从工作及亲属关系来看，李双成没必要下这么大的决心，举报亲如兄弟的张韬啊？

李双成不了解姜示范，姜示范更不了解李双成，二人互相提防，互相试探。

姜示范有意识地点了李双成一下：“双成，你真是六亲不认啊！听说你母亲、你姐家动迁，非但没网开一面，而且还给房屋面积缩水了？”

这是真事儿，李双成家庭很穷，如果不是姑父在区里当干部提拔一把，李双成不会顺利地成为区里的公务员。他一直很崇敬像姑父这样正直的共产党员。

姑父十多年前死于癌症，临死前把张韬、李双成叫到面前说：“你们兄弟两个好好干，我一直工作在这个区，死的时候很干净。干干净净地来，干干净净地走。我相信有天堂也有地狱，有人如果带着人间的污秽走，到地狱是要受苦的啊！”

这句话李双成听进去了。李双成属于一根筋，认准一件事儿，一定要走到底。棚改李双成负责新旧房面积置换及补偿款项核算工作，只要心眼活动活动，手指头稍微动一动，就能轻松地获得利益。

区委李书记之所以把李双成安排到现在这个重要岗位，就是看中了他六亲不认的品格。棚改中李双成对与自己有利害关系的亲属、朋友、同学要求非常严格，一笔笔账目记得清清楚楚。

有人找李双成的母亲和姐姐帮忙，求他在核算房屋面积上照顾一下，李双成母亲连声回绝：“还不如不找我呢！三子不是我亲生的。”

其间，张韬也找过李双成，同样碰到了硬钉子，李双成说：“哥，你让我犯错误呢！”

因此，张韬在棚改中倒腾房号是背着李双成的。李双成毕竟是张韬的亲戚，极其熟悉张韬的社会关系。他逐渐发现，许多买卖的房号与张韬的亲属有关。

李双成立即找到张韬问：“这些人整房子是怎么回事儿？”

张韬：“我不知道啊！有人愿意买，有人愿意卖，我管得着吗！”

李双成急眼了：“告诉你韬子！我不想让你出事儿，如果真有什么猫腻，赶紧说！”

张韬也生气了，指着李双成说：“白眼狼，吃饱了跟我瞪什么眼！即使有事儿，你也管不着！”

李双成拍拍胸脯：“做事儿要对得起天地良心，老百姓赶上一次棚改不容易，咱的亲戚们都上这里买房号，说不知道行吗？”

张韬把两手合在一起送到李双成面前：“既然给我定罪，把我抓走吧！”

见李双成低头不语，张韬转身出门，回手关门的力道特别大，把玻璃都震碎了！那天，李双成一夜没睡，根据自己了解的情况，他发现除了张韬，参加棚改的另外三个干部的亲属也有类似嫌疑，倒卖房号30多个，房屋总金额累计达到150多万元。

李双成一直等到东方发白，两眼布满了血丝，然后对全区所有棚户区买卖房号的新旧户主进行了走访，一个星期以后，李双成写下了将近20多页的情况调查。面对触目惊心的情况调查，李双成不知道怎么办才好，除了张韬，许多干部都是自己的同事和朋友，如果自己坚持正义把情况反映上去，意味着另一种道义的背叛。

李双成知道市委、市政府之所以把棚改定在这个区，是为全市各区的棚改探索经验，如果这种现象不被遏制，让一些钻政策空子的人获得既得利益，棚改便失去了真正的意义。经过激烈的思想斗争，李双成接连写了十多封匿名信寄到市纪委，他没有讲明真实的情况，只是将其作为一种值得深思的现象作了反映。

姜示范当然不知道这里面的曲折，隐隐感觉李双成心中有事，他说了一句：“双成，我们交往很少，但我要告诉你，市纪委已经盯上了咱们区的棚改，如果里面出现大的纰漏，你我及区委都要吃不了兜着走。”

李双成寄出匿名信以后，一直没有听到上面的响动，当从姜示范嘴里得知，市纪委已经开始重视这个问题，也喜也忧。喜的是干部参与倒卖房号的事儿有望得到抑制，忧的是如果真查出问题，前期棚改成绩将会付诸东流。

不知道什么原因，李双成膝盖有些发软，一下给姜示范跪了下去。姜示范大吃一惊，赶紧扶起李双成问他怎么一回事？似乎意识到刚才的动作有些莽撞，李双成极力掩饰着激动，坐在椅子上不住地喘息：“头有些发晕。”

“哪里不舒服？要不要到医院看看？”

“没事，经常这样，休息一会儿就好了。”

姜示范已经察觉到李双成神色慌张，当他主动握紧李双成冰凉的双手以示安慰时，李双成还飘在空中的心，一下子落到了地下。

人的感觉往往比理智还要准确，李双成眼睛湿润，嘴唇颤抖着说：“姜书记！我这心里憋屈啊！有话不知道找谁说！”

“有什么就说，我听着呢！”

“早听说你是个有主意的人，又是难得的大好人，如果我做错了什么事儿，不会瞧不起我吧？”

“怎么会，人这一生除了杀人放火人诛、天谴以外，所有的罪过都能饶恕。我不是老天爷，也不是法官，没有权利责罚任何一个人，有什么难事说出来，我帮你出出主意。”

姜示范态度很明确，李双成终于敞开了心扉，把隐藏在心里的话一点点地掏了出来。刚开始，李双成并没有透露有关张韬在棚改中买卖房号的任何情况，只是怀疑性地提了另外几名干部的所作所为。

姜示范耐心地听着，并没有感觉特别惊讶，只是轻描淡写地说，棚户区房号买卖没有严格限制，原房主愿意卖，其他买家愿意接，纯属市场交易行为，没有什么大不了的。

李双成似乎松了一口气，问："如果为了获得收益而倒卖棚户区房号呢？如果查实，会不会受到党纪、政纪处理？处理到什么程度？"

姜示范沉吟了一下："这很难说，棚户区改造是民心工程，你比我清楚，各级政府投入了大笔的钱，就是为了让贫困群体分享改革的成果。如果普通人这么做，真没有什么特别好的办法……"

正当李双成沉思在冥想中的时候，姜示范突然用力地拍着他的肩膀说："双成，是不是你在里面有什么事儿。如果有，赶紧把房子退给人家，为了万把块钱，犯不上！"

李双成心里一激灵，姜示范的话其实给倒卖房号的干部指明了一条道。李双成暗暗叫苦，如果这件事儿是自己干的，把房号退回去或转让给别人就行了。但现在是张韬不愿意这样做。

李双成对姜示范表决心："我负责棚改工作，这点儿觉悟还是有的。"

姜示范叹息了一声，替倒卖房号的干部担心："市委已经注意到这件事儿了，如果被他们查出来，全区的棚改工作将走向被动，区里领导也会受牵连……好了，我想得太多了，你忙吧。"

看姜示范急着要走，李双成从背后一把抱住姜示范，想了一会儿，用力拉开抽屉，拿出一份区干部及亲属购买棚户区房号的名单，姜示范看到这份名单，心中大喜。他首先看到的是张韬及亲属购买的十多个房号。姜示范面部表情异常平静，仿佛此事并不值得大惊小怪，他把名单交还给李双成说："先收着，等有时间我们一起向李书记汇报。如果区里先于市里处理这件事儿，区委就主动了。"

临走时，姜示范嘱咐李双成：“这件事不要向任何人讲，包括张韬。如果张韬不听劝告，会恨你一辈子。”

正是因为有了这份名单，姜示范深信扫除那些想借棚改发财的人，只是一个时间问题。

李书记看到李双成提供上来的名单，头立刻大了。这可不是小事儿，如果市委、市纪委抓到把柄，他这个党委“一把手”却说不知道，那娄子可就大了。棚改首先放到他们这个区，一是因为该区棚户区面积较大，二是因为市委对全区党政干部的信任。

李书记庆幸自己把李双成这名“铁将军”安排在棚改重要位置上，如果不是李双成及早发现，以后的事儿怎么发展还很难说。李书记抽了不下 5 根烟，然后问李双成：“谁还知道这件事儿？”

李双成：“没人知道……不，还有姜示范。”

“姜示范？”

李书记突然想起几天前与左英红吵架时姜示范也在场。显然，左英红、姜示范早就知道这件事的来龙去脉。李书记立即让李双成把姜示范、左英红叫到了小会议室。

面对这份名单左英红气愤地说：“一定要严查到底，不能让几条臭鱼坏了一锅汤。”

李书记问姜示范：“你觉得这件事该怎么处理？”

姜示范：“还没想好，我相信区委会正确对待、处理这种现象，严厉打击不正之风！”

“现象”这两个字并不是姜示范随口说出来的，在没有明确李书记的态度之前，姜示范还不能把这件事情说得太严重。

“什么现象，这根本就是败坏党纪、政纪的事件。我们应该立即向上级有关部门汇报，严肃处理相关责任人。”左英红的脾气属炮仗的，一见火就着。

让上级有关部门处理这件事，其实是李书记最忌讳的，他的脸色非常不好看，站起来在屋子里转来转去，香烟泛起的烟雾一会儿就充满了整个屋子。

姜示范试探性地说：“我有一个不太成熟的想法，咱们还是先不要通知上级有关部门。”

这句话一下子说到李书记心坎上去了，他赶紧坐到姜示范对面，催促道：“快说，快说。”

从李书记的态度上，姜示范基本号准了领导的脉，他一板一眼地说：“如果真有干部借棚改发财，这种严重性是不言而喻的。但是，在没有事实依据的情况下，妄下断言太早，对在一线棚改的干部也不公平。”

李书记早就听说上级领导对姜示范有过比较高的评价，几次重要场合姜示范的表现李书记并没有看到，但这两句话让李书记对姜示范刮目相看。

“那你说该怎么办？”李书记紧接着问。

姜示范：“这件事所造成的影响还不大，据我所知，市纪委已经接到了举报，如果上级纪检部门查下来，全区的棚改工作可能要陷入被动。所以，区委及棚改指挥部要尽快核实、处理，争取主动。对涉及倒卖房号的当事干部，认真做好工作，不管是家属还是干部，以及相关利害人，买到房号的退掉房子，并帮助困难户解决动迁筹款难的问题，涉及区里干部亲属、朋友的，让相关干部去做工作，对明知不改的人，区委和政府再重申党政纪律……”

李书记一拍大腿，脱口而出：“好办法！”

张韬等人并不知道购买房号的事儿是如何透露出来的，当亲自找他谈的李书记展示那份名单时，张韬出了一身冷汗。

张韬知道这份名单足可以断送自己的前程，他立即表示，全力做好相关亲属工作，并保证让相关困难户买得起房，住得起房，重点给予扶持。

几天以后，全部涉嫌购买房号的干部及亲属、朋友，把所有房号退了回去。只有一名干部执迷不悟，被区委调离棚改指挥部，不久调到区属一个基层单位工作。

区棚改指挥部以文件的形式，把有关情况向市委、市纪委做了汇报，提醒全市棚改要重视这方面的问题，有关人员并没被点名通报。一棵足以导致区委、区政府领导干部班子崩溃的定时炸弹，在姜示范的协作下得以排除。

姜示范在区委及周围干部中的威信得到了极大的提高。

正当张韬暗自庆幸自己没有事儿的时候，区委对区政府班子和棚改指挥部进行了调整，张韬到区教育部门工作。任命姜示范为副区长，全面负责全区的棚户区改造工作，他的前任调到市里的一个重要部门工作。姜示范身上的担子更重了，第二期棚户区改造工作全面铺开，金凤街、青山沟、槐花沟、棉花沟等棚户区改造迫在眉睫。因为在一期棚改中表现优异，李响等七名大学生志愿者被借调到区棚改指挥部。通过棚户区改造，徐文婕等一大批基层干部成长了起来。

第五十一章

棚改进入关键阶段，一场突如其来的暴风雨袭击了辽东地区。

2005 年 8 月中旬，辽东山区阴云密布，电闪雷鸣，汹涌的洪水裹挟着山石、树木泛滥成灾，清河、浑河、社河、太子河流域灾情严重，而上游地区清原、新宾县灾情尤为严重，气象部门监测的水情报告显示，这次洪灾百年罕见。

特大暴雨突然袭击整个城市。洪水淹没了大街小巷，棚改指挥部工作陷入停顿。

区里的工作一瞬间改变了方向，姜示范接到市防汛指挥部的紧急通知，组织干部迅速安排西华园周边棚户区的居民撤离。

西华园地区属于采煤沉陷区，地势低洼，散落着大大小小七八个棚户区。3 个小时降雨量达到 170 毫米，如此强烈的降雨使地下水趋于饱和状态，哪儿地势低，水便往哪儿流。原先，因为这里地势低洼，形成大大小小六七个湖泊，经过连夜暴雨，这些分开的湖泊连在了一起，仿佛是一望无际的海洋。

水连着天，天连着水，洪水聚集在一起，形成了巨大的力量，浪头一个接着一个，崩塌了湖边的护坡，一座座房屋被洪水包围。一些建在地势较低地方的房屋，因为湖水上涨，被大水包围了起来，没来得及撤离的群众，站在屋顶大声呼叫。

姜示范率领防汛抢险人员，通过结绳索的方法，蹚水救出了靠近岸边的群众，随着天黑，更远处的一些地方，依然能听到求救的喊叫声。姜示范通过手机直接联系市防汛指挥部，请求船只进行支援。

姜示范乘坐一艘冲锋舟，进入西华园采煤沉陷区救助被困群众，一个巨浪袭来，船上的人全部翻扣在汹涌的激流中……姜示范头部被冲下来的浪木撞击，眼前一黑便失去了知觉。

河堤路市水务局三楼市防汛指挥部的总调度室里，一派紧张气氛，传真机传来沙沙的打字声，来自各县区的汛情通报，像一条吐着芯子的蛇从传真机的缝隙里出来，把一条条坏消息传到防汛救灾的中枢。

死人了！清原腰站一个，市郊平望村死了两个，新宾苇子峪一个村庄被荡平，死人是肯定的，保守估计约10多个人……闻听这个消息，坐镇指挥的市长通过视讯电话，向各县区防汛指挥部大声说道："干什么吃的，从现在开始，各县区、乡镇干部全部到防汛第一线去，不惜一切代价救人，我不想再听到死人的信息！目前，救人要放在第一位……"

在这之前，主管防汛的副市长与S县委书记发起了怒火。S县为了县庆专门请北京的文艺团体演出，舞台搭好，演员到位，正当要演出的时候，大雨下了起来。

S县为了搞好这台演出，已经投入了几十万元，为了不白花这几十万元，S县想等雨停了再演出，防汛总指挥领导听闻立马爆出了粗口："混蛋！是你那几十万元重要，还是人的生命重要。

立即停止演出，全力投入防汛救灾！”

一场精心筹备的文艺演出，被市领导一顿臭骂给搅黄了。

四周漆黑一片，人被卷进洪水中根本看不到影子。随后赶来的部队战士一个个跳下冲锋舟开始救人。被救上来的人浑身湿漉漉的，船靠不上岸，人们跳进浅水区从船上往下拖人，获救者在泥巴上挣扎，“嗷嗷”叫着伏在河滩上大口大口地吐水。

落水者基本都救了上来，唯独缺少了姜示范。有人在黑暗中大声呼喊：“姜示范，姜示范！”

左英红的嗓子喊哑了，李响边哭边跺脚，她拉着一个个战士，像找不到家的孩子，无助地央求道：“救救姜书记，救救姜书记！”

莫地沟、锦阳等棚户区的老百姓，闻听姜示范落水失踪的消息，顶着大雨，开着汽车、骑着摩托车、步行，成群结队地从四面八方赶来。湖堤、山坡、房顶到处都站着人，先前还是漆黑一片的抢救现场，立刻亮起一个个手电，大雨中那些光亮，像一颗颗星星从四面八方向湖边汇聚而来，“姜书记”的喊声此起彼伏……

姜示范失踪了。天亮，老天的脾气仿佛失控，先是大雨转中雨，之后，又从中雨变成大雨、暴雨……天好像是被刀子刺穿了大动脉，难以抑制的雨水止不住地下，湖水开始往上猛涨。

市防汛指挥部得到姜示范失踪的消息，马上把情况向市长做了汇报。

市委书记披着雨衣走了进来。市委书记与市长一样，整整一夜没有合眼，浑河沿岸险情频现，先是河边的高压线电线塔基座险些被洪水连根拔掉，如果不是当地部队迅速出击，跳进水中组成人链，用身体抗住风浪，用沙袋木桩砌成护坡围堰，这条电力动脉将被摧毁，大半个城市会因断电而瘫痪。

一个又一个不好的消息从各个县区接连传来：连接东部干线的202国道，多处被洪水冲断，有线电话、无线电话信号全部中断，山区部分乡镇与县城、市里中断联系，灾情发生到什么程度一概不知。

市防汛指挥部得到紧急通报，大伙房水库已经超过最高警戒水位，泄洪道已经全部打开，水位还在上升。为了保住浑河下游几个大城市，部队工兵已经在上游部分地段填埋炸药，迫不得已，要炸开几个缺口，用淹没几个乡镇的代价，保住大坝及下游几千万城市居民的生命安全。

见市长要带领人员去救姜示范，市委书记对市长说："还是让我去吧！"

二人紧紧握手，一切都在不言中，一个在防汛指挥部坐镇指挥全市救灾、抗洪，另一个带领部队舟桥连，乘坐机动船只赶往西华园搜救姜示范。

姜示范给市委书记留下极深刻的印象，在路上，市委书记回忆起与省委书记第一次到莫地沟考察棚户区的情景。

那时的姜示范略显青涩，在莫地沟山岗上，姜示范在风雪中以简要的话语，少有的激情打动了在场的所有领导。后来，市委书记在金凤街道下岗失业党员会议上，第二次见到了姜示范，再次被他的激情演说所打动。

市委书记在官场多年，见过基层各种各样的干部，浸染在关系复杂的官场之中，许多干部受大气候的影响，奉行中庸之道。而姜示范不是，在他身上保持着一种难能可贵的质朴、纯真以及对信仰的坚持，看不到一丝官场上的流俗、油滑、世故。

找不到姜示范，李响、左英红等人精神受到强烈的打击，特别是李响，经过一夜的折腾，人几乎累瘫了。李响到棚户区做志愿者以后，经常与棚户区群众睡在一个炕头，见到年长的叫叔、叫姨，经她帮教的几个孩子学习成绩上升得很快。

棚户区人实在，包了饺子，杀了猪，都要叫上李响过去吃。与群众打成一片，这种朴实的作风都是从姜示范身上学来的。在李响心里，姜示范就是自己的榜样，棚户区谁家有了红白喜事，李响按照当地的风俗跟着随礼，久而久之，棚户区人并不把李响当外人。

从到棚户区第一天起，这位音乐学院作曲系的高才生，领略到了不同于音乐的生活交响曲。姜示范无论是当街道工委书记，还是做副区长领导棚改工作，一切都是站在老百姓的立场上着想。

姜示范曾对李响说："人都有心，不管好人、坏人。如果我们工作没有做好，没取得群众的信任，那是心没有交到。"

李响在辅导贫困学生的过程中，知道许多姜示范关心群众的故事，再结合姜示范在棚改中的所作所为，更加钦佩这个像兄长一样的人物。李响思考人生离不开音乐，在大学她最喜欢肖邦、德彪西，因为他们所创造的音乐世界，宽广博大。

李响谁也没有告诉过，她正在悄悄创作一部交响音乐作品，这部名叫《煤都——2005》的交响诗，其灵感正是来自姜示范哼唱的一首不知名的歌曲。

有一天傍晚，姜示范带领大学生志愿者到市里办事回来。搭乘蓝维誉开的车经过西露天矿大坑，一轮又红又大的太阳正在矿坑西边坠落，血红色的夕阳，仿佛是流淌着的血液，注满了露天矿，甚是壮美震撼……

姜示范与蓝维誉、李响等人下车，走到矿坑边看到如此壮丽的景色，情不自禁地哼唱起了一首歌：

壮美的群山环抱着平原
滔滔的浑河流向高尔山
煤都啊！我思念的家乡
百鸟儿齐歌唱
生我养我的地方
棚户区里有我的爹娘
电车啊！你慢慢行
让我再看一眼故乡
爹呀！娘啊！不要牵挂
儿是为了幸福才奔向远方
让我再看一眼故乡
让我再看一眼爹娘
……

姜示范的声音暗哑，却富有磁性，歌曲唱得悲伤、缠绵。在场的所有人都为这悲怆的音调而静了下来。歌曲触动了李响最敏感的神经，她有了写音乐的冲动，她问姜示范：“这是什么歌，谁写的？”

姜示范摇摇头说：“不知道，是游子思念故乡的歌。”

第五十二章

姜示范在洪水中失踪，李响耳边一直有他的歌声环绕，活生生的人瞬间就没了。

姜示范从小在清河边上长大，水性非常好，落水时被浪木重重地撞击了一下，立刻陷入了短暂的昏迷，在意识模糊的瞬间，他本能地抓住一根浪木在激流中挣扎。随洪水冲击下来的树枝、浪木纠缠在一起，像刀子凌迟般割划手臂和脸，泥巴与血模糊了姜示范的视线。

湖水下泄的出口是浑河的一条支流古西河，经过挣扎，待身体保持住平衡，姜示范没有继续挣扎，姜示范十分清醒，雨不知道下到什么时候，身体的热量在一点点消耗，他要节省体力保持状态，四周一片漆黑，他现在必须随波逐流。

漂出了一段距离，远处似乎有灯火，那该是城市的边缘，他不知道身在何处，飘向何方。树枝把身体托起，这让他感觉到身体有些轻松，人到这个时候已经身不由己，不知道漂了多久，一阵困倦袭来，眼皮开始打架……姜示范腾出一只手使劲拍打脑袋，对自己说："姜示范，姜示范，你不能睡！不能睡啊……"

姜示范知道自己身处险境，任何疏忽都会导致顷刻丧命。这种镇静让他找到了绝处逢生的机会，隐约间，前面似乎看到了岸，姜示范一只手抱着浪木，一只手划着水向那边靠近，真的是岸边！

大雨之中，岸边来往的汽车发出的朦胧灯光让姜示范看到了希望。姜示范深深地吸了一口气，像狼一样低沉地吼了一声，他抛开浪木，使出全身的力气向岸边游去，这是姜示范的最后一搏，越靠近岸边浪头越大，他把头浸在洪水里以减少水流的阻力，快要筋疲力尽的时候，肚皮触碰到了岸边的石头，他一把抓紧岸边的树丛跃出了浅水区，求生的意志鼓励他站了起来，还没走出一步，便一头栽倒下去。

姜示范再也没有力气了，仰望天空，一道刺眼的闪电，划开漆黑的夜空，姜示范扭曲的面孔血肉模糊，他突然感觉心口一阵剧痛，或许是心灵感应，他感觉天要塌了下来……

姜示范哭着对天空说："老天啊！你怎么还下啊！"随后在劳累与饥寒中昏迷过去。

姜示范最后撕心裂肺的呼喊，或许感动了上天，大雨突然停了！也或许是来自血缘深处的感应，一件让姜示范精神难以承受的大事发生了！

蓝维誉在姜示范出事之前，一直在开发区防汛指挥部值班，负责收发来自各县区的汛情通报，所以对各个县区的情况都有所了解。当得知姜示范所在区汛情危急时，蓝维誉抽空接连给姜示范打过几个电话，忙音提示无人接听。

蓝维誉心头一紧，把电话打到姜示范办公室，值班人员告诉他："姜副区长正在一线抗洪，我们也联系不上。"

心急如焚的蓝维誉把电话打给左英红，左英红语气显得慌乱，支吾了一声说：“啊！找示范啊！他的手机掉进了水里，现在正带人乘船在前面救人……”话没说完，左英红就把电话挂断了。

蓝维誉给椽子沟姜示范家里打电话，清原方向总是打不通，询问电信部门得到的回答是，清原山洪暴发，许多电话线路、电信发射塔被冲毁，导致大部分有线、无线通信中断。

在防汛的紧要关头，蓝维誉无法张嘴请假，百般无奈，她拨通了陈靖西的手机：“陈靖西，干什么呢？”

“哎呀！我最思念的人，怎么想起给我打电话呢？发大水了，从大伙房水库里冲下来许多大鱼，我正在河边看抓大鱼呢！”陈靖西临危不乱，在如此危急的时刻依然闹中取乐。

“陈靖西……”蓝维誉想说什么，欲言又止。

陈靖西是多么机敏的人，他听出了蓝维誉不同以往的语气，感觉蓝维誉遇到了什么烦心事儿。

蓝维誉：“陈靖西，咱家示范在一线抗洪联系不上，现在啥都顾不上了，我担心死了！”

陈靖西打心里爱着蓝维誉，听她着急，比啥事都重要。

陈靖西安慰蓝维誉：“别着急，姜示范就是那种货，总是以天下为己任，不会有事的。”

“不是！我不担心他，我担心他的父母。姜示范老家山洪暴发，公路、电话讯号都断了！示范父母有病，遇到这么大的水怎么办？”蓝维誉真担心公婆一家的安危。

陈靖西让蓝维誉先等一下，然后，动用了手头一切资源了解清原的灾情。水务局、市政府办、清原县委里的关系都不知道椽子沟方面的情况。陈靖西想起椽子沟附近乡政府、林场里还有几个哥们儿，但无论如何都联系不上。陈靖西从来做事儿不达目的决不罢休，最后，他抱着死马当活马医的想法，向几个玩无线电的朋友询问:“椽子沟一带有没有无线电发烧友？”

对方回答得挺干脆:“没有！”

陈靖西彻底灰心了，刚放下电话，玩无线电的朋友又回话:“清原没有，铁岭有，不过距离椽子沟有20多里。”

陈靖西听到这个消息，心里乐坏了，对朋友说:“还有这样近的关系啊！你们赶紧架通无线电，随时保持联系，让他们立即赶到椽子沟，了解一下一个叫姜济祥的老头的情况。”

“姜济祥？”

“对，姜济祥。”

“他与你是什么关系，发这么大水过去，是玩命啊！”

“那个老头不是一般人，谁过去救那个老头，能立大功！”

“少骗我，真是重要的人，早派直升机过去了。”

“我爹！我亲爹行了吧！”陈靖西急眼了。

对方显得很委屈:“不，西哥，这要是我，是火坑都往里蹦。”

陈靖西想了想:“你们这个地下组织，上次不是要拉赞助吗？这事儿办成了，我赞助3万元。”

对方停顿了一下:“好！西哥让人信得过，就当那人是你亲爹！”

铁岭无线电发烧友效率真快，他们从铁岭境内奔往椽子沟的路上，一直与陈靖西的朋友保持无线电联系，一个小时以后，一个不幸的消息传来:姜示范的父亲姜济祥，因为组织群众转移，掉进泥石流里失踪……姜济祥失足落水的时间，正是姜示范大难不死，从洪水中爬上岸心口剧痛的时间。

心急如焚的蓝维誉，突然接到了姜示范的电话："小誉，快来接我……我在沈阳汪氏台。"

姜示范的嗓音沙哑，几乎听不清楚，姜示范上岸后遇到了几个在河边的捕鱼人，几个人一起把姜示范抬到渔窝棚里。当人们知道姜示范在洪水中死里逃生时唏嘘不已。

换上捕鱼人送给的工作服，再喝下一点热鱼汤，身体严重虚脱的姜示范精神好了许多。他借用渔夫的电话，首先告诉区委李书记，自己已经平安脱险。

李书记闻听姜示范还活着，异常兴奋，要立即派车去接他。姜示范说："不用，我现在立即往区里赶。"

考虑到沈阳汪氏台距离开发区很近，姜示范让蓝维誉开车过来接自己。蓝维誉也不问姜示范为什么会跑到沈阳汪氏台，仅10多分钟便开车找到了渔窝棚。蓝维誉第一眼见到姜示范便惊呆了，姜示范头发蓬乱，躺在脏兮兮的被子里，脸上、脖子、裸露的上身，到处都是伤口。

蓝维誉扑向姜示范，抱着他的头，再看他的脸，看他的眼，急切地问："怎么了？怎么了？"

姜示范哪还说得出话来，紧紧地拥抱着蓝维誉，力量异常的大，抱得蓝维誉喘不过气来。

姜示范眼睛湿润："开车来的？"

蓝维誉："开车来的。"

姜示范翻身下床，一句话不说，给几个渔人磕了一个头，拉起蓝维誉就上了车。车上，姜示范讲了大概经过，蓝维誉开着车，眼泪止不住地往下流。

回到区上，姜示范换上一身干净的衣服，许多闻讯赶来的干部群众把他围了起来。姜示范为了不让大家看到自己的疲态，抱拳对大家表示感谢。送走了群众，姜示范与李书记、区长、左英红、李响等人坐下来评估全区的受灾情况，布置抗灾、救灾的下一步工作。

这时陈靖西赶过来了，他先拉过蓝维誉小声嘀咕了几句，蓝维誉脸一下白了。铁岭的无线电“发烧友”从椽子沟传来消息，姜济祥的尸体已经找到，按照当地的风俗，三天后下葬。

蓝维誉与陈靖西商量，应该让姜示范知道情况。姜示范闻听陈靖西带来的消息，刚开始根本不相信，过后，想哭又哭不出来。

一向镇静的姜示范心真慌了，他拉起蓝维誉和陈靖西上车，要立即赶往椽子沟去看父亲最后一眼。车行驶在大路上，路两边到处都是灾民，那一张张无助的面孔，让姜示范心头一紧，头脑清醒了许多。

姜示范明白，进入官场，有些事儿身不由己，现在，自己不单单是姜济祥的儿子，还是一个负责全区救灾工作的副区长，此刻离开合情却不合理。

姜示范让蓝维誉把车开到一家花圈店，然后，管蓝维誉要了100元钱，买来一大堆烧纸，要来个打纸钱的铁戳子，跪下来，一张张地打印纸钱，泪水一滴滴掉在纸钱上……

整个屋子一片寂静，只能听到姜示范的喘息声，以及铁器敲打纸钱的“咚咚”声。此时此刻，最理解姜示范心情的人是蓝维誉，她能感觉到姜示范心中在流血。那一声声撞击，那一个个纸钱印，何止是姜示范内心的悲伤，更有切入骨髓的思念。

蓝维誉替姜示范说出了他自己最不愿意说出的话："三天后爸爸要下葬，我们去也要绕道铁岭，不知道路能不能走通。他老人家如果活着，最希望你能留在这边……示范，示范，你先留下，还是由我们先去吧！过几天烧头七，你再回去，那才是老人上路的正日子……"

姜示范一声不吭，憋屈的声息从喉咙管传出来，再也控制不住的眼泪一下子从眼睛里涌了出来，他使劲地点头："嗯！嗯……"

陈靖西扭头朝门外骂了一句："老天，太不公平了，总着急收好人走呢！"

蓝维誉把打好的纸钱，一个个折叠成元宝状，姜示范又让店主挑了一套毛料的中山装寿衣、两个纸质花圈，手颤抖着用毛笔写了一副挽联：

家严当无悔，儿孙承继血脉痴心不改，誓与百姓同甘苦；

青山该有意，曲水哀默忠骨驾鹤西归，慨然遗志化宏图。

——不孝儿示范、维誉啼血敬挽我父千古

当蓝维誉看到姜示范写下"儿孙承继血脉痴心不改"的时候，内心一动，禁不住抽噎起来。

陈靖西拍拍姜示范的肩膀安慰道："好了，你们这些当官的，忠孝不能两全，我和维誉一起去，一定把老人送好。"

姜示范什么也没说，抱了陈靖西一下。这时小阁带着几个兄弟闻听消息也赶来了。在地产公司打下手的人，经常在江湖上行走，对红白喜事极为重视，想得也十分周全。他们不仅带来了几辆黑色的轿车，还带来了面包车、皮卡和一辆大卡车。

姜示范告诉大家，父亲去世的消息不要让区里人知道，如果区上知道这件事，一定会让姜示范回去。姜示范恭恭敬敬地把花圈、寿衣交给陈靖西和蓝维誉，轻轻摆摆手说：“走吧！爸还等着呢！”

几个人上车趁着黑夜上路，因为往清原的主要公路还没修通，一行人只好绕道铁岭去椽子沟。

发大水的那一天，正是清晨，眼睛不好使，但耳朵好使的姜济祥，听到焦灼的雷声、雨声觉得不对劲儿，往村里其他干部家里打电话打不通，便催促老伴、女儿分头通知村里的干部赶紧疏散群众。

姜济祥家住在半山腰，即使发再大的水也不会有事。姜济祥坐在炕头猛然想起了河套边有几户居民还没通知转移，有些不放心，穿上雨衣摸索着走到门外。走出家门不远，感觉哭丧的风哀叫着从山背刮了过来，常在山间走动的姜济祥心头一紧，他知道这是山洪暴发的前奏，抓起门边的铝盆敲打了起来，边走边敲边高声吆喝：“跑路哇！大水要下来了！跑路啊！大水要下来了……”

此时，山洪的水头已经下来了，并在姜济祥家门前形成了一条河，姜济祥预感到不妙，转身便往回走，脚下的泥土、沙石剧烈地抖动，一大块土地整个被左右两面而来的洪水给拖到河流里面，姜济祥随着塌陷的泥土被带进山洪之中，人顷刻失去了踪影，浅水处只留下一个漂浮在水面的铝盆。

姜济祥的死震动了整个椽子沟村。椽子沟村除了姜济祥遇难以外，全村百姓全部安然无恙。

洪水来得快，退得也快，人们在过水的鱼塘里找到了姜济祥，人们把他嘴巴耳朵里的泥沙掏出来，又把他全身及面孔洗干净，把尸体放在学校的乒乓球案子上。死后的姜济祥除了眼睛半睁着，面色红润，与生前没有两样。

陈靖西他们的车在距离椽子沟村 10 多里的地方便开不进去了，一行人只好蹚水步行到村里。进村时，四周一片漆黑，只有小学校一片火红。村里一部分人到山上挖墓穴，另一部分在小学操场守灵。大人、孩子都没睡，点着篝火守在姜济祥四周。

几个木匠拿出了村里最好的板材，又锯又刨连夜为姜济祥赶制棺材，刨花吹到篝火里，再飘上空中，像姜济祥不散的魂魄在空中飘荡、盘旋。公路冲毁了，没有火葬条件，村里的干部经过研究，破例要给老书记享受土葬。

几个吹鼓手在一边用唢呐吹起了“大悲调”，凄厉、婉转、悠长，在夜空中传得很远。姜示范的妹妹、妹夫守着“聚宝盆”烧纸，烧好的纸灰分成了九个包。蓝维誉见到姜示范的妈妈、妹妹哭成一团。

陈靖西他们的到来改变了村里哀悼的气氛，陈靖西他们毕竟是城里人，临行时，专门找了一位熟悉葬礼规矩的师傅，给姜济祥身体下面铺上黄绸，寿衣也换上了端庄的中山装。

换衣服的当口儿，蓝维誉对姜济祥说：“爸，示范在抗洪，他知道您老人家的心愿，不能回来送您。头七，他一定回来送您老人家。”

说也奇怪，姜济祥眼睛居然闭上了，嘴角露出些许笑纹。

陈靖西其实想得很多，考虑到老爷子是一个坚信理想的乡村党支部书记，准备找一面党旗覆盖在遗体上。这样做虽然很庄重，但不符合礼仪。如果是上级党组织这么决定，还算顺理成章，但由他来提议便是越俎代庖了。

现在，全市上下都在救灾，乡镇干部并不知道姜济祥故去的消息，让组织来出面，显然不合适，陈靖西想了想又放弃了，还是在老人身上、脸上覆盖上绣有团龙的绣布。

带来的录音机放出了交响“哀乐”，这种洋式的音乐与乡村的“悲调”结合在一起，让守灵的人感觉新奇。按照风俗，明日一早出殡，总不能让全村的人守灵守到天亮，陈靖西让村委会主任劝走了老弱病残，只留下一些青壮年及“爱心养殖场”那些不愿意走的残障人士，这些人跪在姜济祥周围披着重孝守灵。

天刚蒙蒙亮，全村老幼从山间、路边、家园采来山花，堆放在姜济祥周围，远远望去，姜济祥像飘浮在彩色的祥云之中。

按照习俗，太阳出来之前必须下葬。乡村的老者故去，打头举招魂幡的人应该是孙子或儿子，姜示范没回来，他又没有后代，谁来打招魂幡颇费了一些周折，最后确定由姜示范妹妹的儿子打幡，由姜示范的妹妹抱着学校老师画的遗像走在后面。此时，由谁来抬棺材在村民之间引起了强烈的争执。谁都想亲自送老书记一程，其中，因为葬父与姜济祥发生过激烈冲突的穆玉河反应最为强烈。

穆玉河瞪着眼睛说：“谁跟我争，我干死谁！”

最后村民经过妥协决定，穆玉河可以从头到尾一直抬棺，其他人在路上，轮流换着抬棺送姜书记。

守灵之夜，穆玉河一声不吭，一直给打棺材的木匠打下手，等棺材打好了，他亲手用紫漆细细地涂了两遍，然后，坐在一个老榆树下抽烟。

天亮以后，穆玉河全家老老小小全部披麻戴孝，最早来到送葬现场，穆玉河同姜示范家人一起跪在最前面，想起与姜济祥的恩恩怨怨，穆玉河心里一直在忏悔。

陈靖西请来的师傅端起一个茶盅，从河里淘来一盅清水为姜济祥开光。开光之人应该是死者的长子，姜示范没回来，姜示范的妹妹嫁了出去属于外姓之人，蓝维誉又是女的。陈靖西想了想，自己是代替姜示范回来的，便当仁不让地跪下行使儿子的职责。陈靖西用棉球蘸水擦拭姜济祥的眼、鼻、耳、嘴……并随着主持的师傅高声朗诵。

主持师傅："净净眼，眼观六路！"

陈靖西跟着喊："净净眼，眼观六路！"

"净净耳，耳听八方！"

"净净耳，耳听八方！"

"净净口，越吃越有！"

"净净口，越吃越有！"

……

晨曦中，人们用遮阳布把老人抬进棺木，姜示范家人及全村人围在四周，与姜济祥做最后的告别。

姜济祥面带微笑，神态安详。首先是姜示范的妹妹痛哭了起来，接着是蓝维誉，之后全村人都哭了起来，陈靖西从来没有经历过如此壮观的送葬场面，悲从心来也掉下了眼泪。陈靖西含泪推开众人，把棺盖盖上，哭声更加剧烈，陈靖西把火盆、水碗在地上一起摔碎……

两个身强力壮的木匠赤着上身，用力地钉上一个木楔，另外两个木楔并没有钉死，按照风俗，活着的人还希望死者能够还阳。

大殓礼完毕，穆玉河、小阁站在棺木的最前头，带头大喝一声："起！"

几个村民一起用力把棺木抬起，走上了出村的小路。棺木中沉睡的老人，曾经是这个山村的主心骨，他用正直和道义走完了最后的人生道路。

已经从悲伤中缓和过来的陈靖西，斜眼看了一眼蓝维誉，蓝维誉头戴白色的孝帽，脸色十分憔悴。陈靖西神情有些恍惚，感觉这一幕特别不真实，仿佛是梦境一般。

他在心里骂姜示范："我一定是上辈子欠你的，我的女人成了你的了，现在连你亲爹也是我的了！你以后干事儿，如果对不起老百姓，就是对不起我陈靖西了！"

全村人组成的送葬队伍，长长的像一条蛇，蜿蜒在山路之间。早晨的浓雾开始弥漫，雾气湿漉漉的，把应该升起的太阳掩藏在天际……

第五十三章

在父亲下葬以后的几天里，姜示范一直没有闲着。洪灾毁坏了许多破旧的棚户，姜示范带领区里的干部挨家挨户地检查受灾情况，并如实进行登记，然后为受灾群众安置临时住处，发放救灾物资……

许伯东回来了，家乡受灾以后，他与在浙江义乌打工的东北老乡，走上街头为棚户区的老百姓募捐。在义乌这几年，许伯东与妻子在打拼过程中积聚了一定的人脉，一些有往来的客户听说许伯东家乡受灾，捐赠的物品有崭新的棉被和毛毯，一个批发羽绒服的老板，丢下两件整包装货物便走。许伯东同老乡一夜没休息，把捐来的物资整理打包，到了义乌货物托运站，老板免除了全部托运费，还找到一家旗标店印制了“救灾物资”字样的横幅，悬挂在两辆卡车上。

许伯东的双手因为打包，指头被打包带划出了血。他顾不得洗一把脸，一个人押着两卡车救灾物资赶回东北，经过几千里疾驰，陈靖西、姜示范见到许伯东的时候，只见他满脸的胡须上沾满了尘垢。

“这才是我哥们儿！”陈靖西抱着多年不见的许伯东哇哇大

哭起来。

“想死我了，陈靖西……”许伯东其实并不明白陈靖西话里真正的含义，陈靖西从椽子沟回来，泪腺仿佛没把门儿，一动感情就掉眼泪。

许伯东可是真哭，下岗失业把他与妻子逼到南方，刚开始混的时候吃了不少苦，现在，有点混出头了，开了一家东北菜馆，间或为国外做生意的亲属发货，总算有了一点老板的样子。他离开的时候，曾经对送行的陈靖西说：“老子一辈子也不回这个鬼地方了！”

当家乡受灾，他已经忘记了临走时说的话，他捶打着陈靖西的肩膀说：“钱有屁用，买不来咱们家乡的感情和哥们儿的思念。”

许伯东在姜示范的引荐下找到左英红，左英红亲自带着许伯东、陈靖西把千里之外捐献的救灾物资发放到棚户区灾民手里。

许伯东高兴了，嚷着让陈靖西请客，姜示范嗓子有些沙哑地说：“我还有事，你们哥俩去吧！”当陈靖西小声对许伯东讲出姜示范父亲去世的事情，许伯东唏嘘不已，他钦佩地说：“陈靖西，知道当官的与咱们平民老百姓不一样的地方了吗？”

陈靖西不明白，许伯东叹息了一声：“咱帮人一时，好官帮人一世。比不了，比不了！”

莫地沟棚户区改造进入了关键期，附近的公路基本被洪水冲毁，已经打好基础的楼房因为建筑物资运不进来，施工速度受到严重影响。市区公路交通部门及矿业集团闻听消息，把大型机械设备调集到公路毁损路段，连夜进行抢修。水泥、红砖等建筑材料因抢修房屋、公路造成了暂时性紧缺。

市棚改指挥部向全市发出紧急指令，除了抗灾紧急需要抢修的地方，其他建筑材料优先供给棚户区。全市各单位要全力支持棚户区改造，建设物资生产厂家不准借机涨价，延时交付水泥、红砖等紧俏物资，棚户区改造工期按照既定计划完成，谁耽误谁负责。为了抢回洪灾耽误的建设工期，棚户区改造实行全天候施工，莫地沟棚户区建设工地整夜灯火通明。

整整六天，姜示范有说有笑，仿佛什么事情都没有发生过一样。在救灾现场，在棚改施工工地，到处都能看到姜示范的身影。只有在临睡觉的时候，姜示范才会把头埋在被子里低声饮泣。

似睡非睡之间，姜示范感觉有人在摸自己的头，然后一个高大的身影转身推开门走了……是父亲！姜示范一激灵醒了！原来是一个梦。

除了这一次梦以外，几天里，姜示范并没有真正梦到思念的父亲。

姜示范回到家乡的时候好像阔别了几个世纪一样，父亲下葬之后的第六天晚上，姜示范带着蓝维誉回到橡子沟。

临行之前，姜示范找到区委李书记请了半天假，这才告知父亲姜济祥在洪水中遇难的消息，并讲明丧事已经处理完毕，这次请半天假是回去烧头七。今晚走，明天下午回来。

李书记、左英红闻讯立刻惊呆了。姜示范叙述的语气平静，只是就请假而请假，在他脸上看不到一丝悲伤。

左英红劈头盖脸地给姜示范一顿巴掌，眼圈红红地说："怎么才说？你真不是东西啊！"

姜示范不敢正视左英红的眼睛："有维誉和朋友们在，父亲的丧事处理得很圆满。"

汽车驶上 202 国道，尽管道路经过抢修，但一路还是坑坑洼洼。经过 3 个多小时，当汽车灯光打在椽子沟头那棵挂满红布条的老榆树上时，姜示范再也抑制不住悲伤，眼泪禁不住扑簌簌地掉落下来。

蓝维誉慢慢地把车停在老榆树下，她紧紧抱住姜示范说："要哭，就哭吧！咱爸听到，就知道你回来了！"

夜风中，簌簌抖动的红布条缭绕在参天老树的周围，树梢顶端是一轮明月，看到树和月亮，姜示范似乎看到了年迈的父亲。

老榆树是岁月与年轮的界限。姜示范第一次到村外上小学，父亲就是把他送到这儿，然后，把小书包斜挎在姜示范肩头上，一直目送着他蹦蹦跳跳地走过河上的木桥，消失在柳树毛子后面。

姜示范长大以后到县城读高中，父亲也是把他送到这棵老榆树下。那时候姜示范骑着自行车，高兴地围着父亲骑了一圈，欢快地摁着自行车铃铛，骑向高高的山岗。

姜示范到省城读大学，父亲还是把姜示范送到老榆树下。望着满脸皱纹的父亲，姜示范趴在大客车后窗上，感觉远去的父亲是另一棵老榆树……

压抑了六天多的姜示范回到村庄，终于用高声的哭喊得到最大的释放。哭声像是拉开了电闸，被黑暗笼罩的村庄，一家又一家的灯渐次亮了起来。披衣而起的村民站在自己的家门口，看到路过的姜示范，也不说话，向前几步，用手拍打姜示范的肩膀，一切尽在不言中。

传统的祭祀已经准备停当，到了半夜月上高天，一朵朵云丝丝缕缕，努力地擦拭着月亮，像是怕不干净，擦过了再擦……

姜示范带着家人在自家院落里给老人“上望”，之前，姜示范用剪刀细心剪裁成 71 个白纸条，贴在院门左边的墙垛上——71 岁是姜济祥死去的年龄。布置妥当，姜示范跪在月亮地里给父亲一张张地烧纸。今天，是送父亲正式上路的日子，妹妹跪在一边，不住地念叨着鬼差，让他们一路上要照顾好父亲。

上完望，姜示范、蓝维誉与家人睡了。第二天一早还要到墓地烧头七，以后，每隔七天祭祀一次，直到“七七”四十九天，这个仪式才算暂时结束。

经过昨夜的哭诉，姜示范的心情好了许多。而蓝维誉却哭得异常厉害，姜示范扶她也不起，再扶她，蓝维誉一使劲儿，把姜示范拽着跪在坟前。

蓝维誉接连磕头说：“爸，我和示范说好了，咱们今年就要孩子，等你有了孙孙，每年清明都来看你老人家……”

姜示范没有想到一直怕生孩子的蓝维誉，没跟自己商量就做出了如此决定。他不明白蓝维誉为什么改变了想法，人都能死去，世界上还有什么定下的事儿改不了呢！姜示范经历了生生死死，一切都看开了，对任何即将发生的事情都不会奇怪。

下山的路上，姜示范扶着蓝维誉问：“真的？”

“真的！”蓝维誉用力地点头，脸上飘上一层红晕，像天边刚刚升起的朝霞。

经过高等教育的蓝维誉，并没有把传宗接代看得过于重要。读中学时，亲眼看见姐姐的孩子坠楼身亡，更坚定了她不要孩子的决心。

蓝维誉喜欢孩子，正因为过于喜欢，她才不想让一个自己喜欢的生命，听从命运的安排和决断，经历无法预测的悲欢离合。

姜济祥的离世彻底改变了蓝维誉的既定想法。姜济祥是一棵树，已经老了的树，华盖不再，枝干枯竭。世界上不能没有树，老树倒了，新芽便会发出来，绿就会弥漫开来，延续生命与血脉。

埋葬姜济祥的那一天，蓝维誉心里便有了像是树根在乱抓的感觉，今天在姜济祥坟前把这句话说出来，就想让地下的姜济祥知道，姜家不能没有树，不能没有后人，这是一种寄托，更是一种希望。回到棚户区改造工地，姜示范每天依然忙忙碌碌，或许只有千头万绪的工作才能让他暂时忘掉心中的忧伤。

姜示范包片、包户的责任区有金凤街面上的棚户区和青树沟棚户区。青树沟棚户区地势较矮，大洪水袭来的时候，家家户户门前垒起沙袋、草包，像战争中的简易掩体。即使这样，许多人家还是被水淹了。

“姜书记，咱们什么时候搬迁啊！”棚户区看姜示范过来，便围了上去。

“快了！明年开春差不多。”

“还要等一个冬天！”

“好好准备准备吧！你们觉得慢，我总感觉时间不够！”

第五十四章

按照市委、市政府规定，交房期限越来越近了，姜示范有些心神不宁。

这几天，姜示范和区里、街道的干部一直在青树沟忙碌。先是帮家里进水的居民往屋外撇水，然后，到附近的建材市场买来大白膏粉刷墙壁。

徐文婕到青树沟找姜示范，徐文婕的神情显得很疲惫，孩子即将参加高考，她根本没时间照顾孩子，高考进入冲刺阶段，徐文婕的孩子学习成绩有些下降，为此，三盛子三天两头朝徐文婕发脾气。

徐文婕不好意思与三盛子吵，一是自己实在对不起孩子，二是生怕左邻右舍听到笑话。莫地沟棚户区改造工程进入尾声，群众最关心的住房分配随之展开，街道、社区为了让分房更加合理，各项准备工作异常繁忙，徐文婕天不亮走，晚上八九点钟才能回来。

为了保证棚改新区工程建设的质量，区棚改指挥部在姜示范的牵头下，成立了以居民代表为主的工程质量检查团。“群众质量监督团”成员基本是建筑方面的行家里手，有包工头，有瓦工、管工、木工、力工……因为经常打工，对建筑材料的质量和使用，眼一看，手一掂，便知道好赖。

“群众质量监督团”时常对正在施工的棚改工程进行突击性检查。

吃过午饭，姜示范、徐文婕带着“群众质量监督团”十多名成员，突然对莫地沟棚户区进行检查。一行人没进工地便被施工方拦了下来。姜示范前去交涉不管用，居民代表与施工方吵成了一团。这时，市房产局局长、市棚改指挥部办公室主任老石来了，项目经理见是老石，嘴先软了：“那就进去看看吧！”

老石给每位居民代表发了一顶红色的安全帽扣在头上，一起走进了建筑工地。

姜示范对老石没什么成见，就怕他多说话，听他沙哑的声音，像是正在打磨的砂纸，丝丝拉拉难听得要死。

老石脾气太大，得理不饶人，他对项目经理说：“看到了吗？这些人都是棚户区的住户，房子是为他们盖的，因此特别关心工程质量，我这一关好过，他们这一关可不好过。”

项目经理：“刚才不认识，现在好了，呵呵……看哪儿不满意，我们立即返工！”

石局长：“只认识还不行，一会儿，我给他们发个牌牌儿，这个牌牌儿就是‘特别通行证’，可以进到任何一个棚改工地进行检查！”

“行，随时来，随时接待，就我们这种工程质量，谁检查都不怕！”项目经理说。

从这一天开始，姜示范所在区组成的三个“群众质量监督团”活跃在各个棚改工地上。他们轮流监守在棚改工地，排查水泥、钢筋、砖石等建筑材料的质量以及监督工程质量，定期向区棚改指挥部进行汇报。

时间长了，姜示范觉得像看小偷似的监督施工队施工，有点儿不好意思，从区里特批了几百块钱，从市场买来西瓜、蔬菜、矿泉水，让居民代表送到工地，钱花得不多，但起的作用却很大，两边人的感情渐渐地好了起来。

姜示范递给项目经理一块西瓜，两人蹲在地上吃了起来。

“好哇！吃西瓜，有我的份儿没有？”

姜示范回头一看是省委书记和市长，赶紧用手擦了一把嘴角的西瓜汁，连声说：“有有！管够！”

2005 年冬天省委书记第一次冒雪视察棚户区，一晃八个月过去了，原先，疮痍满目的棚户区已经不见了，取而代之的是一栋栋崭新的楼房。

省委书记的记性真好，他上前握住姜示范的手说：“姜示范！金凤街道副主任姜示范！”

市长补充了一句：“他现在已经是街道工委书记了！”

“姜书记！你是书记，我也是书记，咱们两个书记好好谈谈吧！”

“好！”姜示范应承了一声，把切好的西瓜分别递给省委书记和市长。

市长介绍：“示范是椽子沟党总支部书记姜济祥同志的儿子，在这次大洪水中，他们父子表现得都很出色。”

省委书记上任以后，这是第三次到棚户区，见到棚改工程进度很快，心情很舒畅，他问姜示范：“国庆节能配户吗？”

“能……”姜示范犹豫了一下，说了一句实在话：“交钥匙没问题，但要完成全部配户，要在11月底，老百姓元旦、春节搬进新居没任何问题！”

省委书记：“还是考虑周全一点儿，有时只图速度，好事反而容易变成坏事。编筐做篓，全在收口。”

陈靖西最近心里很烦，想找姜示范、蓝维誉等人唠一唠。

他先给蓝维誉、李响、小阁打电话，然后再给姜示范打电话。

姜示范还在棚改工地，那边，他用电话告诉陈靖西：“再等三个小时，一会儿才能过去。”

“那我与蓝维誉鸳梦重温了！”陈靖西成心要气一气姜示范。

姜示范没时间开玩笑，把电话撂下的同时，在电话那端说了一句：“腿给你打折！”

吃饭的地点定在将军的韩帝园，是那种可以盘腿儿上炕的包房。先到的是陈靖西，自己先要了一壶大麦茶，等人的时间他不会寂寞，打开手机，一会儿这个妹妹，一会儿那个姐姐地打发时间。

小阁正百无聊赖呢！陈靖西前脚进来，他后脚就到了。不一会儿就出现在包房门口。陈靖西让他喝茶，他不喝，直接喊来穿朝鲜族服装的小姑娘，要来一份秘制韩式泡菜，打开一瓶“天湖鲜啤”抱瓶喝了起来。

陈靖西斜眼看了一眼小阁：以前卖猪肉的痕迹已经在小阁身上逐渐淡去，西装革履，领带扎得一丝不苟，如果不是仰脖子喝酒的姿势，过去小阁的样子几乎没有了。

陈靖西心里想，这不对啊！有点钱就开始玩派头，以后还不嚣张到天上去。陈靖西把大脚踹在小阁后背上问："一天到晚干些什么？"

"拿地！"小阁简明扼要，眨眼间，一瓶啤酒已经被吹了进去。

"好拿吗？"

"以前好拿。"

陈靖西说："乔亚丽出事儿以后，一些开发商都跑了！听说有几十个，商人就是变色龙，危机时刻，要切掉尾巴求自保。你们老板跑没跑？"

小阁："跑什么？他到东南亚旅游去了。"

第五十五章

小阁最近也闹心！自从乔亚丽帮他找了这份不错的工作，小阁一直想表示感谢！

为了表示感谢，小阁在发工资以后，特别请乔亚丽吃了一顿饭，挺忙的乔亚丽居然答应了，并指示小阁把饭店订在前甸附近的农家乐饭庄。乔亚丽那一天情绪很不好，喝了不少酒，说的一些话小阁也听不明白，小阁说一些客套和表扬的话，乔亚丽生气了，她指着小阁的鼻子说："你不要谢我，我要谢你呢！"

"谢我？"小阁丈二和尚摸不着头脑。

"对！谢你。能帮你，是我这辈子最有成就的事儿……"说着说着，乔亚丽开始大哭。小阁更蒙了，想安慰安慰，又不会说，只是一个劲儿地叫乔姐。

乔亚丽突然站起来："少叫我姐，先叫姐，后叫妹儿，然后叫……叫媳妇，是，不是……呵呵……"看着乔亚丽站不稳，碟子、碗筷往地下掉，小阁要过去扶她，乔亚丽顺势倒在小阁肩膀上，继续哭。酒喝不下去了，小阁搭了一辆车送乔亚丽回家，乔亚丽一会儿说家在雍翠花园，一会儿说在水岸东城，一会儿又说凤凰城……出租车在河东地区转了好几个圈，乔亚丽找不到家了。没办法，小阁把乔亚丽送到“子金城”宾馆住下。

安顿好乔亚丽，小阁想走，乔亚丽从后面抱住小阁，不知道是真的、假的，嘴里叫着好几个男人的名字，这些名字有他知道的，还有许多不知道的，最后才叫到小阁的名字：“小阁！小阁！小阁……”一声比一声高。

最后嘴巴胡乱地在小阁脸上乱啜，小阁摸了一把脸，唾液黏糊糊的，充满了酒味儿。小阁挣脱了乔亚丽的纠缠，把她放到床上说：“姐，你喝多了！”

“我没喝多！姐心里苦啊！啊……”乔亚丽真是悲伤。她从皮包里拿出一摞摞钱，递给小阁说：“给你，姐有的是钱，没钱跟姐说。”

小阁推开钱起身要走，小阁的冷静、退让使乔亚丽大失所望，看着手里的钱，她抽出一张，便吐一口唾沫，然后抛在空中，一张张100元面值的人民币，像一个个粉色的蝴蝶在空中飞舞，一会儿便铺满了床上、地上……然后，她仰头倒在床上。

等她静了下来，小阁把一张张人民币拾起，一共是整整三摞崭新的人民币。小阁也不知道这些钱乔亚丽是从哪里弄来的，他把钱一张不少地放在皮包里，掖在乔亚丽的枕头下，然后望了乔亚丽一眼，关上灯走了。

正当小阁要走出大门时，黑暗中传来乔亚丽冷静的声音：“小阁，姐老了，等姐死的那一天，能送姐不？”

这种声音好像不是从现实世界传来，而是来自遥远的外太空，一向天不怕、地不怕的小阁感觉到一袭凉意。他在关门的一瞬，下意识地说了一句：“送！”

黑暗中传来一阵风一样诡异的笑声。

要说乔亚丽对小阁真没的说，帮助小阁爸爸找了最好的医院，请了最好的医生。因此，小阁父亲的身体及精神状态好多了。更主要的是，乔亚丽帮小阁找了一份安身立命的好工作。小阁是一个知恩图报的人，他试图用最好的方法回报。

当乔亚丽春情荡漾的时候，小阁曾想，不就是上床吗？小阁向来敢作敢为，对男女情感之事，如果水到渠成，也不当一回事儿。但面对乔亚丽，他不想这么干，乔亚丽是自己的恩人，从恩人到情人之间的跨度也太大了，如此简单的过场，甚至便宜，小阁不走更不会占。如果乔亚丽遇到危险，以小阁的性格即使肝脑涂地，也在所不辞。

小阁再也没有报答乔亚丽的机会了，宾馆一别，小阁再给乔亚丽打电话，停机，隔了几天再打，还是停机，往乔亚丽单位打，接电话的人满怀疑窦，问：“你是她什么人？”

小阁回答：“我是她的生意伙伴。”

那人把电话撂下，说了一句：“你要找她，去监狱吧！”

后来，小阁从地产同行的闲谈碎语中了解到，在河东投资房地产的老总，许多都跑了。原因是乔亚丽被纪委叫去“喝茶”，这些人怕受牵连。

小阁想找陈靖西说一说，没敢！这事儿，没法说，他是乔亚丽什么人啊！

所以，小阁见到陈靖西只是独自一人喝啤酒。

不一会儿，姜示范、蓝维誉、李响乘坐一辆车来了，他们与陈靖西、小阁打过招呼，便开始烤牛肉。

说着说着就把话题扯到乔亚丽身上，陈靖西并不了解小阁与乔亚丽之间的纠结，矛头指向了姜示范："姜区长，你说说你此刻的心情，是喜还是忧？"

姜示范瞪了陈靖西一眼："这事儿，还没定论，不要瞎猜忌。"

"看看，看看，维誉我不是挑拨你们夫妻的关系，这小子，还向着她了！"陈靖西嘴巴可不饶人。

蓝维誉用身体靠了姜示范一下："你往炕里头一点儿，别耽误我吃饭。"

乔亚丽的事儿牵扯的面太大，蓝维誉并不是心里犯醋，而是想撇开这个话题。

陈靖西也觉得自己不对劲儿，本来是想安慰姜示范，没想到这个话题，让在座的几个人，都提不起精神。

他哈哈大笑道："是啊！这些人干我们屁事啊！咱就是老百姓，我们管他们干什么啊！说，也就是痛快嘴，加点幸灾乐祸，来喝……"

小阁机械地撞了一下杯，他不了解乔亚丽，便在心里嘀咕道："她怎么会是贪官？"

陈靖西真能耐，也不知道讲了什么笑话，李响笑得前仰后合，不一会儿，饭桌上便充满了欢歌笑语。陈靖西真喝多了，与蓝维誉跳起了舞，这种舞是正宗朝鲜族姑娘教给他的，以前有一个温州村，陈靖西经常上那边玩儿，一个朝鲜族小姑娘看上他了，因此陈靖西用朝鲜语唱的《桔梗谣》特别地道。

姜示范被陈靖西的样子笑翻了，忍不住拍手鼓掌，长久以来埋在他心头的阴郁，在陈靖西和蓝维誉的舞蹈中逐渐散开，他仿佛又看到大学时代的陈靖西和同学们。

姜示范在工作中点子多，遇到困惑和危机临危不乱，时刻充满清醒，正是得益于和谐的生活。棚户区的楼一天天变多，回迁之前的准备工作变得异常紧张了起来。棚改的质量验收，棚户区居民回迁的方法，最主要的是该如何选房，楼层、户型选择众口难调，闹不好，会产生严重的纠纷。

在棚改之前，区棚改指挥部和姜示范就考虑到这个问题，为了使回迁不产生纠纷，姜示范按照搬家的先后顺序，制定了回迁、交钥匙的时间。谁先搬家，谁先选房。另外，为了让一些低保户、困难户在棚改以后，可以凭能力谋求生活，经过召开居民代表大会，大家一致同意，贴近社区超市的一楼，优先给予低保户、困难户，开修鞋擦鞋店、洗衣店、水果店。

秋叶染红、染黄了高尔山，道路两边的树叶随风飘零，秋风掠叶子，树枝以天际为背景，用自然的铅笔摹绘着萧索的轮廓。阜顺的秋天在接近另一个季节的时候，还是充满生机的，那些紧凑的雏菊，一团团、一簇簇，盛开在田野之上，像藕荷色的雾在山野、田地间弥漫。最为活跃的还是草丛中的蚂蚱、蟋蟀、蝈蝈、螳螂，叶子绵延着枯萎的情绪，伴随着这些鸣虫的绝唱，一些蜻蜓在秋日的艳阳中，跳着告别季节生命的舞蹈。人活一世，草活一秋，逢秋寂寥，也有高潮。

蓝维誉从中医院出来，仿佛换了一个人，她沿着条石的甬道，经过儿童公园的林荫小道走到山顶，在烈士纪念碑周围集聚着许多老人，他们有的在一起高谈国事，传播着有关这个城市的官场消息；也有的拉着胡琴、手风琴，用沧桑的喉咙吟唱曲高和寡的京剧。

南台道路两侧梧桐树的叶子几乎都掉光了，蓝维誉独自坐在路边的木椅上，不时有人从她身边经过。蓝维誉仰着脸，很享受秋天的暖阳。待了一会儿，蓝维誉从手袋里拿出《斯波克育儿经》和本松田道雄所写的《育儿百科》翻看着。在这种寂静氛围里读书，是一件非常惬意的事情。

蓝维誉早就怀孕了，抚摩着微起的肚子，能感觉到胎儿的跳动。这种感觉太神奇了，有时候像钟摆，有节奏地律动；有时候像破浪中浮现的船，悠然出现在天际，充满了希望。蓝维誉并没把这个好消息立即告诉姜示范，只是定期地到医院检查，通过电子检查设备，已经能看到胎儿的轮廓。她选择了西方的斯波克医生和东方的本松田道雄，作为自己成为母亲的精神导师，为了让身体中的胎儿没出生就感知这个世界，她经常独自与孩子说话，并把录音机放在肚子上，让孩子听舒缓的音乐。

金凤街道一期棚改速度太快了，也就几个月时间，一座座棚改新居在锦阳、莫地沟等处建立了起来。室外的工程基本完工，剩下的工作是安装上下水管线、安装门窗。

问题也随之而来了，那一天，姜示范正在金凤街找大丽谈棚改的拆迁工作。大丽的工作太难做了，几个干部轮番工作都不好使，与大丽相好的几个男人在一边帮衬，大丽就是不签搬迁协议。

一期棚改以后，紧接着要进行二期棚改。市棚改指挥部已经设定全市完成棚改时间：两年。用两年时间，完成55片大面积的棚户区改造，仅拆迁的总面积便达到230万平方米，这在以前简直是不敢想象。

市长在全市棚改大会上说：“过去的50年，几十万老百姓一直住在这样破的房子里，不是他们的错，是我们政府的错。因此，为了让他们早一天住上好的房子，50年的账，我们要两年还完！”

开完会，不仅参加棚改的干部不相信，就连老百姓看到报纸都说市领导在说大话，没几个人真正相信。

经历过太多苦难的老百姓，开始说风凉话，吹牛又不上税，你看看报纸上写的官话、套话、大话，有几个是真的？做得不好，也没见哪个干部被拖出去斩了。吹牛不上税，吹牛没有罪。

楼房像突然从地里头长了出来，仅仅几个月的时间，望花区、东洲区大片的棚户区被扒掉，取而代之的是一栋栋崭新的楼房。说风凉话的改了口：“这牛吹得好，难道这房子真是吹口气吹出来的？”

一个多月，也就是40天，全市拆迁棚户区40万平方米，姜示范所在区，还创造了一个棚改奇迹，一栋回迁楼从动工到封顶仅用了47天。一年所拆迁、建筑的面积，相当于过去5年的总和。

在棚改以前，阜顺的房价月月涨、年年涨，大面积棚改以后，最先受到打击的是房地产商，他们做过匡算，如此大规模的棚户区改造，将在几年内拉低全市的房价，商品房每平方米被平均拉低1000元到1500元。

房地产商不高兴，一些打零工的下岗失业工人却高兴了，因为，棚改回迁以后，许多居民都将对房屋进行装修，打地板、改门窗、贴瓷砖……这些装修活儿，几年也干不完。

姜示范看到了其中的商机，把下岗失业的党员召集到一块，由大家平摊出资购买装修工具，组织有手艺的下岗失业工人成立装修队，等棚改完工配户，立即把装修队拉进棚改新区大干一场。

李响找来几名来自建筑专业的大学生志愿者，义务为装修队画图做预算，制定了高中低三种价格的装修方案。装修队有了这些大学生志愿者的支持如虎添翼，就等着挣钱了。

徐文婕和锦阳棚户区两个社区干部，急三火四地找到姜示范，说社区居民与棚改施工的工人打起来了，姜示范开着车，带着众人立即赶到出事现场。

负责锦阳棚户区施工的项目经理，指着几个居民代表说："看你们穷嗖嗖，咋那么多事儿？有个房子住就不错了！"

这句话刺激了大多数人的神经，一些人抓住项目经理的脖子说："穷，穷怎么了。你不就是个包工头吗？你看看你们安装的门窗，现在都露着缝儿，等到冬天不一定瓢成什么样儿呢？"

"那门窗也不是我们采购的，我们只负责安装，谁买的你们找谁去！别耽误我们事儿，这是建筑工地，赶紧离开……"

几个戴着安全帽的工人用力地推搡着众人，一直站在旁边没有说话的姜示范，挨个检查刚刚安装起来的门窗，居民代表说得没错，还没风干的门窗关上，根本关不严，还裂了好大的缝儿。用手敲敲外表美观的门，砰砰响，只是一层薄木板。

看到建筑工地的人撕扯居民，姜示范再也压抑不住心中的愤怒，飞起一脚朝门踹去，这一脚力道还不算大，门被踹开了一个大窟窿。

这一踹不要紧，负责施工的包工头和工人不干了，把姜示范围了起来……

姜示范大喝一声："我是区棚改指挥部的负责人，你们用这种门窗糊弄肯定不行！”

说完，他给市棚改指挥部打了一个电话，那位房产局长也是一个脾气暴躁的人，没等项目经理告状完毕，他便嘶哑着嗓子咆哮了起来：“是这个门吗？还有这个，这个……”

姜示范踹门是看看门的质量如何，这位老兄踹门，是带着一团怒火，在“这个、这个”当中，从一楼开始，见一扇门踹一脚，一直踹到六楼，一个单元的门都被他踹坏了。

踹完了门还不解气，他走到一间屋子里，看到一扇关不紧的门窗，手腕上一使劲儿，还没安装完成的窗户，让他活生生地拽了下来。

临来时，他叫上了市招标办的主任，负责棚户区改造的建筑公司经理，以及门窗的供应商、生产商，大声质问：“这是哪一家的产品，谁负责验收的？”

生产商、供应商大气不敢出，建筑公司经理上前解释：“是我们验收的，我们有责任，负责更换全部门窗。”

供应商、生产商随声附和：“对，对，我们立即更换质量更好的门窗，并接受市区棚改指挥部的严格检查。”

市房产局长：“换好了，我们再检查，这次要扣分。”市房产局长的语气和手势非常坚定。

扣掉了分数，将会影响棚改二期工程的招标评比，建筑公司经理解释：“门窗我们负责更换，这分还是不要扣了吧！”

“扣！一定要扣，如果谁想在这上面糊弄，我们就把谁逐出棚改建筑市场。”

姜示范为了不使气氛闹得过僵，给市房产局长、建筑公司每人递上一支烟，大家抽上烟，情绪似乎平静了许多，市房产局长拍拍建筑公司经理的肩膀说：“这事儿，不是我能做主的。前期，从速度到质量你们干得不错。你说棚改是惠民工程也好，形象工程、政绩工程也罢，上上下下有千万双眼睛盯着呢！说明白了，你是替老板打工的，我是替政府、老百姓扛活的，出一点纰漏，大家都没好果子吃。”

接近 10 月，全市棚户区改造有些楼号陆续开始工程验收，在此之前，姜示范带领区棚改指挥部工作人员，在棚改房交工最后期限，划片包楼，挨家挨户地去看，对房屋的施工质量、配套设施进行事先检查，发现问题立即通知施工部门及时整改，以免老百姓进户时发现问题造成新的矛盾。

姜示范他们在检查中，还真发现了不少问题，比如防盗门锁不好使，便池冲水不畅、灶台照面不规整，姜示范要求工作人员一一提出并记录，整改完一家，画一个红钩钩。

几个愣头青看不过去，对姜示范说：“这样检查，哪年哪月才能看完啊！我们检查完，市棚改指挥部就不用验收了。”

姜示范说：“你们知道个屁啊！等验收完了，老百姓再找人维修就更麻烦了，现在踏踏实实把事情弄明白了，能省不少事儿。”

姜示范最关心的是楼顶防水，北方不同于南方，楼顶的防水做不好，过几年沥青开裂，住户便会有大麻烦。在进行楼顶防水那几天，姜示范同建筑工人一起，在楼顶支起大锅挑熬沥青，然后一层又一层地覆盖，烈火、黑烟中的姜示范，面孔被烟火熏得黢黑，他望着脚下一座座新盖起的楼房，露出白色的牙齿笑了……

第五十六章

从一个区调往新望区当常务副区长，姜示范才深刻地意识到，自己真正地进入了官场。从机关的一般干事，到区街道办事处的副主任、主任、工委书记、副区长，他从来都没认识到自己是一个官儿，而是一个能具体为老百姓办实事儿的普通干部。

这一次有点儿不一样，区委、市委组织部领导专门找他谈话，评议、公示……一系列过程，很程式化，即将赴任，市委组织部一位部长还专程要陪他到新望区上任。真有点黄土垫道、净水泼街、骑马夸官的味道。

其实，姜示范还不知道，新望区常务副区长这个位置，有许多人在觊觎。有道是朝里有人好做官，几个在市委和市政府往副局长上靠的小秘书，黑天半夜，夙兴夜寐地为领导写材料，仕途的线一直都很直、很亮。而其中一位市领导身边一位能写材料的重要幕僚，是新望区常务副区长的不二人选。

看似木已成舟，在全市官场名不见经传的姜示范犹如一匹黑马，突然杀了出来。关于突然提升，姜示范至今也不知道其中的来龙去脉。

市委书记把那些厚实、丰满的材料拨到一边，尽管姜示范的材料很薄、很简单，但市委书记与市长毕竟在棚改中亲自接触过姜示范，那是一个立体的姜示范，真实的姜示范，而不是材料上的姜示范。

新望区中心是一个巨大的高山，这山不是自然形成的，而是因为剥离露天矿而撅起的矸石。西边是一望无际的工厂，每天烟尘弥漫，阴天能看到石化装置喷射出的火炬，冶炼厂弥漫出红色的粉尘。而东边则是商业中心区，霓虹闪烁，歌舞升平，里面暗藏着难以掩盖的欲望。

新望区情况十分复杂，一方面棚户区改造进入了紧要关头，国企改制也即将开始攻坚，沈阜同城一体化，这个区也是最为敏感的城区，由此产生的一系列问题，需要一批素质过硬的干部掌舵。

新望区区委书记掌控政治、经济局势的能力很强。因为年龄的原因，过几年他要退居二线了，因此需要更强的干部储备力量充实到这个区，一是在他在位之年带一带年轻的干部，二是这个区太需要有思想，有实际棚改经验的干部来充实这个区，新望区强则阜顺强，这是阜区干部的共识。市委、市政府领导之所以提拔姜示范，不仅是看好他在棚户区改造中的实际工作经验，更是看好他身上大多数干部最为缺少的“政治理想”，能干事的干部不少，而有坚定“政治理想”的干部，是凤毛麟角。

这一切姜示范并不完全知道，得到去新望区担任常务副区长的指令，是姜示范在参加老田三儿子婚礼的前一天。

棚户区改造，老田三个儿子都有了自己的房子，有了房子便不愁找到媳妇。在老三结婚的头几天，老田求人写了一封请帖送到姜示范手中。姜示范在结婚当天，按照当地风俗封了 100 元钱的红包送给一对新人。

从棚户区搬进棚改新区这一段日子里，莫地沟棚改新区的鞭炮便没有停过，乔迁新居要放鞭炮，娶媳妇聘姑娘也要放鞭炮，红色的鞭炮碎片像是春天果树上遗落的花瓣，铺满了小区门前的空地上，从春节到五一，莫地沟一共举办婚礼 38 次，这几乎等于过去几年的总和。

老田娶来的儿媳妇身体壮实，他三儿子把媳妇抱上楼，脸色已经成了猪肝的颜色，见到床一撒手，便听到一声惨叫，那媳妇是不吃亏的人，一脚结结实实地把老三踢了出去："你个熊货，还能干什么？"

老三也不恼，把花生、枣子、糖满满地撒在床上，旁边人一起起哄："他留着劲儿，等晚上干活呢！"

喜宴上老田、老田的几个儿子、棚户区的居民们轮番敬酒，姜示范来者不拒，端起来便干！他情绪十分复杂，知道自己即将离开棚户区的消息，姜示范想用多喝几杯酒来弥补离别的伤痛。

回到莫地沟的小阁不懂好赖，恨不得摁住姜示范的脖子，把姜示范一气儿灌到桌子下面去。姜示范没喝多，小阁却喝多了，他在老三耳朵上夹着两片餐巾纸，并让他脱下了衣服，像猪八戒似的背起媳妇挨桌敬酒……

在人们的欢笑声中，姜示范借上厕所的机会悄悄地离开婚礼现场，他顺着羊肠小道爬上后山，整个莫地沟棚改新区映入他的眼帘，噼噼啪啪的鞭炮还在清脆地响着，淡青色的烟雾弥漫在楼房之间，或许是喝多了，姜示范一屁股坐在了地上，眼前浮现出旧时的棚户区，那些飘散在棚户区上空的鹅毛大雪，他想起了在棚户区狭窄街道上奔跑的"含摇"、有有，还有死去的小阁姐姐、李和春……那一张张脸不断浮现在自己眼前，姜示范昏胀的头脑激灵了一下，睁开眼满脸湿湿的，不知道什么时候流出了许多眼泪。

他摇摇晃晃地站起来，擦了两把眼泪，回头看了一眼莫地沟棚改新区，沿着蜿蜒的山路漫无目的地向西走去。

图书在版编目（CIP）数据
大雪围城 / 张国勇著. —北京：中国工人出版社，2021.8
ISBN 978-7-5008-7729-5
Ⅰ. ①大… Ⅱ. ①张… Ⅲ. ①长篇小说－中国－当代 Ⅳ. ①I247.5
中国版本图书馆CIP数据核字（2021）第180139号

大雪围城

出 版 人　王娇萍
责任编辑　宋 杨 严 春
责任印制　黄 丽
出版发行　中国工人出版社
地　　址　北京市东城区鼓楼外大街45号　邮编：100120
网　　址　http://www.wp-china.com
电　　话　（010）62005043（总编室）
　　　　　（010）62005039（印制管理中心）
　　　　　（010）62379038（社科文艺分社）
发行热线　（010）82029051　62383056
经　　销　各地书店
印　　刷　三河市万龙印装有限公司
开　　本　880毫米×1230毫米　1/32
印　　张　12
字　　数　270千字
版　　次　2021年12月第1版　2021年12月第1次印刷
定　　价　48.00元